Auguri...

Buon Compleanno...

Ti vogliemmo bene

Mcôa Giovemme
Giovemmi

Nino

La memoria

585

Andrea Camilleri

La presa di Macallè

Sellerio editore
Palermo

2003 © Sellerio editore via Siracusa 50 Palermo
e-mail: sellerioeditore@iol.it

2003 settembre terza edizione

Camilleri, Andrea <1925>

La presa di Macallè / Andrea Camilleri. - Palermo : Sellerio, 2003.
(La memoria ; 585)
ISBN 88-389-1896-1
853.914 CDD-20

CIP - Biblioteca centrale della Regione siciliana

La presa di Macallè

Uno

Venne arrisbigliato, a notti funna, da un gran catunio di vociate e di chianti che veniva dalla càmmara di mangiari. Ma era cosa stramma assà pirchì tanto le vociate quanto i chianti erano assufficati, squasiche chi stava facendo catunio non vulisse fari sentiri il catunio che stava facendo.

Michilino, che era un picciliddro vicino a se' anni ma sperto, di subito, dal lettino dove stava corcato, taliò nel letto granni indovi dormivano sò patre e sò matre. Non c'erano, si erano susuti e quindi dovevano essere loro a catuniare: infatti, appizzate le grecchie, sentì distintamente che a fare vociate che non si capivano e a chiangiri era 'a mamà, mentre invece 'u papà ogni tanto interveniva a mezza voce:

«Basta, Ernestì! Basta che stai arrisbigliando 'u paìsi! Accura, Ernestì, che se m'incazzo io finisce a schifìo!».

Levatosi a mezzo, si sforzò di vedere che ora era, la sveglia stava sul comodino della matre, quello più vicino alla sò branna, allato a una statueddra della Madonna con un lumino sempri addrumato per divozione. I nummari li sapeva leggere pirchì glieli aveva inzignati la cuscina Marietta, che era sidicina e che, a mal-

9

grado che parisse fìmmina fatta, con Michilino ci stava spisso e ci parlava e certi voti si metteva a jucari con
lui squasiche fosse una picciliddra. Erano le quattro del
matino. Taliò meglio il letto granni, le linzola erano pieghe pieghe e tutte arravugliate, i cuscini dalla parte della matre erano messi di traverso, signo certo perciò che
'u papà e 'a mamà prima si erano corcati e po' si erano susuti. Ma che poteva essiri capitato? Pigliato di curiosità, scinnì dal letto e a pedi leggio, infilato il corridoio, arrivò darrè la porta della càmmara di mangiari che non era completamente chiusa, restava una fila-
tura dalla quale trasiva la luce del lampadario. Accostò la faccia allo spiraglio, ma di subito si tirò narrè.

U picciliddru ca voli beni a Gesù ed è bidienti,
de' discursa de' granni nun ascuta nenti.

E lui, che voleva beni a Gesù, sempri aveva bidito
a quello che spisso gli arripeteva 'a mamà, non aveva
mai ascutato i discursa dei granni. E certe notti che veniva arrisbigliato da una rumorata del letto granni e dalla voci della mamà che si lamentiava e faciva «ah, ah»,
non si era cataminato, non aveva rapruto l'occhi e taliato. Ma stavota si tirò un ragionamento priciso ed era
che essendo notti funnuta capace che Gesù dormiva e
non si sarebbe addunato di quest'unico dispiaciri che
gli dava. Si riaccostò e taliò quatelosamente dintra la
càmmara. 'U papà era assittato in mutande supra una
seggia, teneva un gomito sul tavolino di mangiare e aveva la faccia, arrussicata e 'nfuscata, appujata alla mano mentre 'a mamà, in cammisa di notti, iva avanti e

narrè per tutta la càmmara e ogni tanto si tirava dispirata i capiddri e si dava gran manate sulle minne. Ma c'era macari una terza pirsona nella càmmara alla quale Michilino non aveva pinsato. Era la criata Gersumina, una sidicina che 'a mamà aviva pigliato per cammarera e che faceva dòrmiri in uno sgabuzzino allato alla cucina. Gersumina assimigliava assà alla cuscina Marietta, la differenzia era che la criata aviva minne tanto grosse che parevano dù muluna d'acqua, quelli che si vendono di stati e che, tagliati, sono come la bannera driccolori, verde, bianca e russa. Macari Gersumina era in cammisa di notti e stava assittata supra una seggia vicina alla cucina. Chiangiva a testa vascia. Ogni tanto 'a mamà, passandole davanti, le ordinava:

«Isa la testa, bagascia!».

E appena la mischina bidiva, le ammollava una terribili timpulata. Se quella tentava d'arripararsi con un vrazzo, 'a mamà la pigliava per i capiddri e glieli tirava:

«Lassa sfugari a mia, appresso che hai fatto sfugari a me maritu, tappinara!».

Doppo tanticchia che stava a taliare, a Michilino scappò di stranutare, i maduna del pavimento erano friddi e lui era scàvuso. Cercò di tenersi, ma alla fine non ce la fece. Lo stranuto parse una magaria. Tutti di colpo s'apparalizzarono, addivintati statue. La prima a ripigliarsi fu 'a mamà che fece una vociata:

«Michilino!».

E si precipitò verso la porta asseguita da 'u papà che murmuriava: «Che grannissima rottura di cabasisi, stu picciliddro!».

'A mamà lo pigliò per un vrazzo e ci desi dù timpulate come quelle date a Gersumina, 'u papà inveci un gran càvucio in culo.

«Torna subito a corcarti e dormi!».

A dormiri non ci arriniscì. Poi si fece pirsuaso che la meglio era d'infilare la testa sotto il cuscino e di tapparsi le grecchie con le mani, chiangendo. A picca a picca il suo stesso chianto l'acconsolò, gli fece pigliare sonno.

L'indomani a matino, venne arrisbigliato dalla matre che era ancora in cammisa di notti e aveva l'occhi arrussicati. Michilino si sentiva morto di sonno, ma bidì. 'A mamà gli spiegò che 'u papà era partito per qualiche jorno, che la criata Gersumina non travagliava più da loro, che lei andava a passare una simanata a la casa di sò patre e di sò matre, vale a dire nonno Aitano e nonna Maddalena.

Michilino si vitti di colpo lassato solo nella casa. Si scantò.

«E io?» spiò con la voci che gli trimava.

«Tu, mentre io sono coi nonni, vai a dormiri in casa dello zù Stefano. Ti priparai la baligia. Tra picca passa Marietta e ti veni a pigliare».

La cosa gli fece piaciri assà. Doppo una mezzorata s'appresentò Marietta. Era seria seria. Michilino non l'aveva mai vista accussì. Abbrazzò 'a mamà che di subito si misi a chiangiri mentre la cuscina l'acconsolava battendole una mano darrè le spalle. Appena niscero dalla casa, la faccia di Marietta cangiò, tornò a essiri quella di sempri, bella e arridenti. Caminava tenendo con una mano la valigetta e nell'altra la mano di Michilino. Ma ogni tanto si fermava perché l'assugliava una gran botta di risate e doveva asciucarsi l'occhi. Macari la genti si firmava a taliarli. E genti ce n'era assà strata strata datosi ch'era jorno di duminica.

«Pirchì ti veni di ridiri, Mariè?».

«Nenti, nenti, camina».

Finalimenti arrivarono a la casa di Marietta. La zà Ciccina e lo zù Stefano, il patre e la matre di Marietta, l'abbrazzarono, lo vasarono.

«Poviro picciliddro!» sospirò la zà Ciccina, tinendolo stritto.

E po', taliando malamente il marito:

«Vuautri òmini siti tutti una cosa fitusa!».

Michilino si sentì pigliato dai turchi, non ci capì nenti di quel discorso.

«Ti abbiamo priparato la tò càmmara» fece Marietta. «Te la faccio vidiri».

Non era una càmmara, ma un pirtuso dintra al quale ci stavano a malappena una branda, un comodino, una seggia.

«Devo dormiri sulo?» spiò spavintato Michilino.

«Sì» disse la cuscina.

Michilino si mise a chiangiri come un dispirato.

«No! No!».

«Chi fu? Chi successi?» spiarono 'u zù Stefano e la zà Ciccina currenno verso il pirtuso.

«Qua non ci voli dormiri» spiegò Marietta.

«E dov'è che vuoi dormiri?» spiò la zà Ciccina.

«Con voi» disse Michilino tirando su il moccaro che gli scinniva dal naso.

«Ma la nostra càmmara è nica!» fece lo zù Stefano.

«La branna pi tia non ci trase» rincarò la zà Ciccina.

«Io mi scanto a dormiri sulo!» proclamò fermo il picciliddro.

Lo zù Stefano, la zà Ciccina e Marietta, vale a dire la famiglia Ardigò al completo, si taliarono.

«Viene a dire che dorme con mia» concluse la cuscina Marietta.

La famiglia Ardigò, con il nuovo arrivato nipoti Michilino, andò, come di solito, alla santa Missa di mezzojorno. Prima di nesciri di casa, la zà Ciccina fece una sullenne raccomandazione al marito:

«Stè, di sicuro ci sarà qualichi strunzo che ci darà la sconcica per quello che è capitato stanotti in casa di mè soro Ernestina. M'arraccomando: fai finta di non vidiri e di non sintiri nenti di nenti».

«Io non pozzo essiri né surdo né cieco» ribatté lo zù Stefano che era omo di conseguenza «se qualichiduno mi dà la sconcica, io gli spacco il culo».

Ascutarono la santa Missa, lo zù Stefano andò ad accattare otto cannola di ricotta, non capitò nenti.

La jornata passò e venne l'ora di andare tutti a corcarsi. Nella càmmara di Marietta, Michilino taliava la cuscina che si era livata la cammisetta restando in reggipetto. Doppo, mentre si stava calando la gonna, Marietta gli parlò.

«E tu non ti spogli?».

«A mia mi spoglia 'a mamà».

«Vuoi che ti spoglio io?».

«Sì».

«Aspetta che finisco e po' spoglio a tia».

Appena che Marietta arristò in mutanne e reggipetto, si assittò sul bordo del letto e disse:

«Veni ccà».

Michilino s'avvicinò e la cuscina principiò a levargli i vistita. Non è che le mano di Marietta fossero tanto diverse da quelle di sò matre, avevano l'istissa 'ntifica dilicatizza: ma allura com'era che a fàrisi spogliare dalla cuscina gli pareva meglio assà? Quanno Marietta gli calò le mutanne, tirò di scatto la testa narrè, ammaravigliata.

«Mizzica!» sclamò.

«Che fu?».

«Nenti, nenti».

Com'era possibili che un picciliddro di se' anni avesse uno stigliolo quanto quello di un omo? Proprio l'anno avanti Marietta l'aviva accanosciuta la misura del mascolo, era capitato quanno si era infilata con Balduzzo dintra a un pagliaro e Balduzzo, che la simana appresso doviva partire sordato, aviva pigliato a vasarla fitto fitto sulla vucca, sulle minne, sulla panza e po' s'era sbuttunatu e aviva inzignato alla mano di Marietta quello che doviva fare. Era capitato ancora una vota prima che Balduzzo partisse. E po' Marietta ne vidiva in continuazione picciliddri nudi che jocavano in campagna, ma mai nisciuno accussì sproporzionato. Infilata la cammisa di notti a Michilino, gli fece:

15

«È meglio che ti metti dalla parte del muro».

«E pirchì?».

«Pirchì mi scanto che se ti arrivoti nel sonno cadi 'n terra».

Corcati l'uno allato all'altra, recitarono la priera. Poi Marietta astutò la luci e si desiro la bonanotti. Ma pigliare sonno non era facile né per Michilino né per Marietta. Michilino sentiva il càvudo del corpo della cuscina che era una cosa differenti dal càvudo di sò matre quanno dormivano 'nzemmula: tanto differenti che mentre il càvudo da mamà gli conciliava il sonno, quest'altro il sonno gliele faceva passare. A Marietta invece, doppo avere visto Michilino nudo, le era tornato a memoria Balduzzo dintra il pagliaro che le pigliava la mano e le diciva alla grecchia, con voci vascia, quello che doviva fare. Le scappò un sospiro longo longo.

«Che hai?» fu pronto a spiare il picciliddro.

«Non ho sonno».

«Manco io. Possiamo parlari?».

«Sì» fece la cuscina «ma parlamo adascio masannò mè patre e mè matre ci sentono».

Si misero di scianco, accussì vicini che Michilino sentiva sulla sò faccia il sciato della picciotteddra.

«Aspetta che mi levo stu reggipetto che mi stringe».

Si susì a mezzo, armiggiò tanticchia, si ridistese come a prima.

«Di che vuoi parlari?».

«Spiegami che capitò aieri notti ne la mè casa».

Marietta arricomenzò a ridiri come aveva fatto in matinata, quanno erano nisciuti nella strata. Solo che stavota non poteva ridiri aperto e accussì si mise con la faccia supra il cuscino per non fare rumorata. Doppo che si sfogò, principiò a contare.

«Aieri notti 'a zà Ernestina, tò matre, s'arrisbigliò e vitti che sò marito, 'u zù Giugiù tò patre, non era più corcato. Pinsò che avesse avuto un bisogno e aspittò. Ma visto che non turnava, doppo tanticchia si susì e andò a cercarlo. Cerca ca ti cerca, non arrinisciva a trovarlo. Tutt'inzemmula sentì veniri la voci di sò marito dal cammarino della criata. Raprì la porta e vitti quello che vitti».

E qui Marietta venne pigliata da un'altra gran botta di risate, mentre Michilino la scoteva per una spalla supplicandola di ripigliare a contare.

«Chi vitti, ah? Chi vitti?».

«Vitti a 'u zù Giugiù e a Gersumina che facevano cose vastase».

«E che veni a dire?».

«Tu lo sai chi sono i vastasi?».

«Sì. Vastasi sono quelli che dicino parolazze, che santiano come i carrittera, gli spalloni portuali, gente accussì. Macari io sugnu vastaso».

«Tu?».

«Sissignora. Me lo dice 'a mamà che sugnu vastaso quanno mangio con la vucca aperta, quanno m'infilo i dita nel naso... Sono queste le cose vastase?».

«Sono macari queste, ma...».

Altro assugliamento di risate e poi:

«Non penso che tò patre stava infilando i dita nel naso di Gersumina».

17

«E allura che facivano?».

«Sei ancora nico, non te lo posso spiegari. Ora dormemu».

«Posso appujari la testa supra lu tò pettu?».

«Sì».

Con la testa assistimata in mezzo alle minne della cuscina, s'addrummiscì doppo manco una decina di minuti. Quanno fu sicura del sonno del picciliddro, Marietta lenta lenta allungò la mano. Nel corcarsi, la cammisa di notti di Michilino si era isata fino alle anche. La mano della picciottedra trovò quello che cercava, vi si posò supra leggia come farfalla. E accussì finalimenti, passata un'orata di suspiri, macari Marietta poté pigliari sonno. Ma fu sonno spisso interrotto, pirchì alla picciotteddra, abituata a dormiri sola, la presenza di un corpo straneo nel letto la costringeva a stare in posizioni che non le erano solite. Alla fine s'arrisolse a levare con delicatezza la testa di Michilino d'in mezzo alle sò minne e a voltarsi dalla parte opposta, rivolgendo le spalli al piccilidddro. E pazienzia se messa accussì non poteva più tenere la mano dov'era prima. Ma venne ricompensata. A una certa ora della prim'alba, Michilino si accostò a lei, arrimiggiandosi con tutto il corpo al suo corpo. E sempri dormendo l'abbrazzò alla vita. Lei spinse tanticchia la schina narrè, fino a quando sentì che la trusciteddra, il fagottino del piccilidddro le si impiccicava all'altizza di li rini. E quella fu la posizione che pigliarono nel sonno per tutte le quattro nottate che Michilino passò nel letto della cuscina.

La matina della quinta jornata a casa Ardigò s'appresentò 'a mamà per ripigliarsi il picciliddro. Aviva l'occhi sparluccicanti di contintizza. La zà Ciccina si portò sò soro Ernestina in càmmara di dormiri e si misero a parlare fitto fitto. Michilino, mentri la cuscina metteva la roba sò nella valigia, le spiò che cosa stava capitando.

«Tò patre e tò matre ficiro pace. E perciò tu te ne torni a la tò casa».

«M'addispiace di non dormiri più con tia» fece il picciliddro.

«Macari a mia dispiaci» disse Marietta.

E poi, con un surriseddro a filo di labbra, aggiunse: «Ma non credo che mancherà occasioni».

Quanno 'u papà vitti a Michilino tornato a la casa, gli fece festa granni, si l'abbrazzò, si lo vasò, si lo tenne stritto stritto. Doppo ci disse a una grecchia:

«Un rigalo ti portai».

E mentri che 'a mamà in cucina cantava «Voglio vivere così / col sole in fronte», che era una canzuna di Carlo Buti che le piaciva assà assà, 'u papà andò a pigliare una scatola colorata dalla cridenza. Michilino di subito arriconobbe le figure che c'erano pittate supra e che aveva già vedute in una reclammi di «Topolino»: era il famoso revorbaro Smitti e Guesson con il quali Buffalo Bill faciva la guerra agli indiani. Questo, e Michilino lo sapeva benissimo, era finto, un giocattolo, sparava càppisi di carta che facivano ciac ciac, ma 'u papà gli aveva promisso che appena addivintava picciotto, coi cazùna longhi e la varba, l'avrebbe fatto sparare col sò revorbaro vero, quello che si chiamava Beretta e che teneva sempre carrico nel cascione più alto del settimanile.

Alla fine del mangiare, 'a mamà portò a tavola una cassata, che 'u papà aveva accattata, e una bottiglia di marsala.

«Chi festa è oggi?» spiò allegro Michilino che di cose duci come cassate e cannoli era licco cannaruto.

«È una festa nostra. Non è vero, Giugiù?» arrispose 'a mamà taliando a 'u papà che le affirrò una mano e gliela stringì.

«Voglio ancora cassata» fece Michilino che s'era già sbafata la sò porzioni e voleva profittari dell'ariata che c'era in famiglia.

«No» disse 'a mamà. «Doppo ti viene il malo di panza».

Michilino, che teneva il revorbaro supra le ginocchia, lo impugnò, lo sollevò, mirò dritto in mezzo all'occhi della mamà e sparò dù colpi, ciac ciac. 'A mamà s'infuscò.

«Michilì, 'stu gestu non mi piace».

'U papà si mise a ridere.

«Ma come, Ernestì? T'arrizzeli pirchì 'u picciliddro sta jocando?».

'A mamà stava per rispustiargli, ma tuppiarono alla porta. Allura si susì e andò a raprire. S'attrovò davanti a un omo che sulle spalli reggeva uno scatolone di cartone che doviva pisare assà.

«Cos'è?» spiò 'a mamà.

«Indovi la mettu?» spiò a sua volta l'omo che ad-desiderava di prescia sbarazzarsi del carrico.

«È la radio che volevi» disse 'u papà susendosi e andando a raprire macari quella latata della porta che stava sempri chiusa.

'A mamà fici una vociata di filicità.

«Mettetela qua» disse indicando un angolo della càmmara. «C'è la presa».

L'omo posò lo scatolone indovi voliva 'a mamà, ma non lo raprì.

«Cchiù tardo» disse «passa il signor Contino che ve la monta e vi spiega como funzionìa».

L'omo sinni niscì e 'a mamà ristò davanti allo scatolone con le mano junte a priera come faciva qualichi volta davanti alla Madonnuzza. 'U papà la pigliò per un vrazzo.

«Michilì, ora io e 'a mamà ce ne andiamo a fare una durmitina. Tu resta ccà a jocare e cerca di non fare danno».

Appena sentì che inserravano a chiavi la porta della càmmara di dormiri, si mise a cavaddro di una seggia e col revorbaro in mano principiò a correre per le sconfinate praterie del Fariguest a caccia d'indiani. Questi indiani non solamenti erano con la pelli russa, ma erano macari pirsone tinte e tradimentose che quanno ammazzavano il nimico a frecciate ci livavano la coti di la testa con tutti li capilli e questa cosa si chiamava scalpo. Lui aveva ritagliato 'na poco di figure da uno dei giornaletti che ogni simana sò patre gli accattava e perciò sapiva come fare: al primo indiano che ammaz-

zava gli levava lo scalpo, accussì macari l'indiano provava quello che faceva provare al nimico. Ma per quanto taliasse torno torno, macari con la mano a pampèra
supra l'occhi per ripararli dal barbaglio do suli, nella
prateria non si vidiva manco l'ùmmira di un indiano.
E com'era questo fatto? Capace che sinni stavano stin-
nicchiati 'n terra e strisciavano come i serpenti? Tuppiarono. Scinnì dalla seggia e andò a raprire. C'era uno
con un pacco.

«Sono Contino. Mi chiami a tò patre o a tò matre?».

Mentri diciva accussì, il signor Contino trasì e si mise a raprire lo scatolone. Michilino si fermò darrè la porta della càmmara di dormiri, ma, prima di tuppiare, si
mise ad ascutare se sò patre era ancora vigliante o se
si era già messo a runfuliare come sempri faciva nel sonno. Non dormivano né 'u papà né 'a mamà, stavano facendo la stessa rumorata che certe notti sentiva, 'u papà
che sciatava tanto forti che pareva un mantici e 'a
mamà che si lamentiava «ah! ah» e il letto che abballava tutto. Isò la mano a pugno, tuppiò. Di colpo la rumorata finì.

«Papà».

«Che vuoi, cretino?» spiò 'u papà arraggiato.

«C'è il signor Contino».

Sentì sò patre santiare.

«Digli che arrivo subito».

Tornò a riferire e restò ammaravigliato a taliare la
radio che era un mobili a quattru gambe, granni e lu-
cito con una specie di ralogio quatrato con scritte cose e sutta il quali ralogio c'erano quattro grossi botto-

ni che si potevano fare girare. Il signor Contino mise la spina, il ralogio quatrato s'addrumò e partì una scarrica che parse una truniata di temporali.

Scantato, Michilino satò narrè. Arrivò 'u papà che era tanticchia siddriato.

«Bongiorno» fece asciutto. «L'aspittavo più tardi».

«La distrubbai?» spiò il signor Contino.

«Sa com'è» disse 'u papà. «Avevo appena pigliato sonno».

Ma come?! Sò patre si metteva a dire farfantarie? Non era vero che stava dormendo. E 'a mamà arripeteva sempri che macari di questo Gesù s'addolorava, delle farfantarie che tutti, mascoli e fìmmine, supra la terra dicivano. Ma lui non avrebbe mai pirmittuto che Gesù soffrisse manco per colpa di sò patre. Doveva scuttari il piccato. Isò il revorbaro, mirò, gli sparò dù colpi, ciac ciac, propio in mezzo alla fronti. Doppo che il signor Contino, spiegato il funzionamento della radio, sinni andò, spuntò 'a mamà in vistaglia.

«Ti susisti?» fece 'u papà. «Io ho ancora sonno. Ora ce ne torniamo di là».

Pigliò una mano della mamà e cercò di tirarsela appresso. Ma 'a mamà alliberò la mano.

«Giugiù, mi passò la gana».

E po', taliando la radio, sclamò:

«Madunnuzza santa, quant'è bella!».

«È la meglio che c'è in comercio» disse 'u papà orgoglioso. «Si chiama "La Voce del Padrone", ha otto varvole e c'è puro il grammofono».

Sollevò il coperchio del mobile.

«Eccolo qua».

'A mamà si mise a satare battenno le mano come una picciliddra.

«E me li accatti i dischi?».

«Te li accattai già» disse 'u papà facendo 'nzinga verso il pacco portato dal signor Contino.

«La sai una cosa?» fece 'a mamà pigliando una mano do papà. «Mi sta tornando un gran sonno».

Michilino sentì che nuovamenti inserravano la porta a chiavi. Lui riacchianò a cavaddro e ripigliò a cercare quei mallitti d'indiani che non si facivano vidiri.

Nei tri misi che vennero, vali a dire lugliu, austu e settembiro, capitarono a Marietta e a Michilino 'na poco di cose da contare.

A Marietta capitò che a Balduzzo dettero una licenzia militari di jornate sei: la picciotta lo vitti passare sutta di la sò finestra appena arrivato, eppercciò ancora in divisa, stringiuto in mezzo a sò patre e a sò matre che erano andati a pigliarlo alla stazione. Sò patre gli portava la baligia, mentri sò matre ogni tanto si lo vasava e chiangiva. Maria santa, quant'era beddru Balduzzo in divisa di militario! Che spalli! Che gambe! Marietta si sentì squagliare. All'altizza della finestra, Balduzzo isò l'occhi, Marietta calò i sò. Si taliarono, si parlarono, s'appattarono. Il jorno appresso, alle tri di doppopranzo (infatti questo veniva a significari quanno Balduzzo aviva sbattuto tri volte le palpebre), Marietta trasì nel pagliaro. Balduzzo, col sciato grosso per la curruta che si era fatto, s'apprecipitò dintra che non erano passati manco cinque minuti. Con una punta di disallusioni, la picciotta vitti che il picciotto si era cangiato, ora stava in borgisi. Balduzzo di natura sò era mutanghero, di parola rara e spiccia. Difatti manco la salutò, arristò fermo a taliarla, le gambe larghe, i pugni supra i scianchi. Un tauro pareva, squasi faceva fumo dalle nasche. E fu in quel momento che Marietta s'addunò che la taliata di Balduzzo era precisa 'ntifica, una stampa e una figura, a quella di Benito Mussolini quanno spuntava nel Cinegiornale Luce che proiettavano sempri prima della pillicola. Fu quella pinnotica taliata di Balduzzo a ordinarle senza paroli di levarsi via via il bolerino, la cammisetta, il reggipetto, la gonna, le mutanne. Lei bidì di gran cursa senza affruntarsi, senza pruvari vrigogna, affatata, ammagata da quella taliata 'mpiriosa. Mentri che lei si spogliava, macari Balduzzo faciva l'istisso. La porta del pagliaro era stata chiusa dal picciotto, ma lasciava passare una larga fascia di luce dalla parte alta, mancava mezza tavola. Quanno Marietta si corcò 'n terra, quella lama di luce parse tagliarle la testa. Il picciotto si gettò supra di lei e Marietta inserrò l'occhi.

Si aspittava le carizze e le vasate sulle minne, come le volte passate, perciò l'improvviso dolori in mezzo alle gambe la pigliò a tradimento.

«Ahi!» gridò.

Balduzzo, che se ne stava tutto trasuto dintra di lei, le posò una mano sulla vucca. Marietta gliela muzzicò. Doppo il picciotto accomenzò a cataminarsi. Lo tirò narrè e l'ammuttò avanti, lo tirò narrè e l'ammuttò avanti, lo tirò narrè e l'ammuttò avanti, narrè avanti, narrè avanti, avanti, avanti. E appena Marietta sintì dintra un càvudo liquito straneo, Balduzzo disse:

«Sburrai».

E restò abbannunato 'n terra come un mortu sciatante. Quanno si fu arripigliato, si susì, si puliziò con un fazzoletto, principiò a rivestirsi.

Marietta s'addunò che in mezzo alle sò gambe c'era sangue. Si scostò, ritrovò il bolerino, tirò fora un fazzolettino, ci sputò supra, si puliziò di prescia.

«Dumani alla stissa ora» fece Balduzzo niscenno.

In tutto, arriniscirono a incontrarsi nel pagliaro altre dù volte. E a ogni incontro, dato che Balduzzo sburrava doppo sei o sette colpi, per Marietta la suffirenzia aumentava. Era come se in una jornata di sole forte, di quello che assintomava macari le lucertole, un omo morto di sete si vidiva davanti un bùmmolo d'acqua frisca, ma, allungata la mano per pigliarlo, il bùmmolo cadeva, l'acqua si spargiva 'n terra e l'omo s'arritrovava cchiù assitato di prima. Nell'ultimo incontro, Marietta taliò apposta a Balduzzo, nudo allato a lei, voliva portarselo appresso nella mente per il tempo longo nel quale non l'avrebbe più visto. Mentre il picciotto si metteva le mutanne, Marietta pinsò che, a riposo, lo stigliolo di Balduzzo era preciso 'ntifico a quello di Michilino.

«Baldù, e se mi mittisti prena?».

Balduzzo la vasò sulla vucca. A Marietta spuntarono le lagrimi.

«Non t'appreoccupari. Appena finiscio il militari e torno, nni facemu ziti e po' nni maritamu».

A Michilino inveci le cose che capitarono furono tante e diverse. Nella secunna duminica di lugliu, di prima matina, arrivò nonno Aitano, il patre della mamà, con la sò atomobili Lancia Astura, si carricò tutta la famiglia e si la portò in campagna, a Cannateddru, indovi aviva una casa. Li aspittava sò mogliere, nonna Maddalena, che si era susuta alle sett'albe per priparare una gran mangiata: pasta a ragù, capretto a forno con patate, sasizza arrostuta. 'U papà aviva accattato la cassata. I granni sbafarono e vivirono a tinchitè, Michilino macari. E alla fine si mangiò dù fette di cassata accumpagnate da dù gazzose, di quelle chiuse con una pallina di vitro. Doppopranzo i granni si andarono a sbracare sui letti, mentri Michilino restò viglianti e solo. Si sentiva il sangue come le gazzose che aveva vivuto, liggero e frizzante. Addecise che di sicuro quello era il posto nel quali avrebbe finalimenti ammazzato un indiano levandogli macari lo scalpo. Il revorbaro per ammazzarlo l'aviva già. Andò in cucina, pigliò un cuteddru affilato e longo, a punta, e niscì di casa quatelosamente. Era più che pirsuaso che quella era la jornata bona. Allontanatosi da casa verso l'orto, s'addunò di un certo movimento in una troffa di gersomino. S'apparalizzò, il vrazzo stiso col revorbaro, il core che gli correva. E dalla troffa niscì un indiano. Era un indiano nico che abbaiava e gli veniva incontro. Nico, ma sempre indiano feroci e tradimentoso. Fermo, Mi-

chilino pigliò la mira e gli scarricò contro tutto il car-
ricatore. Doveva averlo ferito, pirchì l'indiano cuc-
ciolo gli si accucciò supra i pedi. Michilino posò 'n terra il revorbaro che non gli serviva più, agguantò a dù
mano il cuteddru e lo chiantò, con tutta la forza che
aviva, nel collo dell'indiano tirandosi contemporanea-
mente narrè di un passo. Il colpo trapassò il collo del
nimico e l'inchiovò 'n terra. Michilino lo taliò moriri,
prima che si turciniava, squasi s'avvitava per liberarsi, doppo scosso da un trimolizzo frenetico in principio e via via sempri più lento, mentri un lamintio continuo gli nisciva dalla vucca, aperta al massimo, che vum-
mitava sangue e vava. Quanno fu sicuro che era morto, s'acculò, assistimò bene bene in terra la testa del-
l'indiano e principiò a travagliare con la punta del cuteddru. Provò e riprovò, per sbaglio gli cavò un occhio,
per sbaglio gli tagliò mezza grecchia, ma non arriniscì
a pigliargli lo scalpo. Si vede che ci voleva una spiren-
zia che ancora non aviva. Lasciò perdiri a malocore. Afferrò per la coda il catafero dell'indiano e l'ammucciò
darrè la troffa di gersomino. In un cato pieno d'acqua
che c'era allato al pozzo lavò il cuteddru, spargì in terra l'acqua addivintata russastra doppo che ci si era an-
nittato macari le mano, riportò il cuteddru in cucina e
respirò a funnu, contento.

L'altra cosa che gli capitò fu che il jorno deci d'austu, mentri si trovava in campagna da nonno Filippo
e nonna Agatina, fece sei anni. Nonno Aitano venne
apposta e gli arrigalò un'atomobili a pidali, nonno Fi-

lippo un monopattino, 'a mamà gli fece trovare bell'e pronta supra 'u lettu la divisa di Figlio della Lupa che avrebbe indossato il quinnici di settembiro quanno sarebbe andato alle scole vascie, alla prima limentare. Maria! Quant'era beddra la divisa con la cammisa nìvura sbuttunata al collo, fazzuletto azzurro col firmaglio con la testa di Mussolini, cazùna grigio-verde, cintura larga nìvura, quasettuna grigio-verde, fez nìvuro! Eppò c'era un autro midagliune che arrapprisintava la lupa ch'addrattava a Romolo e a Remo.

«Mamà, mi la pozzo mettiri la divisa?».

«No che te l'allordi».

La disallusione passò per il gran rigalo che 'u papà tirò fora da una scatula di cartone stritta e longa. Un moschetto Balilla! Era preciso 'ntifico a quello dei sordati, solo che era tanticchia cchiù nico e non sparava supra 'u serio. 'U papà glielo lanciò a volo, Michilino arriniscì a pigliarlo ma squasi gli cadì 'n terra.

«Ma quanto pisa!».

«Un chilo settecentottanta grammi» fece 'u papà che di armi ne capiva. «Appresso ti spiego come funziona».

«E a che mi servi ora sapiri come funziona» fece il picciliddro di colpo attristato. «Tanto ancora il moschetto non lo posso portari. Sono Figlio della Lupa, devo prima passare Balilla escursionista e po', fatti dudici anni, addivento muschitteri».

«Io parlo con chi devo parlare» fece 'u papà: «e tu il moschetto lo porti macari se sei ancora Figlio della Lupa e macari quanno vai a scola senza divisa».

Erano tempi che 'a mamà non cantava più le canzuna di Carlo Buti, ora cantava quello che ascutava alla radio, ma una in particolare era capace d'arripeterla dalla matina alla sira, una canzuna che principiava accussì: «Faccetta nera / bell'abissina». 'A mamà fece catunio quanno trovò in una sacchetta della giacchetta do papà una cartolina indovi era rapprisintata una fìmmina nìvura con le minne tutte di fora. Macari nel giornaletto «Il Balilla», che 'u papà gli accattava 'nzemmula a «Topolino», «L'Avventuroso» e «L'Audace», comparivano questi tirribili e firoci bissini che avivano un re impiratori con la curuna 'n testa e i pedi scàvusi, senza scarpi, e questo pirchì era re sì, ma sempri un serbaggio che di nome faciva Alè Sellassè. Michilino addecise ch'era arrivato il momento di lassari perdiri l'indiani e di principiare a dare la caccia ai bissini col moschetto arrigalato da 'u papà. La baionetta del moschetto, a differenzia di quella dei sordati veri, era già attaccata e si isava e s'abbassava a siconda del bisogno. La lama era a forma di triangolo e di subito Michilino s'addunò che aveva la punta apposta ammaccata e non era manco affilata. Nei sei jorna che ancora passò in vacanza nella campagna di nonno Filippo, ogni doppopranzo sinni scinnì nella dispensa indovi 'u nonno teneva gli strumentii e, con una lima e una petra firrigna, affilò la lama e ci fece la punta. Quanno tornarono in pàisi, l'arma era perfetta. Ora doviva trovare un modo d'esercitarsi. Pensa ca ti ripensa, gli venne a mente il tettomorto dove ci stavano accatastate tutte le cose vecchie che in casa non sirvivano più. Un doppopranzo che 'u papà e 'a mamà durmivano, pigliò la chiavi, acchianò una rampa di scale, raprì la porta del tettomorto, trasì. Quasi subito si addunò di una enormi cornici dintra di la quali ci stava, a grannizza naturali, la fotografia di 'u zù Pitrino, il frati do papà ch'era morto nella granni guerra, in divisa di tenenti. Meglio d'accussì non potiva spirari. Isò la baionetta, la fissò, si tirò narrè di qualichi passo e partì di corsa. Il vitro che cummigliava la fotografia si frantumò con un botto terribili in cento pezzi, la baionetta trasì all'altizza della panza di 'u zù Pitrinu passandola da parte a parte. Le schegge di vitro non l'avivano firuto. Fu mentri tirava con tutta la forza la baionetta per farla nesciri fora, che vitti con la cuda dell'occhio un movimento. Era una palumma bianca, di certo sinni stava ammucciata darrè la fotografia e quanno aviva tentato di scapparsene volando un pezzo di vitro le aveva tagliato un'ala. Ora firriava su se stessa, stinniva l'ala bona, ma non ce l'avrebbe mai fatta a volare. Quanno lo capì, si strascinò fino a un vecchio baullo, vi si appuiò. Michilino finalimenti arriniscì a far nesciri la baionetta dal cartone della fotografia, taliò la palumma, le si avvicinò a lento, le posò supra a leggio la punta dell'arma, poi la calò e lentissimamente fece trasire tutta la baionetta, adascio adascio, nel corpo del bissino col mantello bianco.

Il jorno appresso, verso le quattro di doppopranzo, 'a mamà lo lavò, lo pettinò e lo vestì bono.
«Indovi andiamo, mamà?».

«In chiesa».

«Posso purtari 'u moschettu?».

«In chiesa non si portano armi, manco quelle per finta».

Per finta? Ma se ci aveva ammazzato un bissino col mantello bianco!

«E che ci andiamo a fari in chiesa?».

«Devi cominciare a imparare le cose di Dio, ti devi priparare per la prima comunione».

«Quand'è che la faccio?».

«Poi si vede».

«E mentri a mia m'inzignano le cose di Dio tu che fai?».

«Me ne vado a spasso. Doppo un'orata torno a pigliarti. Ci dovrai andare una volta alla simana».

«Fino a quanno?».

«Ce lo dirà patre Burruano quando sarai pronto a riciviri la comunioni».

Patre Burruano era un quarantino eleganti, la tonaca senza una macchia o una piega, le scarpi lucitatissime, colletto e polsini d'un bianco che a momenti sbrilluccicava, ralogio e occhiali d'oro. Doppo ogni cosa che diciva spiava ai picciliddri che aviva davanti:

«Chi ha capito quello che ho detto?».

Michilino, che senza manco essiri ancora andato a scola sapiva il leggiuto e lo scrivuto, si trovò il più avvantaggiato tra quella decina di carusi, figli di gente vascia, 'gnoranti e vastasa: piscatura, carrittera, viddrani, spalloni portuali. Era sempri Michilino a isare la mano per dire che aveva capito.

Un jorno, finite le cose di Dio, patre Burruano fece a Michilino:

«Tu resta qua».

Il picciliddro e il parrino si trovarono soli nella sagristia. Patre Burruano accavallò le gambe e s'addrumò una sigaretta Serraglio, le stesse che fumava 'u papà e che costavano care. Non parlò, non disse nenti. Doppo. tanticchia comparse 'a mamà con la faccia prioccupata pirchì l'aspittava fora dalla chiesa e non l'àviva visto nesciri. Però, appena vitti a Michilino assittato e composto, si carmò. Patre Burruano si susì.

«Cara signora Sterlini! È da un bel pezzo che non ci si vede!».

'A mamà arrussicò mentri gli pruiva la mano. Il parrino la pigliò, la stringì, ma non gliela lassò, anzi la mise in mezzo alle sò dù mano.

«Vorrei parlarle di suo figlio».

«Perché? È stato discolo?».

«No, no, tutt'altro» fece il parrino, carezzando il dorso della mano da mamà.

«Michilino, vai in chiesa e aspettami».

Mentri patre Burruano inserrava la porta della sagristia, Michilino principiò a firriare chiesa chiesa. Davanti alla statua di san Caloriu si fermò a longo. Ogni anno la processioni di san Caloriu passava sotto i finestroni della sò casa in un subisso, un tirribilio di vociate, priere, tammurinate, scampanellate, marcette della banda comunale, mentri la gente dai balconi gettava chilate intere di pane tagliato a fette su quelli che seguivano il santo e che pigliavano a volo. Ora come è che mai prima aveva fatto caso alla faccia del santo? Come è che non si era mai addunato che san Caloriu era nìvuro di pelli? Ora, alla luce delle decine di cannile davanti alla statua, si fece capace della virità: quel santo era un negro e squasi di sicuro era un bissino. Ma se era un bissino feroci e serbaggio pirchì l'avivano fatto santo? Di certo c'era stato errori e lui doviva metterci rimeddio. Se avesse avuto il moschetto, l'avrebbe pigliato a baionettate come aviva fatto con la fotografia do zù Pitrino. Doviva pinsarci bene. Si fermò davanti a Gesù crucifisso. Sapiva, e glielo aviva ripetuto poco prima patre Burruano, che la colpa di tutto quel sangue che gli nisciva dal costato ferito dalla lancia, di quella corona di spine che gli spurtusavano la testa, di quella smorfia di duluri che gli si liggiva nella faccia, era macari sò di lui, Michilino, e che ogni volta che non era bidiente, ogni volta che diciva una farfantaria, ogni volta che arrubbava un dolci, la marmellata, il meli, allura i chiova che tenevano a Gesù inchiovato alla cruci trasivano ancora di cchiù in quella carni marturiata. Ogni piccatazzo che faciva era come una martellata supra i chiova. S'agginucchiò, principiò a prigari e priganno grosse lagrime gli calavano dall'occhi. Doppo capì che doviva essiri passata una mezzorata e 'a mamà ancora non si vidiva. Allura si susì e si rimise davanti alla statua di san Caloriu. Si taliò torno torno, in chiesa non c'era anima criata. S'arrampicò sulla balaustra assistimata davanti alla statua, si mise dritto in quilibrio e sputò in faccia al santo. Scinnì e tornò ad agginucchiarsi davanti a Gesù. 'A mamà lo trovò accussì.

Si l'abbrazzò, niscirono fora della chiesa. 'A mamà era russa in faccia, pariva pigliata da un càvudo più forti di quello che c'era. Michilino s'addunò che alla mamà ci ammancavano dù buttuna della cammisetta. Glielo disse. 'A mamà arrussicò di più, la faccia le addivintò una vampa di foco.

«Quanno me la misi non me n'addunai che mancavano dù bottoni».

Ma a Michilino, niscenno da casa, la cammisetta era parsa a posto.

«Che ti disse 'u parrino di mia?».

«Di tia?» fece 'a mamà che pariva suprappinsero. «Disse che sei un bravo picciliddro, il meglio, intelligente e sensibili».

Arrivata alla casa, 'a mamà si cangiò di prescia la cammisetta.

La secunna volta che andò alle cose di Dio, patre Burruano fece vedere un libriceddro.

«Questo è il catechismo. Ci sono i comandamenti. È inutile che lo dia a ognuno di voi, tanto siete gnoranti come capre e non sapiti leggiri. L'arrigalo solo a Michilino».

E si mise a spiegari cu era Diu e come tutti dovivano amari e prigari sulamenti a quel Dio, pirchì non c'erano altri Dii, macari se dicivano di esserci. Alla fine, 'u parrino mandò via a tutti, meno Michilino. Come la prima volta patre Burruano, assittato nella seggia allato, s'addrumò la Serraglio. A un certo punto spiò:

«Tu ti tocchi?».

Michilino intordunì. Che voliva dire patre Burruano? Ci pinsò supra tanticchia poi arrispose:

«Mi tocco quanno una cosa mi fa mali. Si cado e mi nesci sangue da un ginocchiu, certo che me lo tocco».

«No» disse il parrino. «Volevo sapere se ti tocchi lì».

E col dito gli fece 'nzinga in mezzo alle gambe.

«Qui?» fece Michilino taliando dalla parte dell'aciddruzzo, come lo chiamava 'a mamà.

«Esattamente».

«E pirchì me lo devo toccari se non mi fa male?».

«Mai mai?»

«Mai mai».

Patre Burruano non parse pirsuaso, allungò una mano e la posò supra l'aciddruzzo. Doppo fici una smorfia.

«Che hai in sacchetta?».

«Nenti».

«Alzati e mettiti davanti a mia».

Michilino bidì, 'u parrinu tastiò con la mano l'aciddruzzo, parse sorpreso.

«Assettati».

In quel momento arrivò 'a mamà, 'u parrinu si susì.

«Carissima...» principiò.

«Non ho tempo, mi scusi» disse 'a mamà. «Michilino andiamo via. Buongiorno».

«I miei rispetti» fece patre Burruano imparpagliato e 'nfuscato.

Balduzzo tornò in paìsi al tri di settembiro. Aviva cangiato di divisa, ora indossava una uniformi che si chiamava coloniali e in testa aviva un casco che pareva uno sploratori. Dovendo partire per un posto che si chiamava Ritrea, per dù jorni sulamenti aviva avuto il primisso di salutare a sò patre e a sò matre. Ma passanno sutta il finestrone, si era appattato con Marietta. Il jorno appresso, quanno la picciotta arrivò al pagliaro, ci trovò già a Balduzzo che l'aspittava.

«Non ho tempu» fece Balduzzo. «Levati le mutanne e mettiti alla picorina».

Marietta non sapiva che veniva a significari mettersi alla picorina, ma oscuramente l'accapì. Balduzzo le si assistimò di darrè, lo tirò fora, trasì, unu, dù, tri, quattro, cinco, sei e setti. Sburrò. Si susì, se lo rimise dintra i cazùna. Abbrazzò a Marietta, la vasò sulla vucca.

«Se torno vivu dalla guerra, nni maritamu».

Sinni niscì. Marietta a lento a lento si susì addritta. E sentì il liquito di Balduzzo che le colava sulle gambe. Con due dita ne pigliò tanticchia, lo taliò, lo sciaurò, lo portò all'altizza della vucca, tirò fora la lingua, lo liccò. Non gli abbastò, ne voliva ancora. Infilò le stesse due dita dintra di sé e quanno le sentì assuppate di spacchio le portò nuovamenti alla bocca. Doppo cadde, sbattendo il culo 'n terra, e si mise a chiangiri dispirata.

I deci cumannamenti Michilino se li liggì in mezza jornata, ma trovava quarche difficoltà a capirli, dù in particolari. Ne parlò a tavola un mezzojorno.

«Un cumannamento dice che uno non devi ammazzari pirchì fa piccato».

«Giusto» fece 'a mamà.

«E allura Buffalo Bill quanno ammazzava gli indiani faciva piccato?».

'A mamà non arrispunnì, taliò imparpagliata a 'u papà. Il quali fici un surriseddru e parlò.

«Buffalo Bill faciva la guerra all'indiani. E quanno si fa la guerra ammazzari non è piccato. Macari se si ammazzano gli abissini non è piccato».

«E ammazzare un armàlo che è, piccato?».

Stavolta si misero a ridiri 'nzemmula, 'u papà e 'a mamà.

«No» disse 'a mamà «ammazzare un armàlo non è piccato. Secunno tia, quanno 'u papà va a caccia e ti porta un cunigliu, quello che ti piaci assà all'agroduci, che fa, piccato?».

La sira mentri stavano mangiando, spiò nuovamenti.

«Ma san Caloriu è nìvuro?».

«Sì» disse 'a mamà.

«Allura è bissino tirribili e firoci?».

«Ma quanno mai!» rise 'a mamà. «Che ti viene in testa?».

«Se è nìvuro!».

«Non tutti i nìvuri sono abissini» concluse 'a mamà.

Comunque sia, stabilì che la duminica che viniva, che era il jorno di san Caloriu, non gli avrebbe jttato il pane dal finistrone. Non aviva 'ntinzione di fare festa a un nìvuro, bissino o no.

A mezzojorno del jorno seguenti Michilino sinni niscì con un'altra domanda:

«Che viene a dire atti impuri?».

«Bih, che camurria!», fece 'u papà. «Possibile che 'stu picciliddro parla sempri di cose chiesastriche?».

«Non ti piace tuccari quest'argomento, eh?» spiò fridda fridda 'a mamà.

'U papà si susì di scatto, jttò il tovagliolo supra il tavolino, niscì murmuriando:

«Che grannissimo scassamento di minchia!».

«Non parlari accussì!» gli gridò appresso 'a mamà.

E doppo, rivolta a Michilino:

«Gli atti impuri sono le cose vastase».

Michilino aggelò. Marietta non gli aviva voluto spiegari in che consistessero, ma erano quelle cose che 'u papà aviva fatto con la criata Gersumina ed era pirciò successo il catunio. Le cose vastase, gli atti impuri, erano piccato spavintoso, chi le faceva sinni calava dritto dritto allo 'nfernu con tutte le scarpi e abbrusciava vivo pi l'eternità. E sò patre, facenno le cose vastase con la criata, non sulamenti si era addannato l'arma, ma aviva incarcato di più i chiova nelle carni di Gesù. Non spiò altro alla matre, atterrito.

Ai primi del mesi di settembro smorcò un càvudo che non c'era stato manco ad austu. La notti macari il semprici linzolo dava fastiddio ed era difficili assà arrinesciri a pigliare sonno, sudatizzo e impicciatizzo uno si votava e si rivotava e baschiava per un'orata bona prima che le palpebre calassero. Ma non era detto che restassero calate a longo, doppo tanticchia capace che uno s'arrisbigliava pirchì gli ammancava l'aria. Le fi-

nestre spalancate, i finestroni aperti non portavano ri-
frigerio, non facivano corrente.

Una notti, che stava finalmenti arriniscendo ad addrummiscirisi, sentì 'a mamà che lo chiamava vascio vascio dal letto granni:

«Michilino».

Va a sapiri pirchì, non arrispose. Forse per la troppa faticata fatta nell'agguantare il sonno.

«Michilino, che fai? Dormi?» insistette 'a mamà.

Non ebbe gana per raprire la vucca. Per evitare che
sò matre continuasse a chiamarlo, fece il sciato longo
e regolari di chi è in sonno profunno.

«Non lo vidi che dorme?» intervenne 'u papà macari lui a voce vascia.

Non passarono cinco minuti che il letto principiò a
essiri smurritiato e a fare rumorata. 'A mamà suspira-
va e diciva:

«Adascio, Giugiù, adascio».

Che stavano facenno? Non resistette alla curiosità
e raprì l'occhi. Di subito non vitti nenti, la luce del lumino sutta la Madonnuzza era troppo debole.

C'erano, supra il lettu, dù ùmmire confuse che si ca-
taminavano. A picca a picca la sò vista s'abituò. 'U papà
e 'a mamà stavano nudi, 'u papà supra e 'a mamà sutta,
e 'u papà dava a la mamà colpi di panza forti forti, accussì forti che 'a mamà principiò a lamentiarsi e a fare:

«Ah! Ah! Gesù! Gesù! Ah!».

Poi tutto finì di colpo. 'U papà si stinnicchiò allato
a la mamà, si votò sul scianco dandole le spalle e squasi di subito principiò a runfuliare.

Dù notti appresso 'a mamà ripigliò a spiare: «Michilino, dormi?».

Il picciliddro non arrispose, deciso a vedersi tutta la facenna dal comincio. Solo che stavota, appena aperti l'occhi, la scena gli s'appresentò diversa. 'A mamà aviva di sicuro tentato di scappare, ma 'u papà era arrinisciuto ad affirrarla per le gambe e a farla cadiri in avanti, tant'è vero che ora 'a mamà sinni stava agginucchiata con la faccia sprofunnata nel cuscino. 'U papà stava macari lui agginucchiato darrè di lei, tenendola ferma con le dù mano all'altizza dei scianchi, e le dava i soliti potenti colpi di panza. I lamenti della mamà erano suffi-cati dal cuscino, ma doviva patire assà, pirchì non fa-civa più «ah! ah!», ma, mischineddra, «ahi! ahi!». La tistera del letto sbattiva continuamenti contro il mu-ro. La facenna durò tanto a longo che Michilino non arriniscì a vidiri come andava a finire, una piombigna botta di sonno l'agguantò a tradimento.

La notti tra il quattordici e il quinnici di settembi-ro Michilino non pigliava sonno. Il fatto era che il jor-no appresso era il primo jorno di scola, 'a mamà gli avi-va accattato la cartella dintra la quali aviva messo il ca-lamaro, la pinna, il sillabario, un quaterno a quatretti e un quaterno a righe. Il panino col salami per la cola-zioni era stato già priparato e stava nel frigidere. 'A mamà gli aviva raccomandato di dormiri, doviva essi-ri frisco come una rosa, ci avrebbe pinsato lei a chia-marlo alle setti e mezza. Inveci, quanno aviva appena pigliato sonno, venne arrisbigliato dal cigolìo delle re-ti del letto granni. Raprì l'occhi e si sentì pigliare da

41

una immensa cuntintizza. 'A mamà era assittata supra la panza do papà ed era lei, stavolta, a dare i colpi, si susiva e s'assittava, si susiva e s'assittava, e 'u papà, posandole le mano sulle minne, ammatula cercava d'ammuttarla narrè, ma la sò forza non era bastevole, 'a mamà pariva addivintata una cavallarizza come quella che aveva visto al circolo questre, il cavaddro-papà non ce la faceva a livarsela di supra. Finalmenti 'a mamà stava vincendo! Era arrinisciuta a mettere sutta a 'u papà e a fargli scuttare il piccatazzo di aviri fatto cose vastase con la criata Gersumina. E Gesù, a vidiri quella scena, sicuramenti si era sentito arricriare tutto. Michilino di questo si fece immediatamenti e fermamenti pirsuaso, aviva avuto la spiegazioni di quello che capitava la notti: certe volte, 'u papà e 'a mamà facivano la lotta. Una lotta senza quarteri che impignava tutte le loro forze. Spisso vinciva 'u papà pirchì era mascolo e pirciò più forte. Ma qualichi volta 'a mamà ce la faciva a metterlo sutta, spalli 'n terra, e gli faceva pagari tutti i piccata col palmo e la gnutticatura.

Due

Le scole vascie, le limentari, stavano squasi sulla banchina del porto. A Michilino, vistito bono, con la cinghia della cartella che gli passava sul petto, l'accompagnò 'a mamà la quali gli aveva detto, mentri che lo pittinava, che il maestro di nome faciva Attilio Panseca e che era una brava pirsona. Le prime limentari erano al piano terra, Michilino era nella A, la classi più vicina al portone. Il maestro Panseca, con la cammisa nìvura e il distintivo fascista all'occhiello, stava sulla porta della classi e teneva un foglio in mano. Fece il saluto romano e macari 'a mamà e Michilino salutarono alla stissa manera.

«Tu come ti chiami?» spiò il maestro.

Ma doviva saperlo, pirchì fece un surriseddru alla mamà.

«Sterlini Michelino».

Il maestro taliò il foglio.

«Primo banco vicino alla finestra. L'accompagni lei, signora».

Il banco era a dù posti, il compagno non era ancora arrivato. 'A mamà fece assittare a Michilino nel posto proprio allato alla finestra che si vedeva un papore attraccato e gli spalloni che acchianavano sulle farlacche portando cascie incoddro che mettevano nella stiva. 'A mamà lo vasò sulla fronti.

«Quanno finisce la lezioni non ti cataminare da questo posto, ti vengo a pigliare io. E non dari confidenzia a nisciuno».

Il compagno di banco trasì mentre 'a mamà nisciva. Macari lui era stato accompagnato da sò matre; di nome faciva Scuderi Birtino, era sicco sicco e aviva gli occhiali di vista. Michilino si taliò torno torno. C'erano deci banchi, la lavagna, la pidana con la cattidra. Supra il muro darrè la cattidra ci stava un crucifisso assistimato in mezzo a dù fotografie: quella di mancina appartiniva a Sò Maistà Vittoriu Manueli, quella di dritta era di Sò Cillenza Benitu Mussolini. Tempo un quartodura la classi si inchì, ma nisciuno faceva battarìa, nisciuno parlava, tutti stavano fermi e taliavano avanti. A un certo punto sonò una campanella, il maestro Panseca trasì, chiuì la porta, s'assittò sulla cattidra e raprì il registro.

«Ora faccio l'appello. Chi viene chiamato, si alza, fa il saluto romano, risponde "presente" e poi si risiede. Cominciamo. Abbate Filippo».

Abbate Filippo non fece a tempo a susirisi che la porta si raprì e apparsero un quarantino, malovistuto e giarno in faccia, che tiniva per mano un picciliddro biunnizzo che pareva scantato.

«La campanella è sonata» fece friddo il maestro. «Siete in ritardo, potrei non ammettere in classe suo figlio. Ma dato che è il primo giorno, passi. Tu come ti chiami?».

«Maraventano Alfio» arrispose il picciliddro squasi trimando.

«All'ultimo banco. Starai solo».

Alfio Maraventano s'avviò a testa vascia in mezzo alle dù fila di banchi.

Sò patre invece restò fermo vicino alla porta.

«Signor maestro, mi pozzu permettiri un consigliu?» fece.

Il maestro Panseca lo taliò 'nfuscato.

«Da lei non accetto consigli. Comunque, dica».

Maraventano patre indicò la pareti darrè la cattidra.

«Abbisogna spostari il crucifisso».

«E perché?».

«Pirchì accussì pare Gesù in mezzo ai dù latroni».

Il maestro arrussicò, si susì dalla cattidra, trimuliava tutto che pareva che ci stava vinendo il sintòmo, indicò a vrazzo stiso la porta.

«Fuori da qui, laido comunista! Fuori!».

Il signor Maraventano niscì calmo calmo. Il maestro s'assittò, si risusì, scinnì dalla cattidra, niscì in corridoio.

«Oggi stesso faccio denunzia!» gridò.

Tornò dintra, s'assittò, ancora aviva tanticchia di trimulizzo, s'asciucò la fronti col fazzoletto.

«E tu non piangere! Altrimenti ti caccio via a pedate, capito?».

Tutti si votorono verso l'ultimo banco indovi Alfio Maraventano, sulo e scunsulato, si era messo a chiangiri cummigliandosi gli occhi con il vrazzo.

Finuto l'appello, 'u maestro spiò:

«Sapete perché i bimbi d'Italia si chiaman Balilla?».

E si mise a contare una storia come e qualmenti a Ge-

45

nova, a lu tempo ca la governavano l'ostrechi e i ginovisi pativano sutta l'angaria di sti gran fitusi, un picciotteddro che di nomu faciva Giambattista Perasso intiso Balilla s'arribbillò e tirò una pitrata agli ostrechi. Fu accussì che la popolazioni ci andò appresso e fece scappari il nimico. Ma questo cunto Michilino già l'accanusciva e perciò ogni tanto si votava verso l'ultimo banco indovi ci stava Alfio Maraventano che teneva la frunti appuiata sul banco.

«Papà, che viene a diri comunista?».

Stavano mangiando, e la domanda di Michilino fece sussurtari a 'u papà e 'a mamà che si taliarono.

«Chi ti ha insignato 'sta parola?» spiò 'u papà.

«Nisciuno. La disse il maestro Panseca al signor Maraventano».

«Ah!» fece 'u papà. «Il figlio di Maraventano è in classi cu tia?».

«Sì, papà».

«Contami quello che è capitato».

Michilino glielo contò.

«Tu a questo compagnuzzo tò, a questo Alfio Maraventano, non ci devi dare assolutamenti cunfidenzia, non ci devi manco parlari. Promisso?».

«Sì, papà» fece Michilino. «Ma che viene a dire comunista?».

«I comunisti sono genti tinta assà. E non capiscio com'è che permettono che i figli de' comunisti vanno a scola cu i figli della gente perbene».

«Papà, i comunisti sono peggio dei bissini?».

«Peggio, pirchì gli abissini almeno sono sarbaggi e nìvuri, mentri i comunisti sono genti che pàrono come a noi, inveci sono diversi. Non cridino a Dio, alla Madonna, a Gesù, non cridino alla Patria, insurtano il Re e Mussolini e ci vogliono vidiri tutti morti a noi fascisti, appisi ai lampioni».

«E vogliono macari l'amuri libiro» disse con un suspiro 'a mamà.

'U papà s'arrabbiò.

«Che ci conti queste cose al picciliddro? Che ti viene in testa? Quello 'sti cose non le capisce».

«Se me le spiegate, le capiscio» disse Michilino.

«Lassa perdiri, quanno sei più granni te lo spiego. Comunque devi sapiri che in pàisi ci sono quattro o cinco di questi comunisti e che Totò Maraventano, 'u sarto, è il peggio di tutti. Non passa un mesi che non lo portano in càrzaro. È un galiotto 'mbriacuni e morto di fami che non ha mai gana di travagliari, ma sulo di sparlari del nostro amato Benito Mussolini».

Michilino se ne ristò a longo in silenzio. Doppo, quanno 'u papà si stava piglianno 'u cafè, raprì nuovamenti la vucca.

«Pirchì non l'ammazzate?».

«A cu?» fece 'u papà strammato.

«A Totò Maraventano. Se tu dici che vi voli vidiri appisi ai lampioni, non è meglio pinsaricci prima e ammazzari a lui?».

«Se lo meriterebbe» arrispunnì 'u papà. «Ogni tanto gli dunano una fracchiata di lignati e lo mandano allo spitali. Lui, passata qualichi simanata, s'arripiglia e torna peggio di prima. L'erba tinta non mori mà. Prima o doppo però qualichiduno si rumpirà veramenti i cugliuna e…».

«Non dire parolazze» lo rimproverò 'a mamà.

«Che sono i cugliuna?».

«Lo vedi?» fece 'a mamà arrabbiata a 'u papà.

«I cugliuna stanno in quel sacchiteddru che hai sutta all'aciddruzzo» spiegò 'u papà.

«E come fannu a rumpìrisi?».

«Lo capirai quanno sarai più granni».

Ma era possibili che la risposta era sempri la stissa? Quanno sarai granni! Ma quantu ci voliva a un picciliddro per addivintari granni?

Il secunno jorno il maestro Panseca parlò di Benito Mussolini, contò che era nasciuto poviro, figlio di un fabbro firraro, che aviva fatto la granni guerra come caporali e che era stato firuto.

Spiegò la storia del fascio e della marcia su Roma. Disse che a un omo come Benito Mussolini tutti i popoli della terra ce lo invidiavano e che assai presto quest'omo mannato dalla Pruvidenzia avrebbe fatto la guerra agli abissini, l'avrebbe vinciuta e l'Italia, da regno che era, sarebbi addivintata impero. Doppo principiò a inzignari l'inno del balilla che tutti dovivano cantari in coro:

Fischia il sasso, il nome squilla
del ragazzo di Portoria
e l'intrepido Balilla
sta gigante nella storia…

Il terzu jorno il maestro chiamò a Michilino alla lavagna e gli addumannò di fari un'asta col gessetto. Michilino ci provò e l'asta ci niscì tutta calata a mancina.

«Falla meglio».

Michilino si sforzò di non fari calare l'asta a mancina per cui gli venne fora un'asta che pinniva tutta a dritta. I compagnuzzi si misero a ridiri. Il maestro Panseca s'arraggiò.

«Voglio vedere a voi quando vi chiamo che bella figura che ci fate! Voglio vedere le risate! E tu riprova!».

Michilino ci stette attento, si sforzò di non farla penniri né a dritta né a mancina. Sulla lavagna apparse una specie di sirpenteddru che pareva che strisciava. Il maestro agghiazzò la classi con un'occhiata di foco.

«Il primo che ride lo sbatto fuori a pedate!».

E po', 'nfuscato, spiò:

«Non le sai fare le aste?».

«No» fece vrigugnoso Michilino.

«Ti ci vorrà una vita per imparare a leggere e a scrivere!» commentò, àcito, il maestro.

«Ma io saccio leggiri e scriviri» disse Michilino.

«Davvero? Non mi stai dicendo una farfantaria?».

«Io non dico farfantarie. Le farfantarie fanno piangere a Gesù».

«E pure Mussolini si dispiace se uno dice bugie, ma non piange, perché è un uomo forte» fece il maestro.

Pigliò un giornale che teneva piegato in sacchetta, lo raprì, lo mise davanti a Michilino.

«Che c'è scritto qua?».

«Il Popolo d'Italia».

«E qua?».

«Fondato da Benito Mussolini».

«E qua?».

«17 settembre 1935».

La classi si mise a battere le mano. Michilino si sentì inorgogliuto.

«Silenzio!» fece il maestro. «Ora piglia il gessetto e scrivi la prima cosa che ti passa per la testa».

Michilino ci pinsò supra tanticchia e doppo scrisse: «Io amo Gesù, Mussolini, il papà e la mamma».

I compagnuzzi non capirono quello che Michilino aviva scrivuto, capirono però che aviva fatto quello che 'u maestru voliva. Stavolta l'applauso fu accompagnato da càvuci e pugna contro i banchi. La porta si raprì di colpo e apparse un sissantino che pariva un nano, con la cammisa nìvura, il distintivo all'occhiello e un sicarro in vucca.

«Che succede qua?» spiò 'mpirioso.

Il maestro Panseca si susì addritta, salutò romano.

«Signor Direttore!».

L'altro lo taliò, non arrispunnì al saluto.

«Ho domandato che sta succedendo in questa classe».

«Guardi quella frase alla lavagna, signor Direttore. L'ha scritta questo bambino. Che ci sta a fare alla prima?».

«Come ti chiami?» spiò il direttore che non parse ammaravigliato della facenna.

«Mi chiamo Sterlini Michelino».

Stavolta il signor direttori s'ammostrò intirissato, si levò macari il sicarro dalla vucca.

«Sei per caso figlio del camerata Giugiù Sterlini?».

«Sì».

«Vuoi dire a tuo padre di passare da me verso le cinque di oggi doppopranzo?».

E votò le spalli per andarsene. Il maestro ebbe appena appena il tempo di dire alla classi:

«In piedi».

Ma il signor direttore era già nisciuto.

«Seduti» fece il maestro Panseca. «E venga alla lavagna Maraventano».

Tutti si votarono verso l'ultimo banco. Alfio Maraventano aviva gli occhi russi di chianto, caminando verso la cattidra cimiava che pariva 'mbriaco.

«Che hai?» spiò il maestro. «Ti senti male?».

«Ajeri a sira vinniro li guardii e arristaro a mè patre».

«Qui non si parla in dialetto! Si parla in italiano! Hai capito? Sai contare fino a tre?».

Alfio, che aviva le lagrime in punta, non arriniscì a parlari, fece 'nzinga di sì con la testa.

«Allora fammi tre aste».

Alfio pigliò il gessetto, il vrazzo gli trimava. Restò con la mano a mezz'aria, immobili.

«Allora? Ti decidi?» spiò Panseca.

I compagnuzzi vittiro a picca a picca il vrazzo di Alfio finiri di trimari, poi la sò mano, oramà ferma e sicura, tirò una appresso all'altra tri aste tanto dritte che parevano àrboli di barche a vela. Nisciuno s'azzardò a battere le mano, il maestro lo rimandò a posto senza diri né ai né bai e chiamò un altro.

La sira 'u papà arrivò che la tavola era già conzata, pariva allegro. Quanno si furono assittati e 'a mamà tornò dalla cucina con la minestra, 'u papà disse alla mamà:

«Oggi sono stato nominato segretario politico».

'A mamà scattò addritta, currì ad abbrazzare e a vasare a 'u papà.

«Maria! Quanto sono cuntenta!».

«Che viene a dire segretario politico?» spiò Michilino.

«Veni a dire che 'u papà è addivintato il capo, 'u cumannanti di tutti i fascisti do paìsi, tutti devono fari quello che dice lui».

«Dammi una vasata» fece 'u papà a Michilino.

Il picciliddro si susì, bidì, tornò alla minestra. Si sintiva filici che 'u papà era addivintato tanto 'mportanti.

«C'è un'altra bella notizia» disse 'u papà a sò mogliere. «Sono andato a parlari col direttore della scola. M'ha detto che nostro figlio è troppo bravo, troppo avanti per stare alla prima. Ma non abbasterebbe manco farlo passare alla secunna. La soluzioni che lui proponi a mia mi pari giusta e cioè ritirare Michilino dalla scola, farlo studiare privatamenti e po' fargli dari l'esami per la prima ginnasio».

«E indovi le piglia 'ste lezioni private?».

«Io dai parrini non ce lo mando» fece deciso 'u papà.

«E allura indovi?».

«Il direttore stisso mi ha consigliato di parlari a Olimpio Gorgerino».

«Aspetta, mi pari d'averne sintuto parlari. Non è professori di matematica all'istituto tecnico?».

«Sì, ma il direttore dice che Gorgerino è un pozzo di scienza. Però non voli dari lezioni private».

«E allura?».

«Talè, Ernestì, a Gorgerino l'hanno nominato capo dell'Opera Nazionale Balilla do pàisi, perciò a mia, che sono gerarchicamente superiori, non può diri di no. Una cosa è sicura, Michilì: tu, dumani a matino, non vai a scola. Dormi quanto vuoi».

E fu cosa bona, pirchì sulamenti all'arba Michilino arriniscì a pigliari sonno. Nella nuttata, infatti, le lotte tra 'u papà e 'a mamà erano state longhe, feroci e a diverse riprese.

Quattro jorni appresso, alle cinco di doppopranzo, 'a mamà l'accompagnò dal professore Olimpio Gorgerino che abitava in via Roma, vali a diri nella stessa strata di Michilino, a pedi erano sì e no deci minuti.

«Talìa bene il posto» fece 'a mamà, «pirchì da dumani vai e torni da solo. Oramà sei granni. Ma mi raccomanno!».

«Non ti scantari, mamà. Mi porto appresso il moschetto. Ma se devo andari ogni jorno dal professori Gorgerino, come fazzu con le cose di Dio che ho il venerdì?».

«Il venerdì vai in chiesa e salti la lezione di Gorgerino, 'u papà già ci parlò al professori, è d'accordu».

Supra la porta di casa del professore c'era una placca di ramo ovali che portava scritto «Prof. Olimpio Gorgerino» e sutta ci stavano appizzati con le puntine da disigno dù fogli di carta stampati. Uno diciva «Libro e Moschetto fascista perfetto» e l'altro «I bimbi d'Italia son tutti Balilla».

L'omo che venne a raprire era in pigiama e pantofole.

Aviva la retina in testa. Appena vitti 'a mamà fici un savuto narrè, confuso.

«Mi scusi, signora. Pensavo che ad accompagnare il picciliddro sarebbe stato Giugiù. Accomodatevi qua, torno subito».

Li fece trasire nello studio. Era una càmmara granni con un divano largo, dù putrune, quattro seggie, una scrivania cummigliata di libra e carti, tutte le pareti erano librerie con i libra messi alla sanfasò. Darrè alla scrivania una fotografia di Mussolini che faciva il saluto romano. Non c'era né crucifisso né fotografia del re. Michilino notò che c'era molto pruvolazzo supra i mobili e macari supra il pavimento. 'A mamà notò la sò taliata e disse:

«'U professori Gorgerino non è maritato, non ha nisciuno che ci duna adenzia, ecco pirchì la casa non è pulita e c'è disordini. Ma tu a queste cose non ci devi abbadare».

Tornò Gorgerino vistuto con cravatta e giacchetta. Era un cinquantino piuttosto stazzuto, russastro di capilli. Attaccò subito a parlari.

«Signora, ripeto anche a lei le cose che ho già detto a Giugiù. Non amo dare lezioni private. Quelle rare volte che l'ho fatto i miei allievi sono stati sempre promossi. Però ho un mio metodo che non va discusso, a molti può sembrare un metodo strano. Non sopporto interferenze da parte delle famiglie. Se accettate queste condizioni, non ho nulla in contrario a dare lezioni a Michelino».

«Se Giugiù è d'accordo, lo sono pure io».

Il professore si susì, 'a mamà macari.

«L'accompagno» fece Gorgerino. «Torni a riprendere

suo figlio tra due ore. Ma è meglio se da domani viene solo».

Tornato nella càmmara, Gorgerino restò addritta a taliare Michilino che stava assittato supra una putruna. Doppo disse:

«Alzati».

Michilino bidì. Il professori lo taliò in silenzio. Appresso spiò:

«Cos'hai in tasca?».

«Niente».

Gorgerino si calò in avanti, gli sfiorò con la mano dù volte l'aciddruzzo in mezzo alle gambe a capacitarsi meglio di quello che toccava.

«Minchia!» fece a mezza voce.

Ma Michilino lo sentì. Gorgerino aviva detto una parolazza che non si doviva assolutamenti dire, pena una nova suffirenzia a Gesù. Ma allora macari il professori era un vastasunazzu come un carritteri o un viddrano? E po': pirchì tutti s'ammaravigliavano di l'aciddruzzo sò?

«Assettati, Michilino. In questa prima lezione, e in altre che verranno appresso, ti parlerò degli spartani. Tu lo sai chi erano? No? Erano i fascisti al tempo dei Greci. Però prima facciamo dieci flessioni» concluse il professori levandosi la giacchetta. «Andiamo nell'anticamera che c'è più largo. Ogni lezione io la comincio sempri accussì, minimo dieci flessioni. Non lo sai che sono? Non importa. Fai quello che faccio io».

L'indomani niscì di casa col moschetto in spalla, era la prima volta che 'a mamà lo mannava sulo e Michilino, che oramà si sentiva avviato a divintare granni, caminava impettito e fiero.

Quanno Gorgerino se lo vitti spuntari a casa col moschetto, l'abbrazzò:

«Bravo Balilla, Mussolini sarà contento di te!».

Doppo taliò il moschetto, sollevò la baionetta, ci passò un dito sul filo.

«Sei stato tu a fargli la punta e ad affilarla?».

«Sì».

«Se ti piacciono le armi vere, vieni con me. Ma, attento, è un segreto, non ne devi parlari con nessuno. Giuralo romanamente».

Michilino stinnì il vrazzo dritto, disse:

«Lo giuro».

Trasirono in una càmmara inserrata a chiavi. Michilino strammò. Alle pareti c'erano appizzati fucili, moschetti e carabine d'ogni modo, manera ed ebica. Po' c'erano dù vetrine a quattro ripiani ognuna china china di pistole e revorbari.

«E funzionano tutti alla perfezione» fece Gorgerino.

Michilino non arriniscì a tenersi.

«M'inzigna a sparari?».

Il professori s'acculò all'altizza di Michilino, lo taliò fisso negli occhi.

«E tu, in cangio, ogni tantu mi la duni la tò pistola?».

«Io non ho pistole. Ho il revorbaro di Buffalo Bill».

Gorgerino arridì, sempre taliandolo fisso coi sò occhi cilestri.

«Io dicivu 'sta pistola qua».

E gli posò la mano supra l'aciddruzzo.

«Patto fatto?» spiò Gorgerino senza mai staccari l'occhi. «Sì».

«Andiamo in anticamera per le flessioni» disse il professore mittendosi addritta. «E poi ti continuo a parlare degli spartani».

Alla terza lezione Gorgerino l'arricevette in vestaglia e pantofole. Lo portò nella càmmara delle armi e impugnò una pistola.

«Questa è una Beretta» disse. «E ora ti faccio vedere come funziona. Principiamo dal caricatore».

Tutto gli spiegò in una mezzorata, Gorgerino, macari come si faciva a pigliari la mira. Poi tornarono nello studio.

«Ora facciamo come gli spartani» disse il professori. «Ti ricordi che te lo dissi? Gli spartani stavano sempre nudi».

Si livò la vistaglia. Sutta non aviva nenti, manco le mutanne. Era tanto piluso che pariva un orso.

«Spogliati macari tu. Ti vrigogni?».

«No».

Il professori s'assittò sul divano e taliò Michilino mentri si spogliava.

Doppo disse:

«Vieni sulle mie ginocchia».

Gorgerino con il vrazzo mancino l'abbrazzò e se lo tenne stritto, mentri metteva la mano dritta supra all'aciddruzzo. Stetti tanticchia accussì e po' principiò a parlari stranео.

«*Feughein dei ton Erota*. Chenos ponos u gar aluxo…».

57

«Comu parla?».

«È greco, Michilì. È una poesia di uno che si chiamava Archia d'Antiochia. Le parole significano: "Bisogna fuggire Eros. È una parola!"».

«E chi è Eros?».

«Eros era il dio dell'amore».

«E perché abbisogna scappari da lui?».

«Michilì, io non scappo».

Suspirò, pigliò nel pugno chiuso a tubo l'aciddruzzo, principiò a fargli scorrere la pelli avanti e narrè. Michilino non sciatò, era il patto, lui aveva già jocato con la Beretta. Doppo tanticchia Gorgerino spiò:

«A tia non t'attisa ancora?».

«Che viene a dire?».

«Scendi. Guarda».

In mezzo alle gambe di Gorgerino spuntava una specie di ramo d'àrbolo.

Michilino lo taliò sbalordito.

«Macari a mia può addivintari accussì?».

«Sì. Ma ora fammi un favore. Stenditi a pancia sotto sulla poltrona. Ecco, accussì. Fermo. E non guardare fino a quando non te lo dico».

Gorgerino arristò addritta, a dù passi dalla poltrona. Michilino sintì, passato picca, il sciato del professori addivintari grosso grosso sino a trasformarsi in una specie di lamento uguali a quello che certi notti faceva 'a mamà.

«Ora puoi voltarti».

Gorgerino, che si era rimesso la vestaglia, stava infilandosi in sacchetta un fazzoletto tutto vagnato.

«Adesso andiamo avanti con gli spartani».

Maria, quanto ci piacivano gli spartani a Michilino! E lui stava avendo la fortuna di essere aducato come un picciliddro spartano che a sei anni viniva livato alla matre e consignato a un maestro che gli inzignava l'uso delle armi, proprio come gli stava capitando con Gorgerino. E po', arrivato a vint'anni, divintava soldato e tale arrimaneva tutta la sò vita macari se si maritava e aviva figli. E poi c'erano la bidienza, la disciplina come la chiamava Gorgerino e la gerarchia, sempri come la chiamava il professori, che veniva a dire che c'erano un capo, i sottocapi, i sottosottocapi che cumannavano e tutti gli altri stavano all'ordini: sicuramenti lui sarebbi addivintato almenu almenu un sottosottocapo.

Quella sira stissa, mentri tornava a casa col moschetto in spalla, si addunò che stava venendo nella direzioni sò Totò Maraventano, 'u sartu, il gran fituso comunista. Ma non era in càrzaro? Maraventano caminava a testa vascia con le mano in sacchetta, ma a quattro passi da Michilino isò la testa, lo vitti, e un surriseddro storto gli spuntò sulle labbra:

«Chistu portalu a Mussolini, balilluzzo».

E gli fece un gran pìrito in piena faccia. Michilino, all'offisa, satò narrè di un passo, si taliò torno torno. Nisciuno si addunava di quello che stava capitando, era l'ura di cena e la genti caminava di prescia.

«Quanno divento granni t'ammazzo» disse a voce vascia Michilino.

«Accominci bene, balilluzzo! Ma ci penserà 'u tò Mussolini a fàriti moriri in qualichi guerra appena addiventi granni».

E passò oltre. Michilino ripigliò la strata di casa, ma si sintiva tuttu sudatu, dintra al corpo aviva una specie di trimolizzo. Però, davanti a quel fituso di comunista, aveva replicato come un vero fascista e un vero spartano.

Mentri mangiavano, spiò a 'u papà:

«Maraventano, 'u sartu, niscì dal càrzaro?».

«Pirchì me lo domandi?».

«Pirchì l'incontrai per strata».

«Ti disse cosa?».

«No. Che mi doviva diri?».

Quello che era capitato tra lui e il comunista era cosa d'òmini, era una facenna che si doviva sbrogliari faccia a faccia.

«Vuol dire che l'hanno fatto nesciri. Ma tanto, tra dù o tri jorni è nuovamenti dintra».

E po' spiò, ma senza particolari 'nteresse:

«Come ti trovi con Gorgerino?».

«Bene. Mi sta spiegando gli spartani».

«E cu sunnu, 'sti spartani?» fece 'a mamà.

«Un popolo granni, curaggioso e guerriero» disse 'u papà. «Macari Mussolini ci facissi addivintari a tutti spartani!».

«Che bravo maestru che è Gorgerino!» pinsò cuntentu Michilino.

Oramà macari alla chiesa, a studiare le cose di Dio, ci andava da sulo. Quel jorno, niscenno dal portone, notò che sulle facciate delle case avevano impicciicato manifesti colorati, tutti uguali. Si fermò davanti a uno, lo liggì. Sutta a un gran fascio littorio, ci stava scritto:

CAMERATI!
DOMANI 2 OTTOBRE IN PIAZZA MUNICIPIO ALLE ORE 16
GRANDE ADUNATA
PER ASCOLTARE IL DISCORSO RADIO DI
BENITO MUSSOLINI

Dopo parlerà il Segretario Politico
Camerata GERLANDO STERLINI

Maria santa, 'u papà! 'U papà ch'era addivintato una specie di sottocapo spartano di Mussolini! Lui ci sarebbe andato a quell'adunata, a costo di scappari di casa e po' pigliarisi una fracchiata di lignati dalla mamà.

«Pirchì dumani c'è adunata?» spiò appena trasuto in sagristia a patre Burruano.

«Perché dumani Sua Eccellenza Benito Mussolini, Capo del Governo, dichiara la guerra agli abissini».

«Ebbiva! Ebbiva!» ficiro i picciliddri battendo le mano.

«E io oggi vi voglio spiegari come ci sono guerri ingiuste, sbagliate e guerri che inveci sono giuste, sante e biniditte. Quella che dumani principiamo con l'Abissinia è giusta, santa e biniditta. Voi non vi dovite scordare mai che il Santo Patre, 'u Papa, ha detto che Mussolini è l'uomo della Provvidenza. Lo sarà macari per gli abissini che finalmenti addiventeranno pirsone civili da sarbaggiazzi che erano».

«È veru ca i bissini sunnu macari cannibballi?» spiò Tatazio, un figlio di carritteri che era molto sperto.

61

«Che viene a diri cannibballi?» addimandò un picciliddro.

«Cannibale» spiegò patre Burruano «è un sarbaggio che mangia carne umana. Capace che tra le tribù abissine ce n'è qualcuna cannibale».

«Pirciò se pigliano prigioniero un nostro surdato si lo mangiano?» spiò prioccupato un altro.

Un picciliddro si mise a chiangiri comu un dispiratu.

«Che c'è?» spiò patre Burruano.

«Mè cuscinu Gnaziu è sordato in Africa. E io nun vogliu ca si lo mangiano» fece il picciliddro continuanno a chiangiri.

Alle tri del jorno appresso 'u papà si mise la divisa fascista con la cammisa nìvura, i gammala, il birritto col giummo che si chiamava fez. Era àvuto, beddru, liganti e forti. 'A mamà non finiva cchiù d'abbrazzarselo e di vasarselo. Doppo 'u papà niscì e 'a mamà si vistì macari lei in divisa, cammisetta bianca, gonna plissettata nìvura. Maria, quant'era beddra 'a mamà! Certi voti, quanno caminavano 'nzemmula pi la strata, gli òmini la taliavano, ma 'a mamà tiniva sempri l'occhi vasci e se qualichiduno la salutava arrispunniva composta calanno appena appena la testa. Puro Michilino venne vistuto in divisa e in spalla si mise il moschetto. Però 'a mamà disse:

«'U discursu di Mussolini ci lo sentiamo qua, con la nostra radio. Doppo andiamo ad ascutari 'u papà che parla».

Michilino si trovò affatato da come parlava Mussolini. Che voci che aviva! Che forza! Accussì dovivano parlari i capi spartani! A un certo punto Mussolini disse:

«Alle sanzioni militari risponderemo con misure militari. Ad atti di guerra risponderemo con atti di guerra».

Fu allura che Michilino sentì una vampata di càvudo in mezzo alle gambe.

Pinsò che si era fatta la pipì per l'emozioni, ma, passando una mano supra i cazùna, s'addunò che era asciutto.

Piazza Municipio era china di genti, mascoli, fìmmine, vecchi, picciliddri. Davanti a un palco di ligno, ci stavano dù carrabbinera nell'uniformi col pinnacchio. Una guardia municipali arriconoscì 'a mamà.

«Largo alla signora Sterlini!».

Li accompagnò in prima fila, propio davanti alla banna che stava sonanno «Faccetta nera». Appresso sonarono «Sole che sorgi» e «Giovinezza».

Allato alla mamà si venne a trovari patre Burruano. Finita «Giovinezza», sul palco spuntò 'u papà, darrè di lui ci stavano altre tri pirsone in divisa. Uno era il maestro Gorgerino.

'U papà fici il saluto romano e po' disse:

«Camerati, saluto al Duce!».

«A noi!» replicò la genti.

E 'u papà attaccò a parlari. Aviva una voci bella, chiara e forti. Certu, non era la stissa di Mussolini, ma era una voci che pirsuadiva e incitava, una voci di capo vero, macari lui spartano. Pirchì quanno stavano in casa non gli parlava accussì? Se gli parlava nell'istissa manera, Michilino era sicuro che gli avrebbi sempri bidi-

to. Disciplina e gerarchia, come arripiteva il professori Gorgerino. 'U papà disse alla genti che finalimenti i
nostri morti di Adua sarebbero stati vinnicati (ma
quann'era successo questo fatto di Adua? Michilino non
lo sapeva), che tutti avrebbero trovato travaglio nelle
terre conquistate e che se i nemici dell'Italia, gli 'ngli-
si in prima fila, avessero stabilito le sanzioni economiche, il popolo italiano avrebbe saputo arrispunniri senza farsi mettere i pedi in testa da nisciuno. Il discorso
do papà finì in un tirribilio di battute di mano e vociate.
E fu propio in quel momento che a Michilino gli tornò
a menti la voci di Mussolini e attisò di colpo, dopo un'altra vampata di caluri. Sintiva che in mezzo alle sò gambe l'aciddruzzo non era più aciddruzzo, ma era addivintato una specie di sparviero prepotenti. Gli stava capitando l'istissa cosa che era capitata a Gorgerino. Calò
la testa e taliò. I cazùna erano deformati dalla forza della testa dello sparviero che premeva contro la stoffa.

S'apprioccupò, non voliva che la genti lo vidisse in
quelle condizioni: infilò la mano mancina in sacchetta, affirrò l'aceddro e l'abbassò. Ma appena lo lassò,
quello tornò dritto. Allora addecise che la meglio era
tenerlo abbassato con la mano. Quanno 'u papà scinnì
dal palco, una quantità di genti l'assugliò, tutti volivano
complimentarsi con lui. Patre Burruano disse alla mamà
che era eccitata e allegra:

«Possiamo andare in chiesa?».

«A fare che?» spiò 'a mamà sostenuta.

«Porti Michelino. Parleremo di lui. Credo che ora-
mai sia pronto per la prima Comunione».

«Va bene» fece 'a mamà taliando il ralogio che aviva al polso. «Posso stare al massimo una decina di minuti».

«L'aspetto» fece patre Burruano.

Appena il parrino s'allontanò, quattro o cinque signore circondarono 'a mamà, principiarono ad abbrazzarla e a vasarla.

«Clementina!» fece 'a mamà a una fìmmina picciotta e grassa, tutta vistuta di nìvuro. «Finalmenti sei nisciuta di casa! Quanno vieni a trovarmi?».

«Uno di questi giorni di sicuro. Ho finito il lutto stritto» disse la fìmmina grassa che a Michilino fece simpatia.

Mentri si avviavano verso la chiesa, 'a mamà notò che Michilino si cataminava strammo.

«Pirchì camini accussì?».

«Pirchì l'aciddruzzo m'attisò».

«Tu pensa a Gesù e vedrai che ti passa. Non è una malatia, è una cosa che capita. Non ci dari importanzia».

«Cu è la signura Clementina?».

«Non te l'arricordi? Qualche volta è venuta a trovarmi. È la vidova, mischina, del segretario politico Sucato che è morto d'infarto. E al suo posto hanno fatto a papà».

Mancava picca alla chiesa, quanno 'a mamà principiò a ridiri tinendosi un fazzuletto supra la vucca:

«Ihh! Ihh!».

«Pirchì ridi, mamà?».

«È un fattu nirbùso».

«E pirchì sei nirbùsa?».

'A mamà aspittò tanticchia prima d'arrispunniri.

«Non sugnu propiamenti nirbùsa, sugnu cuntenta pi 'u papà».

Il portone granni era chiuso, già scurava. Pigliarono la strata laterali indovi ci stava la porta della sagristia macari iddra inserrata. 'A mamà tirò una corda, si sentì sonari lontana una campanella. Mentri aspittavano, la risata della mamà continuò tanto che a momenti si metteva a lagrimiari. Patre Burruano venne a raprire e inserrò la porta quanno furono trasuti.

Passarono in sagristia e 'a mamà disse:

«Michilì, vai in chiesa».

La porta della sagristia venne macari essa inserrata e il picciliddro si trovò dintra la chiesa completamente allo scuro, sulamenti la luci di qualichi cannila non ancora consumata si vidiva sfarfagliare davanti alle statue dei santi. Michilino non si scantò, però gli passò di colpo l'attisata che fino a quel momento aviva avuto. La statua che più di tutte aveva davanti cannile addrumate era quella di san Caloriu, che nisciuno ci potiva livari dalla testa a Michilino che si trattava di un bissino travestito da santo. Ci si avvicinò, la considerò. Poi scavalcò la ringhiera stando attento a non abbrusciarisi con le cannile, si levò dalla spalla il moschetto, isò la baionetta e con la punta toccò un pedi del santo. Non era fatto di marmaro, come aviva pinsato, ma di cartuni pressato. Principiò a fari forza sul moschetto con tutte e dù le vrazza, fino a quanno sentì che il cartuni accomenzava a spirtusarsi. S'arriposò e doppo ripigliò il travaglio. Tempo una mezzorata arriniscì a fari un pirtuso nel pedi della statua granni come quel-

lo che i chiova avivano fatto nei pedi di Gesù. Poi tirò
fora la baionetta, riscavalcò la ringhiera, s'agginucchiò
davanti al Crucifisso. C'erano sulamenti dù cannile che
si stavano consumanno.

«Ti ho vinnicato» disse al Signuruzzu.

E si mise a prigari, le mani giunte, la testa isata a taliari la faccia addulurata di Gesù. Accussì l'attrovò 'a
mamà passata un'altra mezzorata.

Alla luci dei lampioni, Michilino si addunò che 'a
mamà aviva la parti di darrè della gonna vagnata. E
po' pariva che avesse fatto una curruta, era russa in
faccia e respirava di prescia. Aviva la cammisetta stra-
pazzata.

«Ti sei vagnata, mamà?».

«Nenti, nenti» fece 'a mamà. «Addumannai a patre
Burruano un bicchieri d'acqua e tanticchia minni cadì
sulla gonna».

A casa, andò in bagno e ci si inserrò dintra a longo.
Quanno tornò, si era cangiata d'abito. Principiò a con-
zari la tavola.

«Allura che ti disse 'u parrino di mia?».

«Eh?» fece 'a mamà.

Ogni volta che stava con patre Burruano 'a mamà pariva, doppo, che si scordava le cose. Po' disse:

«M'ha detto che sei bravo assà e che sei pronto per
la Comunioni. La farai tra quinnici jorni»

«Allura non ci vado più alle cose di Diu?».

«Ci andrai il prossimo vinirdì pi l'ultima volta. Alla
fine, aspettami in sagristia pirchì ti vengo a pigliari io».

Disse queste paroli e arrussicò.

«Quest'ultima volta me lo pozzo portari il moschetto?».

«Va beni, va beni» fece 'a mamà.

Michilino provò cuntintizza granni. Accussì avrebbi potuto spirtusare l'altro pedi a san Caloriu.

L'indomani 'u papà portò una carta geografica dell'Abissinia e l'appizzò con le puntine da disegno supra la porta della càmmara di mangiari. Aviva portato macari una scatolina con spilliceddre che avevano attaccate bandierine taliane. Spiegò a Michilino che le spilliceddre le avrebbe appuntate supra i paìsi e le città che le nostre truppe via via conquistavano. I posti bissini avivano nomi strammi, Macallè, Tacazzè, Adigrat, Amba Alagi, Amba Aradam, Axum; i nomi po' dei generali bissini, che si sintivano dire alla radio, erano ancora più strammi: ras Sejum, ras Destà, ras Mangascià... La sira stissa 'u papà e 'a mamà si misero ad ascutari la radio, la scatoletta con le spilliceddre aperte.

«Questo De Bono è un granni generali» spiegò 'u papà a Michilino. «È un quatrunfiro della Marcia su Roma. Agli abissini farà un culo tanto».

«Giugiù!» l'arrimproverò 'a mamà.

Il jorno sei di ottobiro, di primo doppopranzo, la radio disse che le nostre truppi che venivano dalla Ritrea avivano accupato Adua. 'U papà satò dalla seggia e andò ad appizzare la bandierina supra la carta geografica.

Quanno Michilino arrivò dal professori Gorgerino, lo trovò con la vistaglia e le pantofole.

«Hai sentito della nostra grande vittoria?».

«Sì».

«Ne sei tu spartanamente e fascisticamente orgoglioso?».

«Certo».

«Allora oggi festeggeremo spartanamente la vittoria» fece Gorgerino levandosi la vistaglia e spuntando nudo.

Michilino, che oramà sapiva come si svolgeva la facenna, si spogliò macari lui. Po' disse:

«Professori, lo sapi? M'attisò».

«E quando?».

«Prima si cataminò tanticchia quanno sentii parlari a Mussolini, ma attisò veramenti quanno parlò 'u papà. Manco potevo caminari».

Gorgerino restò tanticchia suprapinsero. Doppo niscì dalla càmmara e tornò con un grammofono a manovella e un disco. Carricò il grammofono, mise la puntina, posò il disco sul piatto. Michilino sentì la voci di Mussolini:

«... esiste nel cuore dell'Europa con la sua massa imponente di sessantacinque milioni d'abitanti...».

Gli attisò di colpo, divintò duro come un palu.

«... con la sua storia, la sua cultura, le sue necessità...».

Gorgerino s'acculò, raprì la vucca.

«Ce l'hai come un omo».

«... la Francia democratica e massonica ha approfittato del momento in cui la Germania era ancora inerme o quasi...».

Doppo il professori disse che dovivano concludere la festa spartana. Andò in bagno e tornò con una scatoletta tunna.

«Che è?».

«Vaselina».

«A che servi?».

«Ora te lo faccio vidiri».

Stinnicchiato a panza sutta contro il bordo del tavolino, Michilino s'arricordò che uno spartano devi sapiri sopportare il duluri senza una lagrima, senza un lamentu.

Il jorno seguenti la radio disse che la Società delle Nazioni aviva decretato le sanzioni economiche contro l'Italia. 'U papà spiegò a Michilino che veniva a dire la parola sanzioni e disse:

«Abbiamo contro cinquantadù nazioni, Michilì! Cinquantadù nazioni di garrusi! Ma a tutti ci rumpiremu il...».

«Giugiù!» l'interruppi 'a mamà.

«E lassami diri quello che vogliu, biniditta fìmmina! Stasira mi sentu forti come un lioni!».

«Daveru?» spiò 'a mamà con un surriseddru maliziusu.

«Vuoi fari la guerra con mia?» fece 'u papà macari lui maliziusu.

La guerra la ficiro daveru nella nuttata. Michilino non arriniscì a chiudiri occhio, sia per le sbattutine della tistera del letto contro il muro, sia per il lamintìo della mamà e sia pirchì si sintiva abbrusciare il suo loco spartano, a malgrado l'avesse tenuto nell'acqua frisca, come gli aviva raccumannato Gorgerino.

'A mamà e 'u papà accomenzarono a parlari di quello che dovivano fari per la comunioni di Michilino.

'U papà disse alla mamà che non era d'opinioni di riserbari la festa sulamenti ai parenti stritti e larghi, le arricordò che lui, essendo che era addivintato segretario politico, aviva ora obblighi di rappresentanza. Si misero d'accordu d'affittari il saluni del cafè Castiglione, una cinquantina d'invitati ci sarebbero trasuti. 'A mamà fici stampari in tipografia gli inviti e li spedì. Michilino venne portato dal sarto Cumella che era un fascista della «prima ora», come diciva a tutti, e non un fituso comunista come a Maraventano. Cumella gli principiò a pigliari le misure, mentri 'a mamà scigliva la stoffa per il vistito. A un certo momentu, il sarto si fermò, taliò strammato la parte vascia di Michilino.

«Mizzica!».

Possibili che tutti si ammaravigliassero appena l'occhio ci si pusava supra?

«Signora, mi pirdonasse, ma ho un piccolo problema» fece il sarto.

«Che c'è?».

«Taliasse ccà, signora. Io pinsava di tagliari i cazùna come a tutti i picciliddri, ma qua bisogna tagliarli da omo granni».

«E pirchì?».

«Comu, pirchì? Signora, ma non si rende conto della dotazione, diciamo accussì, di sò figlio? Dove glielo facciamo portari, a dritta o a mancina?».

'A mamà arrussicò tanticchia.

«A mancina» decise, pinsando a indovi lo portavano tutti gli òmini che aveva accanosciuto.

La sira del jorno avanti la comunioni, 'a mamà accumpagnò a Michilino che si doviva confissari. In chiesa c'erano una decina di picciliddri con le matri. A cunfissari era patre Jacolino che era sittantino e surdo. Quanno in pàisi si volivano accanosciri i piccati di una fìmmina, abbastava mettersi vicino al confessionili pirchì patre Jacolino, a forza di diri «alza la voci, nun ci sento», obbligava la povirazza a diri i fatti sò a voci tanto forti che tutti potivano sentiri. 'A mamà invece si andava sempri a cunfissari con patre Burruano. Quanno venne il turno di Michilino, il picciliddro s'agginucchiò, si fece il signo della croci.

«Hai fatto disubbidienze?».

«Nonsi».

«Hai rispostiato malamenti ai tò genitori?».

«Nonsi».

«Hai arrubbato qualichi cosa?».

«Nonsi».

«Hai detto farfantarie?».

«Nonsi».

«Hai detto parolazze?».

«Nonsi».

«Hai fatto cose vastase?».

«Nonsi».

Qualisisiasi cose fossero le cose vastase lui non le aveva mai fatte. Si sentì di aggiungere, orgogliosamenti:

«Io non fazzo cose vastase. Fazzo cose spartane».

Patre Jacolino sussultò, strasentendo:

«Fai cose con le buttane?».

«Nonsi».

Sapeva che buttana era una parola tinta. Ma lui queste buttane non acconosceva manco come fossero fatte.

«Cinco avimmarie e cinco patrenostri. Avanti un altro».

La matina appresso niscì di casa tutto vistuto di bianco che pariva una palumma. C'erano i nonni di parte di patre e di parte di matre, gli zii, i cuscini. La cuscina Marietta l'abbrazzò forti forti e lo vasò, ma a Michilino ci parse tanticchia ammalincunuta.

La santa Missa la recitò patre Burruano. Quanno vinni il momentu della comunioni, tutti i picciliddri s'agginucchiarono in fila. Michilino si venne a trovare in mezzo. 'U parrino principiò a dari le ostie. E fu allura che un pinsero agghiazzò Michilino. Se era veru quello che aviva spiegato patre Burruano alle cose di Dio, tra picca avrebbi mangiato e digiruto il corpo e il sangue di Gesù sotto forma di ostia cunsacrata. Ma mangiarisi corpo e sangue di un omo non era cosa di cannibballo bissino? Mai, pri sempio, Gorgerino gli aveva detto che gli spartani si mangiavano l'òmini. E questo, pirciò, non era piccato mortalissimo? Pirchì non ci aviva pinsato prima, mannaggia?

«Allura?».

Era la voci di patre Burruano, imparpagliato pirchì Michilino tiniva la vucca inserrata. Macari i dù compagnuzzi vistuti di bianco che gli stavano allato agginucchiati lo taliarono. Che fare?

«Rapri sta vucca!» ordinò duro, ma a voci vascia, il parrino.

Michilino bidì e patre Burruano gl'infilò l'ostia nella vucca spingendola a fondo, scantato che Michilino la tirasse novamenti fora.

Michilino tornò al posto sò, s'agginocchiò, si pigliò la testa tra le mano.

Pariva prigare, invece ragiunava dispiratu, con l'ostia tinuta tra la lingua e il palato, non ancora agliuttuta. E più ragiunava più si faciva pirsuaso che quella facenna non era cosa giusta, c'era errori, mangiarisi l'ostia era sacrilegiu. E tutto 'nzemmula, senza manco addunarisinni, gli venne da agliuttiri. Lo fece e l'ostia sinni calumò nella panza. Ebbe un tale scanto che tutte le cose torno torno a lui scurarono di colpo. Sbinni.

S'arrisbigliò nella sagristia, 'a mamà, scantata, gli fece viviri un bicchieri d'acqua.

«Nenti, nenti, è stata l'emozioni» diciva 'u papà a nonni, zii e cuscini.

Arrivò patre Jacolino, taliò a longo a Michilino:

«Questo picciliddro è un angilo» disse.

«Vogliu andari a prigari davanti al Crucifisso» disse Michilino.

Doviva assolutamenti addimannari pirdono a Gesù pirchì se l'era mangiato senza vuliri.

«Dopo, dopo» fece patre Jacolino. «Non ti mancherà tempu».

La festa al cafè Castiglione arriniscì una miraviglia.

Tre

Una matina che 'a mamà era nisciuta e Michilino stava facenno un compito d'aritmetica, che gli aviva dato Gorgerino, assittato al tavolino della càmmara di mangiari, tuppiarono alla porta.

Il picciliddro andò a raprire pirchì era mercoldì, uno dei dù jorni nei quali la criata Lucia, che era grassa, zoppa, laida, sissantina e sempri di umori malo, non viniva. L'altro jorno che non viniva era il vinniridì. Sulla porta s'appresentò la vidova Clementina Sucato, quella che era stata la mogliere del segretario politico prima di papà. Aviva una faccia rusciana e surridenti. Gli fece una carizza sulla testa.

«C'è 'a mamà?».

«Nonsi. Ma torna prestu».

«Quasi quasi l'aspettu. Mi fai trasire?».

«Certu» disse aducato Michilino facendola accomidare in salotto.

La signura Clementina s'assittò su una putruna, tirò fora dalla borsetta un vintaglino, lo raprì, si mise a sbintagliarisi.

«Maria! Chi càvudo ca fa ancora» suspirò.

Non è che c'era tuttu stu càvudo, ma la signura era in carni e quindi ne pativa più degli altri.

«Io torno a studiari» fece Michilino.

«Vai, vai».

Doppo tanticchia si sentì chiamari.

«Michilino! Me lo porti un bicchieri d'acqua?».

«Subito».

Si susì, andò in cucina, inchì un bicchieri dal rubinetto, trasì in salotto e si fermò di colpo, tanto di colpo che mezzo bicchieri gli cadì supra i càvusi vagnandoli, proprio com'era capitato alla mamà quanno stava in sagristia con patre Burruano. Il fatto è che la vidova si era tirate la gonna e la fodetta fino alla panza e ammostrava le grasse cosce bianche bianche. Le si vedevano macari le mutanne nìvure. Appena trasì, la signura sobbalzò e si abbassò i vistita di prescia.

«Non ti sentii arrivare».

E doppo:

«Ma tu ti vagnasti!».

«Nenti, ora mi cangio».

Mentri la signura Clementina viviva, l'occhio le cadì indovi c'era la macchia di vagnatu. Si calò in avanti per smirciari meglio.

«Che hai in sacchetta?».

«Nenti».

Bih, chi camurria! Sempri la solita domanda!

«Avvicinati».

La vidova tastiò supra la macchia.

«Matre santa!» fece a mezza vucca.

«Vado a cangiarmi».

Aviva appena aperto l'armuàr indovi ci stavano i vistita sò che sulla porta della càmmara di dormiri comparse la vidova. Fu lei a levargli i cazùna e i mutanni. Muta, lo contemplò.

«È meglio che ti asciuco» disse doppo.

Tornò dal bagno con un asciucamano, glielo passò sulle parti umite.

Ogni tanto faciva, murmuriandosi:

«Matre santa! Matre santa!».

E sudava, la vidova Sucato. Passava e ripassava l'asciucamano sempri sull'istisso posto. Finalmenti gli rimise la robba asciutta. Quanno 'a mamà tornò, trovò la vidova in salotto e Michilino che faciva i compiti.

A mezzojorno 'a mamà tirò fora un certo discurso cu 'u papà.

«Giugiù, sugnu certa che Lucia, 'a cammarera, arrobba».

«Ne sei sicura?».

«Sicurissima. Siccome che da tempu m'addunavo che scomparivano ora una pusata ora un centrino, aieri doppopranzo, pi prova, lassai cinquanta lire supra la cridenza. A sira non c'erano più».

«Te li pigliasti tu, Michilì?» spiò 'u papà.

«Io non fazzo chiste cose».

«Stamatina ho cercato macari sutta la cridenza. Nenti. Che fazzo, Giugiù?».

«Che vuoi fari? Dumani, quanno veni, ci dici che non hai cchiù bisogno».

«È nasciuta zoppa?» s'intromise Michilino.

«Sì» disse 'a mamà. «Me l'ha contato lei stissa».

«E pirchì non l'hanno gettata di subito da una ru-

pe come facivano gli spartani con i picciliddri scian-
cati?».

'U papà e 'a mamà si taliarono imparpagliati. Il primo a ripigliarisi fu 'u papà.

«Non l'hanno fattu pirchì noi non siamo spartani».

«Ma siamo fascisti» ribattì Michilino. «E i fascisti
sono uguali agli spartani».

«Chi te le dice sti cose?».

«Il professori Gorgerino».

'U papà ristò a taliarlo suprapinsero.

«Oggi devo nesciri di prescia, ma un jorno di chisti
discorriamo di quello che t'insigna Gorgerino».

«Il profissori dice che delle cose che m'insigna non
ne devo parlari con nisciuno».

'U papà dovitti partiri per Roma indovi c'era adunata datosi che Benito Mussolini voliva vidiri ai segretari
politici di tutta l'Italia. Sarebbe arrimasto fora alimeno quattro jorni. Il secunno jorno 'a mamà invitò a mangiari a Clementina che nella matinata era vinuta a farle visita.

«Mi teni cumpagnia in chisti jorni che mè marito non
c'è?».

'A mamà non aviva ancora attrovato una nova cammarera, pirciò priparò il mangiari 'nzemmula con l'a-
mica, Michilino invece conzò la tavola.

Finito di mangiari, 'a mamà e Clementina si misero
a chiacchiariari restanno assittati a tavola. Michelino
pigliò a jocari 'n terra con un carro armato che gli aviva arrigalato 'u papà. Fu accussì che si addunò che la

vidova si era messa come l'altra volta in salotto, con la gonna e la fodetta tanto tirate che si vidivano le mutanne, stavolta rosa. Joca ca ti joca, il carro armato andò a finiri tra i pedi della vidova. Michilino s'infilò sutta la tavola per ripigliarselo e per un momentu s'appujò con la mano a un ginocchiu della signora Clementina. La quali, a sintiri la mano del picciliddro, inserrò di colpo le gambe. A Michilino quella carni sudatizza ci fece una 'mpressioni stramma. Provò a libirari la mano, ma non ci fu verso, più tirava e più la fìmmina stringiva. E il bello era che Clementina continuava a discurriri con la mamà, tranquilla e sirena come se sutta la tavola non stava capitando quello che capitava. Alla fini Michilino adoperò la mano libira e arriniscì a farle raprire le ginocchia. Ma non accapì se era stato per la forza sò o pirchì la vidova si era stuffata del joco.

L'indomani a matina, che era il novi di novembiro, la radio, che 'a mamà tiniva addrumata matina e sira, disse che i nostri soldati avivano pigliato Macallè. 'A mamà, cantanno una canzuna che faciva «Vanno le carovane nel Tigrai», mise la spilliceddra sulla carta geografica indovi ci stava scritto Macallè, come aviva visto fari a 'u papà quanno c'era stata la pigliata di Axum. Poi raprì il finestrone e stinnì la bannera taliana. Abbrazzò a Michilino:

«Pensa quant'è filici 'u papà a Roma ca fisteggia la presa di Macallè 'nzemmula con Benito Mussolini!».

E po' si mise a cantari «E per Benito e Mussolini / eja eja alalà».

A mezzojorno e mezzo arrivò Clementina Sucato con i cannoli e una buttiglia di marsala per fare festa a Macallè. Doppo mangiato, le dù fìmmine si companiarono tri cannoli a testa con mezza buttiglia, tanto che addivintarono allegrotte. Michilino, che si era sbafato dù cannoli, si mise a jocare col carro armato. 'A mamà e Clementina si parlavano fitto fitto a voci vascia, le teste squasi impicciate l'una all'altra, gli occhi sparluccicanti e ogni tanto ridivano. Era chiaro che si facivano cunfidenze.

'A mamà si susì, pigliò dalla cridenza un pacchetto di Serraglio, ne addrumò una all'amica e una se la mise nella vucca lei. Si versarono un altro bicchirino di marsala. La vidova stava talmenti stinnicchiata sulla seggia che a momenti sinni sciddricava sutta la tavola. Quanno il carro armato andò a finiri in mezzo ai pedi della signura Clementina, Michilino, calannosi, la prima cosa che notò fu che le mutanne della vidova erano nìvure. Si infilò sutta la tavola, pigliò il carro armato e gli venne in testa di provari se macari stavolta la signura aviva gana di jocare. Allungò la mano dritta e gliela posò su un ginocchio. La vidova non fece come il jorno avanti, inveci di stringere le gambe stavolta le allargò. E Michilino si addunò dell'errori fatto: aviva scangiato per mutanne quella che era una massa di pilu nìvuro e arricciato. Talè, chi cosa stramma! La vidova era pilusa come il professori Gorgerino! Maria santissima, era cchiù pilusa la vidova! Tutte le fìmmine erano accussì? Macari 'a mamà? Macari la cuscina? Non se l'arricordava. In mezzu al pilu, c'era una specie di ferita rosea, aperta. Come aviva fatto a farsi una firita proprio in quel posto, povira Clementina? Possibili che non ci niscisse sangue a carne viva com'era? Levò la mano dritta dal ginocchio e adascio adascio toccò la firita. La vidova continuava a parlari e a ridiri con la mamà. Come mai non pruvava duluri? E pirchì la tiniva senza fasciatura? Capace che le veniva un'infezioni. E la firita non solamenti era larga, ma doviva essiri macari prufunna assà. Con quatela e dilicatizza ci infilò dù dita dintra. Sprufunnarono. Le ritirò fora e taliò se si erano insanguliate. Nenti, solamenti tanticchia vagnate. Allura provò a infilaricci il pugno chiusu, adascio, a picca a picca, scantandosi di farle male. Fu a questo punto che alla mamà cadì 'n terra il pacchetto di sicarette e si calò per pigliarle.

La vidova si susì di scatto. Da sutta la tavola, Michilino sentì la rumorata di dù putenti timpulati, la vidova si riassittò e si risusì, ma non fece a tempu a scansari un'altra timpulata.

«Buttana! Cajorda! Fora da casa mia! 'U picciliddro mi scannaliò, sta buttanazza fitusa! Fora! Troia!».

«Aspetta un mumentu, Ernestì!» faciva la vidova currenno torno torno alla tavola assicutata dalla mamà che le tirava addosso tutto quello che le capitava suttamano, cumprisa la buttiglia di marsala.

«Tappinara! Fìmmina di burdellu! Senza mutanne s'apprisintò a la mè casa pi scannaliari a mè figliu 'nnuccenti! Bagascia sfunnata!».

La vidova arrinisci ad arrivari alla porta, raprirla, scappari. 'A mamà la inserrò nuovamenti, si calò sutta la tavola, agguantò Michilino che trimava per lo scanto, lo tirò fora.

«Vatti subito a lavari le mano! Con lo spirito!».

Quanno Michilino tornò dal bagno, la trovò pronta per nesciri. Aviva il sciato grosso, lagrime di raggia le trimoliavano dall'occhi.

«Ma che fici, mamà?».

«Mutu. Tu resta qua e non fari danno. Io torno tra cinco minuti».

«Ti vai a sciarriare con la signura Clementina?».

«Signura una minchia!» fece 'a mamà niscenno.

Michilino aggiarniò. Ma quanti piccatazzi stava facenno 'a mamà dicenno tutte quelle parole vastase che non si duvivano dire? Andò nella càmmara di dormiri, s'agginucchiò davanti alla Madonnuzza e si mise a prigari per la sarbizza dell'anima da mamà. Ma che era capitato? Pirchì quel joco con la vidova Sucato aviva tanto fatto arraggiare 'a mamà? Che c'era di mali? Povira vidova, con quella gran firita a carni viva! Inveci di pigliarla a timpulati, forsi 'a mamà avrebbe fatto meglio a chiamari 'u medicu.

'A mamà tornò con patre Burruano. Si misero in salotto e parlarono tanticchia. Doppo 'a mamà chiamò a Michilino, gli fece 'nzinga d'assittarisi sul divano allato al parrino.

«Ora ti faccio delle domande» disse patre Burruano. «Ma tu mi prometti di dire la virità?».

«Prometto».

«La mamà ha visto che tu e la vidova Sucato facevate una cosa».

«Un joco».

«Ah, era un joco?».

«Sissignura. E che doviva essiri?».

Il parrino taliò 'a mamà e fece un gesto come a dire: visto che avevo ragione io? 'A mamà tirò un suspiro profunno.

«Era la prima volta che facevate questo joco?».

E Michilino gli contò tutto, dalla prima visita della signura Clementina, quanno l'aviva aiutato a cangiarsi mutanne e cazùna, alla prima jocata, quanno gli aveva pigliato prigioniera la mano in mezzo alle gambe. 'A mamà si susì, Michilino la sentì in bagno che si lavava la faccia. Intanto il parrino gli accarizzava la testa senza diri nenti. 'A mamà tornò che pariva più carma.

«E allura?» spiò.

«Le cose restano accussì come sono» disse patre Burruano. «Parlarne ancora si fa più danno. La 'nnuccenza è restata 'nnuccenza, ringrazianno a Dio. D'accordo?».

«D'accordo» disse 'a mamà.

«Però la signura Clementina dovrebbi pensarci» disse Michilino.

Lo taliarono intordonuti.

«A che deve pinsare?» spiò il parrino.

«Alla firita che tiene in mezzo alle gambe».

Il parrino strinse a sé il picciliddro, lo vasò sulla testa.

«Non gli avete ancora spiegato nenti?» fece alla mamà.

'A mamà avvampò.

«No».

«Sai, Michilino» disse patre Burruano. «L'òmini e le fìmmine sono fatti in modo diverso. Le fìmmine hanno le minne per allattare e l'òmini no. L'òmini sono forti, hanno i muscoli e le fìmmine no. L'òmini hanno il... la... Come lo chiamate in famiglia?».

«Aciddruzzo» disse 'a mamà piglianno foco.

«... l'òmini hanno l'aciddruzzo e le fìmmine inveci hanno quella che ti è parsa una ferita mentri inveci non lo è».

«E come si chiama?» spiò Michilino.

Il parrino parse tanticchia difficortato.

«Poi te lo dice la mamà» arrisolse. E continuò:

«Ora vai in càmmara di mangiari che la mamà si voli cunfissari».

'A mamà lo taliò 'nfuscata.

«Forsi è meglio in un'altra jornata».

«Ora».

«Vai di là, Michilino. Doppo ti chiamo».

Michilino niscì, la porta del salotto venne chiusa a chiavi. Mentri era ancora fermo, sentì 'a mamà che diciva:

«No! No! Chisto no!».

«Agginocchiati!» fece la vuci 'mpiriosa di patre Burruano.

«No! No!».

«Agginocchiati ti dissi!».

Evidentementi 'a mamà non aviva gana di agginocchiarisi e di cunfissarisi. Certu che si vrigognava a ripetiri al parrino tutte le parolazze vastase che le erano nisciute dalla vucca! Ma doviva fari pinitenza, era giusto.

Appresso ci fu silenziu. 'A mamà certu si era pirsuasa e ora stava recitannu le divozioni.

Tri jorni doppo la presa di Macallè, finuto di mangiari, 'a mamà disse a Michilino:

«'U papà torna col treno verso la mezzanotti. Tu vatti a corcari».

«M'arrisbigli quanno arriva? Lo vogliu salutari».

«Sicuro».

Michilino andò in bagno, si livò i vistita, si lavò, si mise la cammisa di notti, andò a corcarsi. Per un certo tempu sentì la musica delle canzunette che 'a mamà ascutava alla radio. Po' s'addrummiscì. Gli fece raprire l'occhi una gran risata do papà. Stava sul letto granni allato alla mamà e ridiva.

«Ssssst! Che arrisbigli a Michilino!» fece 'a mamà.

«A quello non l'arrisbigliano manco le cannonate. 'U pugno ci tiniva dintra alla vidova Sucato? Tutto il pugno?».

«Maria, quanto sei vastaso, Giugiù!».

«Ho un figlio mascolo che me ne posso gloriari!».

«Tu sulamenti di queste cose ti glorii, Giugiù?».

«Pirchì, tu no?».

«Com'è Mussolini? Lo vidisti da vicinu?».

«A un passo. È un omo con i cugliuna quatrati. La sai una cosa? C'era allato a mia una segretaria federala fìmmina, di un paìsi vicino a Bologna. Quanno Mussolini ci passò vicino, lei mi disse che si era vagnata le mutanne».

«Maria, che bagascia!».

«No, Ernestì, le fìmmine fasciste del continenti parlano spartano».

Ecco! Le fìmmine fasciste erano spartane, come diciva il professori Gorgerino, e macari se si facevano la pipì d'incoddro non si vrigognavano a dirlo.

«E tu che ci hai fatto con chista camerata del continenti?».

«Io? Nenti» fece 'u papà. «Lo sai che vogliu beni sulu a tia».

«Daveru?» disse 'a mamà. E l'abbrazzò.

Principiarono a fari la lotta, arrotoliandosi letto letto. Po' 'a mamà, che era più forti forsi pirchì 'u papà era stanco del viaggiu, se lo mise sutta, e ci desi la punizioni di fari il cavaddro mentri lei era la cavallarizza.

«Il fatto che nostro figlio non va alla scola pubblica» fece 'u papà mentri si stava piglianno il cafè «non significa che sia esentato dall'adunata del sabato fascista».

«Ti piaci andari con gli altri balilla all'adunata del sabato?» spiò 'a mamà a Michilino.

«E che fanno all'adunata?».

«Marciano, fanno ginnastica, cose accussì».

«Nudi?».

«Pirchì nudi?» fece imparpagliata 'a mamà.

«Pirchì a Sparta l'esercitazioni le facivano nudi, mascoli e fìmmine».

«No» disse 'a mamà «qua si fanno in divisa».

«Tu vuoi addivintari balilla caposquatra?» spiò 'u papà.

«Caposquatra non lo saccio, ma buago di sicuru sì».

«E chi è stu buago?».

«Il comandanti di una buai, una cumpagnia di soldati spartani. Però, a pinsaricci bono, caposquatra o buago, è l'istisso».

'U papà ristò pinsoso.

«Che fate oggi a lezioni con Gorgerino?».

«Prima festeggiamo la presa di Macallè, che ancora non l'abbiamo potuto fari, e doppo...».

«Un mumentu» fece 'u papà. «Com'è sta festa?».

«Alla spartana».

«E festeggiate spisso?».

«Abbiamo festeggiato la presa di Adua, quella di Axum e oggi quella di Macallè».

«Mi pari che è più festa che studio» disse 'a mamà andando in cucina.

«Levami una curiosità» fece 'u papà a voci vascia. «Questi festeggiamenti li fate nudi tu e Gorgerino?».

«Sì, papà».

'U papà non spiò altro, salutò a sò mogliere e niscì per andare a travagliare.

I festeggiamenti per la presa di Macallè il professori Gorgerino se li arricordò per tuttu il tempo che ancora campò.

Stavano nudi, Michilino già in posizioni e lui con la vaselina in mano, quanno tuppiarono alla porta. Gorgerino si rimise di prescia vistaglia e pantofoli, posò l'indici sul sò naso a significari «muto!», chiuì la porta dello studio e andò in anticàmmara:

«Chi è?».

«Apri, Gorgerino, sono Giugiù Sterlini».

«Quando faccio lezione non voglio che…».

«Apri sta porta, Gorgerì, non mi fari incazzare».

«Ho detto che…».

La spaddrata che 'u papà desi alla porta fece attrimari la casa.

«Apro, apro».

«Dov'è Michilino?».

«È nello studio. Non lo disturbare».

«E cu lu disturba? Voglio solamenti vidirlo».

Raprì adascio la porta dello studio, vitti al picciliddro nudo che lo taliava surridenno:

«Papà! Che bello! Sei venuto a pigliarmi con la mamà?».

«Vorrei spiegarti, camerata…» principiò Gorgerino ch'era alle spalli do papà.

Senza diri né ai né bai, 'u papà si voltò e detti un pugno in faccia al professori che volò attraverso tutta l'anticàmmara fino ad andari a sbattiri contro la porta d'ingresso. Cadì a culu 'n terra, dal naso scugnato gli colava sangue assà. Michilino agghiazzò per lo scanto. Pirchì 'u papà era tanto arraggiato da dari lignati a Gorgerino? Che aviva fatto di mali il professori?

«Vestiti» disse 'u papà a Michilino.

'U papà si avvicinò a Gorgerino che cercava d'attagnarsi il sangue dal naso con la vistaglia e gli mollò un potenti càvucio nelle vrigogne che, data la posizioni del professori, erano scoperte. Gorgerino s'arrotoliò 'n terra, levandosi le mano insanguliate dal naso per mettersele supra l'aceddro, e principiò a chiangiri allordandosi di moccaro, sputazza e sangu. Appena gli venne a tiro, 'u papà gli sparò un altro càvucio, stavolta in faccia. Il professori sbinni, stinnicchiato a panza all'aria con le vrazza aperte. Sulla porta dello studio apparse Michilino, giarno giarno.

«L'ammazzasti, papà?».

«No, ma se lo merita».

Gorgerino fece un lamento. 'U papà si calò verso di lui.

«Mi senti?».

«Fi, fi» arriniscì a diri il professori che doviva aviri la lingua spaccata.

«Te lo dico in siciliano: tu, tra mezzura, apprisenti una littra di dimissioni dall'Opira Balilla. E dumani a matinu, entro mezzojornu, devi essiri partuto da chisto pàisi e nun ci devi cchiù mettiri pedi. Chiaru?».

«Fi».

«E ora ti parlo in italiano: se non fai quello che ti ho detto, ti denunzio ai carabinieri. Hai capito?».

«Fi».

«E ora ti parlu spartanu, comu piaci a tia: si dumani doppupranzu ti trovo ancora in pàisi, ti pigliu davanti a tutti e t'infilu 'n culu un manicu di scupa. Mi capisti, grannissimu garrusu?».

«Fi».

«Ancora una cosa: quanno vai a farti midicari, dici che sei cadutu scali scali. Ti si sta attagnanno il sangue dal naso?».

«Fi».

«Allura provvedo subitu».

'U papà isò un pedi, lo calò sulla faccia del professori. Gorgerino s'arrotoliò su se stesso, parse un purciddruzzo di sant'Antonio, quell'armaluzzo che appena uno lo tocca addiventa come una pallina.

«Chi fici di mali?» spiò il picciliddro quanno furono in strata.

«Fici cosi che Mussolini non voli che si fanno».

«E macari Gesù non voli?».

«Macari Gesù».

«E chi cosi fici?».

«Cose vastase».

«E con chi le fici?».

'U papà lo taliò, accapì che Michilino era 'nnuccenti comu l'erba.

«Con personi vastasi come a lui. Senti una cosa, Michilì, ora ca torni a casa, non diri nenti a mamà di quello che capitò tra mia e Gorgerino».

«Io non dico farfantarie».

«E infatti non dire una cosa non è l'istisso che diri farfantarie. Chiaru?».

«Chiaru».

«Stasira io dico alla mamà che tu non andrai più a lezioni da Gorgerino. E basta. Continuerai a studiari con la maestra Pancucci».

Passati tri jorna, un doppopranzo 'u papà tornò alla casa 'mproviso.

«Mi devo mettiri in divisa».

«Che successi?» spiò 'a mamà.

«Vado dalla famiglia Cucurullo».

«E che ci vai a fari?».

«Ci devo diri che il loro figliu morì. Ho arricivuto un tiligramma firmato Mussolini. Lo vuoi vidiri?».

Lo tirò fora dalla sacchetta, lo pruì a sò mogliere, andò in càmmara di dormiri a cangiarsi. 'A mamà lo raprì, lo liggì forti.

Al segretario politico Gerlando Sterlini stop comunicate genitori camicia nera scelta Cucurullo Ubaldo che loro figlio est eroicamente caduto nel corso battaglia Macallè stop saluti fascisti Benito Mussolini.

Suspirò.

«Mischineddru» disse.

«Ora ci dunanu la midaglia?» spiò Michilino a 'u papà quanno s'apprisintò in divisa.

«Non lo saccio» disse u' papà. «Ma pinsai di fare incorniciari il telegramma e arrigalariccillo alla famiglia. Accussì l'appènnino e quanno talìano la firma di Mussolini si consolano».

E fu accussì che Marietta, quanno vinni a sapiri della morti di Balduzzo, macari lei non si scordò mai più della presa di Macallè.

Alle quattro di doppopranzo del sabato che venne 'a mamà accompagnò a Michilino in divisa al campo sportivo. 'U papà non aviva voluto che sò figlio si portasse appresso il moschetto che gli aviva arrigalato:

«È fora ordinanza, ci hai macari fatto la punta alla baionetta. Te ne daranno un altro, questo te lo tieni a casa».

Arrivarono che il campo sportivo era chino chino di balilla e di piccole taliane. 'A mamà lo portò davanti a uno in divisa con i gradi di tinente che stava addritta con le mano sui scianchi supra una doppia pidana e teneva un friscaletto in vucca.

'A mamà fici il saluto romano, l'altro si mise sull'attenti e salutò macari lui romanamenti.

«Sono venuta a...».

«So tutto, vostro marito m'ha già detto. Andate, andate. Il balilla resti qui».

'A mamà s'infuscò per la mala ducazioni di quell'omo, i mascoli davanti a lei addivintavano zuccaro e mieli. Voltò le spalli e se ne andò senza manco salutari.

«Come ti chiami?» fici l'omo.

«Michelino Sterlini».

«Sei il figlio del segretario politico?».

Ma pirchì quanno parlava faciva tutti sti vuci? Che bisogno c'era?

«Sì».

«Si dice sissignore».

«Sissignore».

«Ti eri imboscato, eh?».

Michilino non arrispunnì, non aviva capito.

«Ti farò sgobbare più degli altri!».

E friscò quattro volte di seguito nel friscaletto, tanto forti che a Michilino le grecchie ci ficiro trinnnn. Arrivò di cursa uno coi gradi di caporali, salutò, s'impalò sull'attenti:

«Sottocapomanipolo Virduzzo Cosimo agli ordini!!».

«Prenditi in forza questo balilla. Di corsa! Scattare!».

«Scattare!» ripitì Virduzzo a Michilino che si mise a corrergli appresso.

Pariva che questi fascisti erano arraggiati e vocioleri. Con gli spartani almeno qualichi volta si ridiva.

Doppo aviri fatto fari al sò manipolo dù volte il giro del campo, Virduzzo ordinò il riposo e lo sciogliete le righe. Accussì, parlanno parlanno, Michilino venne a sapiri dagli altri balilla che lui era stato assignato al quarto manipolo, che Virduzzo era fituso e spia, che l'omo sulla pidana era un maestro di ginnastica continentali che di nome faciva Scarpin Altiero e che aviva pigliato il posto del professori Gorgerino il quali era caduto scali scali e si era fatto trasferiri.

La maestra Pancucci Romilda era una sissantina schetta che campava con una soro più granni e mezza cicata, macari lei schetta, che di nome faciva Adilaida. Abitavano un quartinu al secunno piano di una casa a quattro piani allocata proprio in cima al pàisi, la via si chiamava Giovanni Berta ch'era un martiri fascista ammazzato dai comunisti, e per arrivarci abbisognava fari una quantità di strati stritti in salita che fitivano sempri di cavuli squadati. Abbisognava stari attenti pirchì spisso dalle finestri ittavano in strata la qualunque, scorci, latti di pumadoru, munnizza, cacate, pisciazza. Puro il quartinu della maestra fitiva di cavulo e di rancito. 'A mamà, la prima volta, l'accompagnò. «Michilì, insignati bene la strata pirchì a mia non mi piaci veniri da queste parti. Ci sono troppi vastasunazzi».

Michilino lo sapiva che c'erano questi vastasunazzi.

'A mamà infatti aviva contato a papà che quanno era andata a parlari con la maestra per farle dari lezioni al figlio, un omo 'mbriaco le era curruto appresso e aviva circato di toccarle il darrè.

Sentendo il fatto, Michilino aviva pinsato che, se c'era lui prisente, a quell'omo l'avrebbe ammazzato con un colpo di baionetta.

Appena la maestra Pancucci vitti a Michilino col moschetto, disse sostenuta:

«Niente armi a casa mia!».

«Ma è finto» fece 'a mamà.

«È lo stesso. Per oggi passi, ma domani niente armi».

Michilino quel jorno istisso accanoscì a Prestipino Salvatore, intiso Totò, che avrebbe pigliato 'nzemmula a lui lezioni private. Totò Prestipino era di dù anni più granni di Michilino, ma siccome che era tanticchia attardato, come diciva la maestra, era narrè con la scola. Era àvuto squasi come un omo, arridiva sempri e spisso gli colava moccaro dal naso.

«Prestipino! Adopera il fazzoletto!» faciva la maestra dandogli un colpo di ferla supra la testa.

Pirchì Prestipino, quanno gli colava il naso, lo pigliava in mezzo a dù dita e soffiava forti. Il moccaro andava a finiri qualichi volta 'n terra, qualichi volta indovi viene viene e una volta allordò il quaderno di Michilino.

Appena pigliava un gran colpo di ferla in testa, che a Michilino ci faciva duluri persino sentiri la rumorata, Totò invece di chiangiri arridiva.

La sira a tavola, tornato dalla prima lezioni, Michilino annunziò:

«Dalla maestra Pancucci non ci vaiu cchiù».

«Pirchì?» spiò 'u papà.

«Pirchì non voli che porto il moschetto. E io senza moschetto non camino».

'A mamà si mise a ridiri.

«Michilì, io ho capito subito che senza moschetto non ci saresti più voluto andari. Ho trovato la soluzioni. Quanno si trasi nel portoni della casa indovi ci sta la maestra, proprio a mano manca c'è uno sportellu di ferru chiusu ma senza catinazzu. Basta tirarlo che si rapre. Tu il moschetto lo metti lì prima d'acchianare e te lo ripigli quanno nesci».

«E se me l'arrobbano mentri che piglio la lezioni?».

'A mamà ridì nuovamenti.

«Macari a questo pinsai. Siccome darrè lo sportello non c'è nenti, è completamente vacanti, non ci sono rubinetti o contatori e perciò non servi a nisciuno, io t'attrovai un catinazzeddro vecchio, accussì non duna all'occhio, che ha le chiavi. Tu perciò lo puoi chiudiri e rapriri quanno ti serve senza dari cunto a nuddro».

'U papà, che l'aviva ascutata in silenzio, fici una faccia ammaravigliata.

«Ma quanto sei furba, Ernestì! Non ti ci facevo. Ora che lo so, bisogna che mi quartii da te!».

Un jorno che la maestra Pancucci era andata in càmmara di letto a dare adenzia a sò soro Adilaida che stava corcata con la 'nfruenza, Prestipino desi una gomitata a Michilino che si ripassava la lezioni.

«Ora ti fazzo vidiri una cosa» disse a voce vascia e con ariata cospirativa.

Tirò fora dalla sacchetta della giacchetta un libriceddro colorato che profumava e che stava dintra a una busta trasparenti di carta pallina.

«È un calannario» fece.

«E per un calannario fai tutto stu misteru?».

«Chistu è un calannario particolari».

«E indovi lo trovasti?».

«L'arrubbai a mè patre. È un calannario che arrigalano i varberi».

Lo raprì, principiò a taliare 'nzemmula a Michilino. A mano manca ci stava il mesi con tutti i jorna, a mano dritta c'era rappresentata una fìmmina nuda. A ogni mesi corrispondeva una fìmmina diversa. Tutte le fìmmine erano bissine nìvure, ammostravano ora le minne ora 'u culu, una invece sinni stava con le cosce aperte e in mezzo al pilu si vidiva quella che Michilino aviva scangiato per una ferita.

Su questa si fermò Prestipino.

«A mia sta bissina mi fa nesciri pazzu, me lo fa attisari» disse mentri si liccava con la lingua il moccaro che gli era arrivato alla vucca.

Posò un dito in mezzo alle gambe della nìvura.

«Tu lo sai come si chiama chista?».

«No».

«Si chiama la fissa».

Michilino rifletté che tra la fissa della nìvura e quella della vidova Sucato non c'era tutta 'sta differenzia. Un pinsero sgradevoli gli passò per la testa: macari 'a mamà aviva la fissa? Certo, altrimenti come faciva a fari la pipì?

«Ora mi fazzo una minata. La minchia mi sta scoppianno» disse Prestipino sbottonandosi e tirandola fora dai cazùna.

Michilino notò che quella di Prestipino era longa meno assà di quella sò. Prestipino se la pigliò nel pugno e, sempre con l'occhio fisso sulla nìvura nuda, principiò a far scorrere il pugno su e giù. Dunque questa si chiamava minata. E veniva a dire, dato che Gorgerino aveva fatto l'istisso con lui, che gli spartani spisso e volintèri se la minavano.

A un tratto Totò, che d'orecchio era fino, si fermò, santiò, la rinfilò dintra i cazùna, rimise in sacchetta il calannario. La maestra trasì.

«Ripigliamo la lezione. Siete stati bravi, non avete fatto chiasso. Bravi».

Un lunedì matina 'a mamà disse a Michilino che per tutta la simana non sarebbe andato alle lezioni. Era vinuto l'ordini che i balilla e le piccole taliane dovivano apprisintarsi, ogni jorno alle quattro di doppopranzo e fino al sabato fascista che viniva, al campo sportivo indovi Altiero Scarpin avrebbe detto quello che dovivano fari. Alle quattro e mezza i manipoli e le centurie erano formati, i mascoli da una parte e le fìmmine dall'altra, e schierati sull'attenti davanti alla doppia pidana supra la quali c'era Scarpin con le mano sui scianchi e allato a lui una signura di mezza età in sahariana. Darrè le pidane c'erano altre dù fìmmine macari loro in sahariana. Una tiniva sottovrazzo una decina di granni fogli di disegno, l'altra inveci aviva davanti uno scatuluni di cartuni.

In mezzu al campo sportivo era stato costruito in ligno una specie di castello che parse a Michilino priciso 'ntifico a uno di quei fortini che aviva visto addisignati in un giornaletto e che sirvivano nel Farivest ai soldati del ginirali Custer per arripararsi dagli attacchi dei pellirussa Sioux. Però il fortino non aviva pareti, era come 'na 'mpalcatura di travi e tavole. Altiero Scarpin l'ammostrò, gloriannosi.

«Quello che vedete» fece «vuole essere la sintesi delle difese apprestate dagli abissini nella città di Macallè da noi espugnata. Noi sabato prossimo, alla presenza dei camerati e dei cittadini che interverranno, rappresenteremo la battaglia per la presa di Macallè. E questa rappresentazione dedicheremo al camerata camicia nera scelta Cucurullo Ubaldo eroicamente caduto proprio in quella battaglia. Sceglierò tra di voi dieci balilla che faranno la parte degli abissini e venti balilla che interpreteranno i nostri valorosi combattenti. Tutti gli altri, balilla e piccole italiane, faranno gli effetti sonori. La camerata al mio fianco è la maestra di disegno Colapresto Ersilia che molti di voi conoscono».

La maestra Colapresto, impittuta, fece il saluto romano.

«La camerata ha con valentia disegnato i costumi che ora vi mostrerà».

La maestra fece 'nzinga a una delle dù fìmmine che erano darrè le pidane la quali avanzò e le pruì un foglio da disigno. La maestra lo fece vidiri a tutti. Le file si scomposero, quelli più in fondo non arriniscivano a vidiri il disigno e ficiro qualichi passo avanti. Scarpin tirò 'na poco di friscalettate arraggiate, l'ordine tornò.

«Questo» disse la maestra Colapresto «è il costume del ras abissino».

Aviva addisegnato a un nìvuro scavuso coi cazùna larghi alla vita e stritti in funno, a fisarmonica. Supra il petto nudu portava sulamenti una collana di denti di liopardo, accussì chiarì la maestra, e una specie di bolerino curtu e biancu.

«E questi» prosecuì ammostrando gli altri fogli che le venivano pruiuti «sono i costumi dei soldati abissini».

Era una cosa a mezzo tra i sarbaggi e gli indiani. Tutti scavusi, tutti con una specie di gonnellino di diverso colori, avivano collane fatte di conchiglie o petruzze colorate. In mano tinivano o zagaglie o archi con frecce.

«I prescelti per la parte degli abissini» disse la maestra «finita l'adunata si presenteranno a me per pigliare le misure».

Fece 'nzinga all'altra fìmmina. Questa pigliò lo scatuluni e glielo portò sulle pidane. La maestra si calò, lo raprì e ne tirò fora un casco coloniale nico nico.

«I balilla che fanno la parte dei nostri combattenti indosseranno questo casco che dovete tenere in perfette condizioni».

Ripigliò la parola Scarpin.

«Dirò ora i nomi dei balilla prescelti per espugnare la fortezza di Macallè. I balilla chiamati si allineino davanti alla pedana. I capimanipolo Palazzolo e Cachìa sono comandati quali istruttori del combattimento».

Palazzolo e Cachìa arrivarono di cursa sutta la pidana, salutarono e si impalarono sull'attenti.

Scarpin principiò a dire i nomi dei combattenti taliani. Il quinnicesimo fu quello di Michilino. Quindi tutta la squatra venne portata darrè le pidane indovi ognuno si sciglì il casco coloniali che gli cazava meglio. Intanto Scarpin aviva chiamato l'istruttore dei bissini che era uno solo, il vicecapomanipolo Rizzopinna Carmelo, e aviva fatto i nomi dei nìvuri che avrebbero addifeso Macallè. Michilino vitti che Ras dei bissini era stato nominato proprio Totò Prestipino e che tra gli altri c'era macari Alfio Maraventano, 'u figliu del sarto comunista, quello che gli aviva fatto il pìrito. Ai bissini la maestra Colapresto principiò a pigliari le misure. Nel frattempu gli altri capimanipolo, aiutati dai vice, sceglievano le voci.

Quelli con la voci più profunna avrebbero fatto la rumorata delle cannonate:

«Bum! Bum! Bum!».

Quelli con la voci accussì accussì, avrebbero fatto la rumorata delle raffiche delle mitragliatrici:

«Ratatatatà! Ratatatatà!».

Quelli dei balilla che avivano la voci più acuta avrebbero fatto i colpi di moschetto:

«Bang! Bang! Bang!».

Le piccole taliane vennero divise in dù gruppi. Il primo gruppo doviva fari lo scruscio delle frecce che volavano nell'aria:

«Sguisc! Sguisc! Sguisc!».

Il secondo gruppo quello delle zagaglie:

«Frrrsss! Frrrsss! Frrrsss!».

L'incarico di concertare e di dirigere l'insieme delle rumorate se lo pigliò Scarpin in pirsona. Verso la fine dell'adunata portarono l'armamintario per i bissini: manichi di scupa che erano le zagaglie e archi fatti di canna tenuta piegata dallo spaco. Macari le frecce erano di canna tagliata, supra a ogni punta però c'era stato incollato un tappu di bottiglia per evitari che le frecce putissero fari mali veramenti.

All'indomani alle quattro, che Scarpin era allura allura acchianato sulle pidane, s'apprisintò un omo àvuto e grosso, coi capilli in testa dritti dritti, che pariva un liofante arraggiato.

«Ehi, Scarpin, scinni dalla pidana che ti devo parlari!».

Un balilla spiegò a Michilino che l'omo era un maestro di ginnastica macari lui, e che di nome faciva Tortorici Gaspano. Sò figliu Rorò era un balilla.

«Io non scendo! Parleremo dopo!».

«Scarpin, scinni che è meglio pi tia!».

«No!».

«E allura vegnu io!».

E satò sulle pidane. A vidirselo davanti accussì furiuso, Scarpin si scantò e fici un passo narrè. Tutti si misero a taliare come se fossero a triatro.

«Ma insomma, che vuoi?».

«A mè figliu Rorò tu lo devi livari!».

«Da dove?».

«D'in mezzu agli abissini! Iu non vogliu che Rorò addiventa abissino!».

«È un mio ordine!».

«Con gli ordini tò mi ci puliziu 'u culu! Lo vuoi sapiri pirchì a mè figliu l'hai messo con gli abissini? Pirchì sei invidiusu, iu sugnu un maestro di ginnastica più bravu di tia! Lo sanno tutti! Tu sei solamenti un pirito gonfiato».

Scarpin dette un colpo di friscaletto assordante.

«Spallone!» chiamò.

Arrivò di cursa un capomanipolo granni e grosso squasi quanto a Tortorici.

«Caccia via a pedate quest'individuo!».

Spallone satò sulla pidana e di subito s'arritrovò stinnicchiato 'n terra mezzo sbinuto per il pugno che Tortorici gli aviva ammollato sutta il mento.

«Rorò» fece Tortorici.

Sò figliu arrivò currenno e arridennu pirchì a sò patre non c'era omo che potesse abbattirlo.

«Iemuninni. Prima saluta a Scarpin».

Rorò fici il saluto romano.

«E ora andiamo tutti e dù dal segretario politico e gli contiamo il fattu. E vediamo a chi duna ragione. E scusatemi tutti per il distrubbo».

Passò una mezzorata prima che le esercitazioni potessero ripigliari.

Il jorno doppo, il balilla Rorò Tortorici non s'appresentò: era stato «esonerato» secunno la decisioni del segretario politico Sterlini, vali a diri 'u papà di Michilino, che non vuliva dari ragioni né a Scarpin né a

Tortorici. Palazzolo e Cachìa si pigliarono deci balilla a testa, Michilino capitò nel gruppo cumannato da Cachìa ch'era un trentino sicco sicco coi baffetti. Cachìa li fece strisciare a panza sutta, acchianari supra un palu e supra una corda, appenniri alla traversa della porta del campo di calcio per una mezzorata bona, passari dintra un cerchioni di ligno addrumato a foco come Michilino aviva visto fari ai lioni di un circolo questre, travagliare al cavalletto, curriri i centu metri chiani e a ostaculi, volteggiari alle parallele, fare i sàvuti in lungo e coll'asta. Strata facenno, i balilla Armosino Corrado e Giannifero Lauretano annarono a finiri allo spitali con fratture multiple. Scarpin non volle che fossero sostituiti. Quelli capitati con Palazzolo se la passavano megliu, Palazzolo era un tipo più calmo, insignava ai sò balilla certi segretuzzi proibiti.

«Più che la forza vale l'astuzia».

E difatti, quanno venne l'ora di una prova di corpo a corpo coi bissini struiti dal vicecapomanipolo Rizzopinna che era uno che non sgherzava, nelle esercitazioni tiniva sempri il pugnali coi denti come un pirata, andò a finiri che la squatra di Cachìa persi, l'abbuscò di cozzo e cuddraro dai bissini scatinati, a malgrado che avessero usato i calci dei moschetti dandoli teste teste, mentri i bissini che ebbero a chiffari coi balilla di Palazzolo, a forza di sgambetti, ita nell'occhi e càvuci nei cugliuna, ebbero la peggio.

In questa prova di corpo a corpo, capitò che Michilino vitti che il balilla Buttiglione Amedeo, ch'era il più scemu di tutti e che appartiniva alla sò squatra, era stato messo sutta dal bissino Alfio Maraventano che gli stava supra come faciva 'a mamà certe notti cu 'u papà e gli teneva chiuso il naso con le mano per farlo assufficare. Michilino agguantò per i capilli a Maraventano e tirò con tutte le forze sò. A questo punto Maraventano, lassato 'n terra a chiangiri a Buttiglione, si susì di scatto. Per un momentu Michilino si fermò, 'mpressionatu dall'occhi sgriddrati di pazzo di Alfio. E quello ne approfittò per sputargli in faccia e dargli un ammuttuni che lo fece cadiri a culu 'n terra. Maraventano si calò su di lui. Michilino stintivamenti s'arriparò con le vrazza.

«Tu si cchiù strunzu e cchiù curnutu di tò patre» gli disse faccia a faccia Maraventano.

Gli votò le spalli e ripigliò a cummattiri.

Il vinniridia, all'ora del comincio, i deci bissini niscirono dagli spogliatoi con la pelli tingiuta di nìvuro (aviva pirsonalmenti providuto a pittarli la maestra Colapresto adoperando turazzi di buttiglia abbrusciati) e in costumi. Niscirono facenno fantasia, vali a diri una specie di balletto a sàvuti e vociate ideato dal vicecapomanipolo Rizzopinna.

Ficiro 'mpressioni, parivano veramenti sarbaggi. Prima d'accomenzare, Scarpin fece un discorso ai balilla, disse che apprizzava lo slancio nei combattimenti corpo a corpo, ma che insomma circassero di non farisi mali supra 'u seriu pirchì poi le rogne sarebbero state sò di lui, Scarpin.

Mentri facivano la prova del corpo a corpo, Michilino e Alfio s'arritrovarono di fronti. Ma stavolta non si ficiro nenti, si taliarono malamenti e si scansarono.

Arrivato il sabato, tutto il paìsi scasò e andò al campo sportivo. I balilla e le piccole taliane che facevano le rumorate erano già in campo. Prima niscero i diciotto balilla combattenti con casco e moschetto. Ci fu un tirribilio d'applausi. Po' niscero i bissini che andarono a pigliari posto nel fortino che non era chiuso da pareti di ligno in modo che tutti avessero la vista di quello che succedeva dintra. A vidiri i bissini accussì pittati e parati ci fu nel pubblico un momentu di silenzio, doppo si scatinaro voci che dicivano «a morti!», pirita e risati. Scarpin, supra tri pidane (ne era stata aggiunta un'altra) isò un vrazzo, friscò e cumannò.

«Manovra d'avvicinamento!».

I diciotto balilla principiarono a strisciari a panza sutta. Il ras bissino stava arrampicato supra una specie di torretta cchiù àuta e taliava torno torno con la mano a pampera sulla fronti. A questo punto Scarpin friscò e gridò:

«Artiglieria!».

«Bum! Burumbumbum! Bum!» spararono i balilla di voce prufunna.

Il ras scinnì, i bissini niscero dal fortino, si allinearono con gli archi e le zagaglie pronti alla difisa.

«Mitragliatrici!» friscò e vociò Scarpin mentri i balilla continuavano a strisciari 'n terra.

«Ratatatatà! Ratatatatà! Burumbumbum! Tatatà! Bum! Bum!».

Il foco si era fatto intenso.

«Fucileria! Fucileria!» urlò Scarpin con tre putenti colpi di friscaletto.

I balilla che strisciavano si susirono, si misero con un ginocchio a terra, pigliarono la mira col moschetto e ficiro finta di sparari. I bissini, sempri davanti al fortino, facivano voci, agitando in aria le armi:

«Uà! Uà! Uà!».

«Bang! Bang! Bang! Ratatatatà! Burumbumbum! Bang! Bum! Tatatà».

Friscata lunghissima di Scarpin:

«All'attacco!».

I balilla si susirono, isarono le baionette e partirono all'attacco mentri la banna municipali sonava la marcia dei birsagliera. I bissini accomenzarono a fari finta di scagliari zagaglie e frecce. Scarpin fece 'nzinga all'artiglieria di non sparari più.

«Bang! Bang! Bang! Ratatatatà! Bang!».

«Sguisc! Sguisc! Frrrsss! Frrrsss!» facivano le frecce e le zagaglie.

Scarpin isò un vrazzo, tirò una friscata trimolante. Tutti i balilla attaccanti si misiro ginocchio a terra, addritta arrimase solamenti Gnazino Spanò, il balilla prescelto per fari la parte di Balduzzo Cucurullo. La banna attaccò, in sordina, «Tu che a Dio spiegasti l'ali».

«Sguisc!».

Colpito al cori, a Gnazino Spanò cadì di mano il moschetto.

«Muoio! Dono la mia vita a sua maestà il Re Vittorio Emanuele terzo di Savoja!».

Non aviva finuto di dirlo che venne di nuovo colpito. Gnazino si portò le mano sul cori.

«Frrrsss!».

«Muoio! Dono la mia vita a sua eccellenza Benito Mussolini».

«Sguisc! Frrrsss!».

«Muoio! Dono la mia vita alla patria!».

E finalimenti cadì longo in terra. Tutti i balilla si susirono addritta, ristarono immobili nel presentatarmi.

«Camerata Cucurullo Ubaldo!» chiamò col megafono Scarpin.

«Presente!» arrispunnì tutta la genti susennusi addritta.

«Corpo a corpo!» ordinò Scarpin friscando.

La sparatoria finì e principiò una vera e propia sciarriatina tra balilla e bissini mentri la banna attaccava «Tutti mi chiamano tutti mi vogliono, Figaro qua, Figaro là».

Nel combattimento a mani nude, ogni tanto si sentivano voci:

«Mali mi facisti, curnutu!».

«E iu ti spaccu 'u culu!».

Alla fine, dei bissini restarono vivi sulamenti il ras e Alfio Maraventano che si arripararono dintra al fortino circondato dai balilla. A questo punto, trasirono nel fortino Michilino e Tano Pizzicato. Michilino si trovò a fari la lotta con Alfio, mentri Pizzicato cummattiva col ras. La gente incitava i dù balilla:

«Ammazzàtili! Facitini purpette!».

Alfio, mentri s'afferrava con Michilino, calò la mano dritta, gli agguantò le palluzze dell'aciddruzzo e stringì più forti che poté. Michilino cadì 'n terra turciniannusi, gli mancava il sciato. Ma arrivarono altri balilla di rinforzo, i dù bissini s'arresero, il balilla Spampinato Benito acchianò supra la torretta, ci chiantò la bannera driccolore. La banna attaccò «Salve o popolo d'eroi» e la rappresentazioni finì in un subisso di battimani.

Il patre del caduto Balduzzo Cucurullo (la matre non era voluta venire) venne portato davanti a Scarpin che gli spiò orgogliuso:

«Che gliene è parso?».

«Una minchiata sullenne» fece asciutto il signor Cucurullo.

Mentri tutti si congratulavano con Scarpin, s'avvicinò macari il sarto Maraventano, il comunista.

«Però» disse a Scarpin «non era meglio se i balilla erano sulamenti quattro o cinco? Accussì, diciotto soldati con cannuna, mitragliatrici e moschetti contro a deci povirazzi armati di frecce e zagaglie, non m'è parsa cosa, più che una battaglia m'è paruta una vigliaccata».

Venne arrestato la sira stissa.

E fu quella stissa sira che Michilino, mentri corcato ripinsava a quello che era successo, pigliò una pricisa, chiara e ferma decisioni: avrebbe ammazzato Alfio Maraventano.

Quattro

Restò vigliante tutta la notti. 'A mamà si venne macari lei a corcare doppo aviri sintuto le canzunette alla radio. Appresso un dù orate sentì che 'u papà rapriva la porta di casa e si metteva ad armiggiare nel bagno, aviva avuto una longa riunioni con altri fascisti. 'U papà si corcò cercando di non fari rumorata. Doppo tanticchia sentì 'a mamà che faciva assunnata:

«No, Giugiù, no. Lassami dormiri, mi fa mali la testa».

Si vede che 'a mamà non aviva gana di fari la lotta. In cinco minuti 'u papà accomenzò a runfuliari. Meglio accussì, pirchì lui doviva pinsari in pace e cercare d'arrisolviri un grosso problema consistente nel fatto che uno dei deci cumannamenti diciva chiaru e tunnu non ammazzare. E pirciò, se lui ammazzava ad Alfio Maraventano avrebbe fatto piccato e i chiova nelle carni di Gesù si sarebbero conficcati più profunnamenti. Ora qual era la scelta giusta? Fari soffriri a Gesù o ammazzari a Maraventano? Non c'era una soluzioni, un modo per liquitare a Maraventano senza fari chiangiri a Gesù? Di sicuramenti c'era, ma forsi lui era troppo nico per trovarla, ci voliva qualichiduno d'esperienzia. Si susì adascio adascio, s'agginucchiò ai pedi del letto. Prigò.

«O Gesuzzu santu! O Gesuzzu sangu miu duci! Trova tu 'u modu di farmi sapiri come pozzo ammazzari a Maraventano senza dari un dispiaciri a tia! Fammilla 'sta grazia, Gesuzzu adorato!».

E Gesuzzu adorato una soluzioni gliela attrovò. In quei jorni 'u papà era d'umore malo, il fatto era che sulla carta geografica dell'Etiopia era da tempo che non vinivano appizzate spillicceddre con la bannera taliana. Dopo la presa di Macallè le nostre gloriose truppi non facivano un passo avanti.

«Ma che minchia cumbina 'stu De Bono» si spiava 'u papà. «Ma come? Arriniscì a fari la marcia su Roma e non arriniscì a fari la marcia su Addis Abeba contro a quattru fitusazzi di negri!».

Supra 'a pasta, minnolicchi, come si dici. L'umore malo do papà si scatinò la duminica mentri, doppo mangiato, si stava piglianno il cafè e si liggiva «Il Popolo d'Italia».

«Cristo d'un Cristo!» santiò, facenno una palla del giornali e gettandolo 'n terra luntanu.

Michilino, che stava ripassanno la lezioni dato che il jorno appresso ripigliava con la maestra Pancucci, era assittato alla tavola di mangiari allato a 'u papà, e agghiazzò per la tirribili biastemia che faciva schizzare sangue vivu dalle piaghe di Gesù. Si segnò e recitò in silenzio l'atto di duluri per conto do papà. 'A mamà, che puliziava i piatti, niscì scantata dalla cucina asciucannosi le mano con una pezza.

«Giugiù che fu?».

Intanto 'u papà si era susuto, aviva pigliato il giornali, l'aviva aperto supra la tavola e si era messo a stirarlo prima col taglio e po' col palmo delle mano. Pariva dispiaciuto d'avirlo arrovinato.

«C'è che Mussolini è troppo bono! Tu lo sai cu è Antonio Gramsci?».

«No» fece 'a mamà. «Cu è?».

«Il capo dei comunisti è! Un gran fitente che il Duci prima ha fatto incarzarari e po' ne ha provato pena e l'ha mannato a domicilio coatto! E lo sai che scrive il giornali? Che essendo 'stu gran farabuttu malato, il Duci ci mandò nenti di menu che a Frugoni a visitarlo! A Frugoni! Al meglio medico che c'è in Italia! Accussì lo tratta il Duci! Ci manda il medico invece di farlo moriri come un cani! Questo si merita il signor Gramsci! Dovivano ammazzarlo subito, ca quali processo, ca quali càrzaro, ca quali domicilio coatto! Un colpo di pistola, e via!».

'A mamà sinni tornò in cucina. Michilino taliò 'u papà.

«Ma ammazzare un omo non è piccato?» spiò.

«C'è omo e omo, Michilì. Un comunista non è un omo, ma un armàlo e pirciò se s'ammazza non si fa piccato».

Doppo tanticchia, Michilino spiò nuovamenti:

«Papà, un figliu di comunista è macari lui comunista?».

Prima d'arrispunniri, 'u papà ci pinsò supra. Doppo s'addecise.

«Michilì, tu sei fascista?».

«Sì, papà».

«E chi ti l'insignò a essiri fascista?».

«Tu, papà».

«Ma se io inveci d'essiri fascista ero comunista, che t'insignavo?».

«A essiri comunista».

«Lo vedi? È la ducazioni che conta. Al centu pi centu, un figliu di comunista addiventa comunista come a sò patre. Non si sgarra. La mala pianta si riproduce sempri e si moltiplica. L'erba mala è meglio estirparla prima che tutto il terrenu addiventi sulamenti un campo d'erba mala che non fa crisciri l'erba bona. È ragiunato?».

«È ragiunato» disse Michilino.

Aviva avuto via libira.

Il lunedì tornò a lezioni. Ammucciò il moschetto nel vano vacante, chiuì lo sportello, c'infilò il catinazzo, si mise la chiavi in sacchetta. Doppo di lui arrivò Totò Prestipino, il ras dei bissini, con un occhio nìvuro, effetto di un cazzotto arricevuto nella battaglia per la presa di Macallè.

«Che ti sei fatto all'occhio?» spiò la maestra.

Prestipino si mise a ridiri.

«I taliani furono» arrispunnì.

La maestra principiò a spiegari aritmetica. Doviva ripetere tri o quattru volte la stissa cosa pirchì Totò non accapiva. Alla fine, la maestra disse che all'indomani non avrebbe fatto lezioni pirchì sò soro Adilaida era stata arricoverata allo spitali di Montelusa e lei doviva andarla a trovari.

Prestipino scinnì con Michilino che non aviva però gana di arrivilari al compagno indovi teneva ammucciato il moschetto. Accussì fecero un pezzo di strata 'nzemmula, ma quanno si lassarono Michilino tornò narrè e andò a ricuperari l'arma. Mentri caminava verso casa, stabilì di non dire alla mamà che la maestra Pancucci non avrebbe fatto lezioni. E questo non era piccato, ragionò. Piccato era diri una farfantaria, una minzogna, ma non parlare di una cosa, non diri una facenna che si era saputa, non era farfantaria e pirciò non avrebbe fatto nisciun mali a Gesù.

L'indomani a matino, che era passato mezzojornu, disse alla mamà che doviva nesciri per andare ad accattarsi un quaterno a quatretti. 'A mamà ci desi i sordi e lui niscì. Per prima cosa andò dal signor Ajena, il tabaccaro, e s'accattò un quaterno, doppo si spostò alla tabaccheria Aurora e si fece dari un pennino marca Lanciere. Po' s'appreciò verso le scole limentari che avivano davanti, ma dall'altra parti della strata, un iardinetto in mezzo al quali c'era il monumento ai caduti della granni guerra. S'appostò darrè il basamento aspittanno che niscissiro i picciliddri dalla scola. Finalimenti vitti compariri ad Alfio Maraventano.

Alfio, la cartella sulle spalli, s'avviò con la testa calata a taliare le basole, solitario, e lui ci andò appresso. Fortunatamenti il comunista fituso caminava svelto, masannò Michilino avrebbe dovuto lassari perdiri, non avrebbe saputo che contare alla mamà per spiegare il ritardo. Fatto il corso, Alfio accomenzò ad acchianare verso la cima del paìsi facenno l'istisse strate stritte che Michilino faciva per andare a lezioni. A un certo momentu, Alfio girò a mano manca, mentri per la casa della maestra Pancucci, che era allocata in via Giovanni Berta, abbisognava girari a mano dritta. Qui Michilino se la pinsò tanticchia, doppo addecise di non seguitare pirchì era troppo tardo.

«Come mai ci hai messo tuttu 'stu tempu? Principiavo a stari in pinsero!» fece 'a mamà quanno lo vitti tornari.

«Mi sono dovuto macari accattare un pennino dal tabaccaro Aurora, inveci il quaterno lo pigliai dal signor Ajena».

Non aviva detto nisciuna farfantaria, tutto era pura e semprici virità.

Michilino aveva accomenzato a capire che nella vita non c'era bisogno di dire farfantarie per ammucciare la virità, bastava trovare le paroli giuste che arrinescivano sempri ad accomodare i fatti, ad assistimarli come tornava più comodo.

Il doppopranzo pigliò il moschetto e la cartella.

«Vaju dalla signurina Pancucci».

Andò fino alla casa della maestra, lassò il moschetto, ritornò al bivio e imboccò la strata che nella matinata aviva visto pigliari ad Alfio. Se la fece tutta, contando tri vicoli a dritta e dù a mancina. Passavano pirsone, ma Michilino non voliva spiare dove abitava il sarto Maraventano, non la faciva cosa prudenti. Principiò dai dù vicoli di mancina, caminando a lento, un pedi leva e l'altro metti, talianno ogni portoni, ogni balconi, ogni finestra.

Nenti. Il fatto era che non lo sapiva manco lui quello che circava e spirari in un incontro con un Maraventano qualisisiasi, o il patre o il figliu, non era cosa da faricci scommissa. Fu solamenti all'ultimo dei tri vicoli di dritta che ebbe fortuna. Era una stratuzza tutta curve che feteva di cavuli e di merda, davanti alle case scorrevano dù rigagnoli fatti da una miscelatura d'acqua lorda, pisciazza e cacate. Con un bripito alla schina che lo fece vibrare come per una scossa elettrica, vitti supra la porta di un catojo, una càmmara a piano terra, scurusa, che pigliava aria dalla porta di necessità aperta, un'insegna di ligno tutta pittata di un virdi scrostato e ammuffito. C'era scritto in nìvuro: «S. Maraventano - Sartoria». Aviva attrovato la truvatura. Gesuzzu guidava i sò passi. Trasì nel portoni che non aviva porta di una casuzza mezzo sdirrupata trasformata in un cesso pubblico. Era tale il feto che a Michilino ci venne da vummitare, ma si tenne mittennosi il fazzoletto davanti al naso. Da lì, sporgendo la testa, poteva taliare, senza essiri viduto, il catojo. Ai dù lati della porta della sartoria c'erano vetrinette senza più vetri, vacanti di tutto e impruvolazzate. Dintra al catojo era addrumata la luci di una lampadina accussì splàpita che faciva veniri malinconia. C'era una specie di bancone e, darrè, distinse chiaramenti a Totò Maraventano che stava stiranno un paro di cazùna. Ma dov'era Alfio? Forse era a la sò casa a fari i compiti. E questo viniva a significari che il catojo non era macari bitazioni, ma solamenti negoziu. Michilino si vitti perso. Come potiva fari per scoprire la bitazioni della famiglia Maraventano? Da indovi doviva accomenzare? Ma per quel jorno non c'era più nenti da strumentiare, doviva tornare a casa, si stava facenno tardo. Niscì dal portone, fece tutto il vicolo a passo lesto e, appena svoltato l'angolo, andò a sbattiri contro a uno che caminava in senso inverso. Era proprio Alfio. Si taliarono.

«Che fai qua?» spiò Alfio.

«E tu?» fece Michilino.

«Iu ci abitu» disse l'altro.

«E iu sugnu di passaggiu» concluse Michilino ripiglianno a caminare.

Gli veniva di cantari, tanto era pigliatu d'alligria. «Iu ci abitu», aviva detto Alfio. Quelle paroli avivano una sula significanza: che il catojo non era sulamenti sartoria, ma doviva aviri un'altra càmmara, indovi ci mangiavano e ci dormivano. Non aviva bisogno di circari ancora. Era cosa fatta. Si mise a curriri, arrivò in via Berta, recuperò il moschetto, sinni tornò alla casa.

Tuppiò, ma non venne nisciuno a raprire. Possibili che 'a mamà fosse nisciuta? No, non l'avrebbe lassato fora di casa quanno sapiva che lui tornava dalla lezioni. Tuppiò ancora. E finalimenti la mamà venne a raprire. Era spittinata, la faccia arrussicata, l'occhi sparluccicanti.

«Avete finito prima?».

Michilino taliò il ralogio nella càmmara di mangiari, erano le sei. Di solito tornava alle sei e mezza. Non arrispose per non dire farfantaria. Sentì raprirsi la porta del bagno.

«C'è 'u papà?» spiò, sorpreso e cuntentu.

Inveci era patre Burruano.

«Cara signora» disse. «Io la saluto e me ne vado. E le sono grato per la lunga e penetrante conversazione che ho molto gustato».

'A mamà addivintò una vampa di foco. Le capitava spisso quanno c'era patre Burruano. Il parrino fece una carizza a Michilino e sinni niscì.

Quella notti Michilino fece un sogno.

Senza sapiri né comu né pirchì, si trovava allo 'nfernu. Torno torno a lui c'erano diavolazzi con le corna, la cuda e i pedi di crapa con i forconi nelle mano che arridivano e infilzavano povirazzi nudi che chiangivano e facivano voci mentre ardivano fiamme altissime e il càvudo era spavintoso.

«Errori c'è!» gridava Michilino. «Io non devo stari qua!».

Ma nisciuno l'ascutava, nisciuno gli dava adenzia. E lui si dispirava e chiangiva. Se non aviva fatto piccato, pirchì era andato a finiri allo 'nfernu? Tutto 'nzemmula, in mezzo al fumu e alle fiamme, vidiva cumparire un diavulazzo che aviva la faccia di Alfio Maraventano. Alfio ridiva, e la sò risata 'ntronava le grecchie di Michilino, mentri pigliava il forconi e glielo puntava dritto nella panza.

«Ora ti spirtuso!».

E in quel priciso momentu cumpariva Gesuzzu che volava supra il foco:

«No! Fermati, diavulazzo! Michilino è miu! È miu!».

117

«Iu sugnu tuo!» fece Michilino con tutta l'arma.

Mentri il diavulu Alfio si fermava imparpagliato, Gesuzzu con una mano afferrava per i capilli Michilino e lo portava fora dalle fiamme.

«Ti ringraziu, Gesuzzu adorato!» diciva raccanoscenti Michilino.

Ma mentri veniva tirato, il picciliddro sentì la pelli della sò testa che si staccava dall'osso. Gesuzzo restò con lo scalpo in mano e Michilino ricadì abbascio, urlando dallo scanto. Cadiva e cadiva, eternamenti cadiva e quanno toccò terra s'arritrovò tra le fiamme e davanti ad Alfio che gli desi con tutta la forza un colpo di forconi nella panza.

Sentì la panza raprirsi e le sò intragnisi, le sò 'ntiriora principiarono a nesciri fora attraverso i pirtusa fatti dal forconi, turciuniandosi che parivano interminabili vermi. Gridò, atterrito. E arrisbigliò 'u papà e 'a mamà che dormivano. 'U papà addrumò la luci. Vittiro a Michilino susuto a mezzo nel letto, l'occhi sbarracati, che trimava come se avissi la terzana.

«Che fu?» spiò allarmata 'a mamà.

«Fici un sognu tinto» disse Michilino.

«Dagli tanticchia d'acqua» fece 'u papà pruiendo alla mamà il bicchieri che teneva sempri sul comodino.

'A mamà si susì, si calò sul figliu, lo fece viviri. E po' spiò, arricciando il naso e sciaurando l'aria:

«Che è questo fetu?».

«Penso che mi cacai addosso» fece vrigognoso Michilino.

Il sabato fascista che venne doppo quello della rappresentazioni della presa di Macallè, Scarpin, prima delle esercitazioni, parlò ai balilla e alle piccole taliane acchianato, come 'u solitu, supra le dù pidane. Disse che aviva mannato un rapporto sulla memorabile rappresentazioni a Sua Eccellenza Renato Ricci, che era quello che cumannava la giovintù fascista di tutta l'Italia, scrivenno macari i nomi di quelli che vi avivano pigliato parte in modo che Sua Eccellenza sapesse quanto erano bravi, curaggiosi e animati da ardenti fede fascista i balilla e le piccole taliane di Vigàta. Disse che i diciotto balilla che si erano battuti come lioni a Macallè sarebbero stati fatti balilla scelti, che veniva a significari che questi diciotto erano megliu di tutti gli altri. Fece 'nzinga a un capomanipolo che acchianò sulle pidane tinenno in mano un mazzetto di fettuccie russe. Erano i gradi di balilla scelto, consistenti in due fettuccie a forma di V, che abbisognava farisi cusìri a casa sulla manica mancina della divisa. Non solo, ma Scarpin aggiunse che ai diciotto balilla scelti veniva concesso il primisso di portarsi a casa il moschetto in dotazioni, senza lassarlo in armiria come dovivano fari tutti gli altri. Michilino tornò a la sò casa cuntentu assà, non tanto per i gradi quanto chiuttosto per il moschetto che era quello con la baionetta senza filo e senza punta, anzi sulla punta c'era una pallina di gomma in modo di non farisi mali nelle esercitazioni. Gli serviva propio aviri sottomano dù moschetti, uno che non faciva danno e l'altro, il sò, che invece danno ne potiva fari, e danno grosso. Da quel momentu addecise che si sarebbe portato appresso sempri il moschetto d'ordinanza, quello sò avrebbe circato di farlo scordari a tutti tenendolo ammucciato, chiuso a chiavi nel vano del portoni della maestra Pancucci.

Stavano finenno la lezioni quanno tuppiarono. La maestra andò a raprire. Era la mogliere del dottori Cusimano che abitava col marito al primo piano. Avivano il telefono.

«Signora, dallo spitali hanno detto di telefonari».

«Grazie, scinno subitu» fece la maestra Pancucci ch'era aggiarniata. E po', rivolta ai dù picciliddri:

«Mi raccomando, state buoni, torno subito».

Appena votò le spalli, Totò tirò fora dalla sacchetta il calannario con le bissine nude, lo raprì e si mise a taliare quella che teneva le cosce aperte.

«Pazzu nescio!» murmuriò toccannusi.

Po' spiò a Michilino:

«Facemu cose vastasi?».

«Noi due?».

«Sì».

A Michilino, a prima botta, venne di diri di no. Le cose vastasi erano piccato, Gesuzzu ne avrebbi patito, su questo non c'era dubbio. Ma Michilino voliva proprio arrinesciri a capiri che erano le cose vastasi, come si facivano, in cosa consistivano, pirchì alle pirsone piaciva fari le cose vastasi macari se era piccato. Potiva dire di sì e po' tirarsi narrè, arrefutarsi di continuari.

«Vabbè» disse.

«Susiti e nesci fora la minchia» ordinò Prestipino ridennu e asciucannosi il moccaro con la manica.

Michilino fece quello che Totò voliva, mentri il còre gli abballava. Stava finalimenti per accanosciri le cose vastasi.

«Matre santa!» fece Prestipino sbarracando l'occhi. «No, no!».

Possibile che tutti, granni e picciliddri, avessero la stissa 'ntifica reazioni appena vidivano l'aciddruzzo sò?

«Pirchì no?».

«Se è accussì quanno è muscia, figurati che addiventa quanno è tisa! No, con una minchia comu la tò non mi ci mettu».

Michilino, diluso, si rimise l'aciddruzzo dintra. Trasì la maestra Pancucci, aviva la vucca che le trimava.

«Adilaida s'aggravò» disse. «Dumani nenti lezioni e ora andate via, non mi sento di continuare».

Tornò a casa anticipato di almeno un quarto d'ura. Tuppiò e macari stavolta 'a mamà non venne a raprire subito. Tuppiò nuovamenti.

«Vengo, vengo» fece la voci da mamà.

Ma passò ancora qualichi minutu prima che venisse a raprire. Era spittinata, la faccia arrussuta, l'occhi sbrilluccicanti.

«C'è patre Burruano?» spiò Michilino.

«Sì» fece 'a mamà imparpagliata. «Come lo sai?».

«Boh» disse Michilino.

Sò matre parse tanticchia prioccupata. Il fatto era che 'a mamà, ogni volta che s'attrovava col parrino, addivintava cchiù beddra, a Michilino veniva gana d'abbrazzarla e di tinirsela stritta stritta.

«Patre Burruano ti voli parlari» disse 'a mamà.

Trasirono in salotto. Il parrino stava vivenno un bicchierino di rosolio di mandarino che faciva la mamà con le sò mano.

«Caro Michelino» fece patre Burruano «con tua madre abbiamo stabilito che è venuto il tempo della tua cresima. Lo sai che vuol dire essere cresimati? Viene a dire diventare soldati di Gesù, appartenere alla milizia di Cristo».

«Ma io appartengo già alla milizia del Duce» disse Michilino.

«L'una cosa non esclude l'altra. Si può essere soldati di Gesù e militi di Mussolini. Quanno avrai studiato macari il nostro catechismo tu, che già conosci quello fascista, vedrai che le differenze sono picca. Avrai doppio onore e doppio dovere».

«E chi sono i nemici di Gesù contro i quali abbisogna cummattiri?».

«Eh, Michilino caro, sono tanti. Non solamenti c'è chi non crede in Dio, si chiamano atei, e quelli, più che combatterli, bisogna convertirli. Ma i peggio sono quelli che sono contro a Dio, alla Madonna, a Gesù. Quelli che distruggono le chiese, rompono le sacre immagini, ci sputano sopra, ammazzano monache e parrini. Gli fanno patire tormenti spavintosi».

Michilino inorridì.

«E cu sunnu?».

«I comunisti, Michilì, quelli sono i veri nemici di Gesù che bisogna combattere e sconfiggere. È questo il primo impegno di un soldato di Gesù. Ricordatelo».

Michilino si sentì pigliari da una viulenta gana di cummattimentu.

«Dumani mi pozzo crisimari?».

Patre Burruano ridì.

«Non è cosa semplici. A ordinare la milizia di Cristo è il vescovo di Montelusa in persona. Ma prima c'è bisogno di preparazioni. Ogni mercoldì, a principiare dall'ultima settimana di questo mese di novembiro, vieni in chiesa il doppopranzo alle quattro. Vi preparerà monsignor Baldovino Miccichè, un cappellano militare. Po', verso il quinnici di dicembiro, il viscovo vi darà la cresima».

E dunque macari Gesuzzu voliva che lui, come soldato sò, ammazzasse ad Alfio Maraventano. La morti di Alfio sarebbe stato il suo pigno di fedeltà all'esercito del Signuruzzu. E pirciò abbisognava fari quello che doviva fari prima del jorno della cresima.

L'indomani niscì di casa con la cartella e il moschetto sò, quello con la baionetta a punta. Arrivò fino alla casa della maestra Pancucci e lo lassò nel vano. Doppo tornò narrè e fici la strata per arrivari alla sartoria di Maraventano. S'appostò nel fituso portoni senza porta col fazzoletto al naso e taliò. Erano le quattro e mezza del doppopranzo e a malgrado che era una bella jornata china ancora di sole, la luci elettrica era addrumata nel negozio scuroso. Vitti al sarto che faciva provari una giacchetta 'ncusturata a un omo sittantino. Non sintiva quello che dicivano, ma dai gesti che facivano si accapiva che stavano discutenno. Forsi il sittantino non era soddisfattu di come gli cadiva la giacchetta. Taliò torno torno e vitti che nel vicolo non c'era anima criata. Niscì e si mise allato alla porta della sartoria, davanti a una vitrinetta. Ma macari da lì non arrinisciva a sentiri il discurso che i dù facivano, sulamenti qualichi parola sparsa.

«I gas sfissianti… Mussolini… sti povirazzi di bissini» disse il sittantino.

«Mussolini… mallitto assassino» fece Maraventano.

«Porcu fitusu» rincarò il vecchio.

A sentiri parlari accussì del Duce, Michilino si pigliò un tale spaventu che s'arritrovò senza sapiri come nuovamenti dintra al portoni. Macari il sittantino era un comunista! E non potiva essiri diversamenti: chi è che andava a farsi fari un vistito da un sarto comunista se non un altro comunista come a lui? Ma quanti erano 'sti comunisti? Aviva appena ripigliato a taliare che dintra al catojo vitti che c'era ora macari Alfio. Sicuramenti nella sartoria doviva esserci una porta, che non arrinisciva a vidiri data la posizioni, la quali dava nell'altra càmmara indovi i Maraventano durmivano. Ma pirchì non si vidivano fìmmine? Era importanti sapiri quante pirsone c'erano nella bitazione, non voliva essiri pigliato di sorprisa da qualichi comparsa 'mpruvisa. S'arricordò che a scola Alfio era arrivato accompagnato dal patre e no dalla matre come tutti gli altri compagnuzzi. Vuoi vidiri che era orfano di matre ed era macari figliu unicu?

Stetti un'ora e passa a postiari dintra al portoni. Il sittantino sinni niscì e passato tanticchia macari 'u sarto si mise il cappeddro e niscì doppo aviri dato una vasata ad Alfio. Il quali scomparse nell'altra càmmara e po' tornò. Aviva in mano un quaterno e il sillabario. Assistimati supra il banconi un calamaro, la pinna e un foglio di carta asciucante, raprì il libro e si mise a fari i compiti. Era assittato supra una seggia di paglia proprio sutta la lampada e dava le spalli alla porta di trasuta. Doviva sempri mettersi in questa posizioni quanno faciva i compiti, e quindi, se uno arrivava alle sò spalli dalla strata a pedi leggio, Alfio non si sarebbe addunato di nenti.

«Piccatu che ora è troppu tardo» pinsò Michilino.

Si era fatta l'ura di tornari alla casa, scurava. Si consolò dicennosi che non sarebbe mancata occasioni. Non andò a ripigliarsi il moschetto. 'A mamà manco s'addunò che non l'aviva e non gli spiò nenti. Era proprio quello che Michilino addesiderava.

'U papà arrivò tutto cuntentu.

«Addruma la radio» disse alla mamà.

«Pirchì? Chi successi?».

«Pari che Mussolini livò a De Bono e al posto sò ci mise a Badoglio, che è un ginirali cu i cugliuna quatrati!».

«Non parlari vastasu» lo rimproverò 'a mamà. «Tu parli accussì e po' il picciliddro ripete le vastasate!».

«Ma i cugliuna non sono le palluzze che stanno sutta all'aciddruzzo?» spiò Michilino.

«Lo vedi? Che ti dicevo?» scattò 'a mamà. «Michilì, quella non è parola che le persone civili dicono».

«E allura viene a dire che io sugnu incivili?» fece 'u papà.

«Certe volte l'addiventi, peggio d'un carritteri!».

«E quanno io addiventu peggio d'un carritteri, in certe occasioni non ti dispiaci» disse 'u papà taliandola nell'occhi.

'A mamà arrussicò e non disse nenti.

«Allura, me la spiegati la facenna?» insistì Michilino.

«È un modu di diri» fece 'u papà. «Si dice accussì per diri che un omo è un vero omo, forti e coraggiuso».

«E i mè come sono, quatrati?».

'U papà e 'a mamà risero di cori.

«Ancora sei picciliddro» disse 'u papà, «ma quanno sarai granni sicuramenti li avrai come quelli di Badoglio, quatrati».

Avrebbe voluto addimannari se abbastavano i cugliuna che aviva, ancora tunni, per ammazzare un comunista. Ma appreferì non spiare nenti.

Per andare a lezioni stavolta si portò il moschetto in dotazione, quello con la pallina in cima alla baionetta.

Arrivato alla casa della maestra, raprì lo sportello e lo lassò allato all'altro che già c'era. La signorina Pancucci principiò a spiegari scienza, ma era chiaro che non ci stava con la testa, arripeteva quello che aveva finito appena di diri, s'impappinava, sbagliava paroli. Tutto 'nzemmula venne pigliata da una botta di chianto, dovitte andarsene in bagno. Appena ristarono soli, Prestipino spiò:

«Ma tu non ci vieni ma' al ginematò?».

«Ci sono stato dù volte cu 'u papà e 'a mamà».

«Da sulu ti ci mannano?».

«Non lo saccio, non gliel'ho mai addimannato».

«Provaci. Se t'arrispunnino di sì, ci possiamo andare 'nzemmula uno di chisti jorni».

Finuta la lezioni, mentri scinnivano le scali, Michilino studiò un modu di rapriri lo sportello di ferru senza fari vidiri a Prestipino che dintra al vano ci stavano dù moschetti. Ci arriniscì, si pigliò quello d'ordinanza e si fece un pezzo di strata col compagnuzzu.

Il venerdì che venne, avivano appena principiato la lezioni che arrivò la mogliere del dottor Cusimano a diri alla maestra che c'era una telefonata per lei dallo spitali. La signorina Pancucci addivintò giarna come una morta e s'apprecipitò dicennu:

«Maria santa! Maria santa!».

«Dev'essirsi astutata Adilaida» commentò Prestipino muovendo circolarmenti nell'aria l'indici e il mediu della mano dritta.

Tirò fora il calannario, principiò a taliare la solita negra nuda. Doppo tanticchia spiò:

«Allura, glielo dicisti ai tò se ti lassano andari al ginematò da sulu?».

«No, me lo scordai».

«Fallo. Pirchì accussì mentri ti vidi la pillicula, capace che s'assetta allato a tia il ragiuneri Galluzzo».

«E cu è stu ragiuneri Galluzzo?».

Prestipino si mise a ridere e il moccaro gli arrivò al mento. Agitò la mano dritta in aria, a significari cose miravigliose che non si potivano diri a paroli.

«Tu prima accanuscilo e po' ne parliamo».

Arrivò, invece della signorina Pancucci, la moglieri del dottori.

«Adilaida, povirazza, è morta» disse. «La maestra non se la sente per ora d'acchianari le scale. Dice di tornarvene a casa, le lezioni ripiglieranno doppo il funerali».

«E quann'è il funerali?» spiò Prestipino.

«Credo passannadumani, duminica. Comunque, se vi fate vidiri dumani matina, certamenti o io o la maestra vi faremo sapiri».

Michilino recuperò il fucili d'ordinanza. In strata, Prestipino accomenzò a santiari e a murmuriarisi.

«Che hai?».

«Talè chi sfortuna! Adilaida va a moriri di venniridia doppupranzu!».

«E pirchì è sfortuna?».

«Pirchì dumani che è 'u sabatu fascista avemu a Scarpin e alla duminica si fa vacanza. Se inveci Adilaida muriva metti conto di martedì, noi ci guadagnavimu dù jorni senza fari lezioni!».

Appena s'alliberò di Prestipino, Michilino andò a fari il postìo alla sartoria dal solito portoni. Quello era un vicolo senza manco una putìa, un negoziu qualisisiasi fatta cizzioni di quello di Maraventano. 'U sartu cusiva, Alfio non si vidiva. Michilino, nell'orata che stette ammucciato, vitti passari sulamenti a dù pirsone, una vecchia e un sissantino talmenti 'mbriacu che doviva appoggiarsi ai muri per non catafottersi 'n terra. Alfio comparse dalla strata che già il tempu di Michilino era scaduto. Ma volle aspittari ancora tanticchia. Alfio andò

128

a posari nell'altra càmmara la spisa che era andato a fari e tornò assittandosi davanti al patre col quaterno e il calamaro. Voltava, come sempri, le spalli alla strata.

«Ci posso andari al ginematò da sulo?» spiò Michilino.

«Che è 'sta novità?» fece 'a mamà allarmata.

«Non accomenzare subito a essiri nirbùsa» intervenne 'u papà. «Ci sta addumannanno il primisso di andari al ginematò, e no al burdellu!».

«Che è 'u burdellu?» spiò subito Michilino.

'A mamà arraggiò, ittò sgarbata il tovagliolo supra la tavola, si susì:

«Patre e figliu m'avete fatto passari il pititto!».

E sinni andò in cucina.

«Ernestì, esagerata! Non fari accussì, torna a tavola!».

«No!» arrispunnì 'a mamà sbattenno la porta della cucina.

«Che è 'u burdellu?».

«Michilì, lassa perdiri 'u burdellu. Al ginematò da sulu ci puoi andari, alla mamà la convincio io, ma prima ci dici che pillicula vuoi vidiri e noi ti dicemu se sì o se no. E quanno ci vuoi andari?».

«Uno di chisti jorni».

Prima doviva ammazzari ad Alfio Maraventano, non aviva tempu di spardare col ginematò.

Tornò 'a mamà dalla cucina, la faccia 'nfuscata, doviva aviri sintuto il discorso tra sò marito e sò figlio a malgrado della porta inserrata.

«A decidiri questa facenna» disse sostenuta «sarà patre Burruano. E basta accussì».

Verso mezzojorno, Michilino andò alla casa della signorina Pancucci, ma la porta era chiusa e non arrispunnì nisciuno. Michilino notò che supra la latata di manca, quella che restava sempri chiusa, ci stava una specie di grosso fiocco di tila nìvura che viniva a significari signali di lutto, che in quella casa c'era morto qualichiduno. Scinnì e andò a tuppiare dal dottori Cusimano. La signora gli disse che il funerale di Adilaida si sarebbe fatto nella cappella del camposanto il jorno appresso alle deci di matina e che la maestra avrebbe ripigliato le lezioni martidia. 'A mamà volle andari al camposanto, disse che era di giusto che Michilino facesse le condoglianze alla maestra sò. A Michilino il camposanto piaciva, quanno ce lo portavano il dù di novembiro per ringraziare i morti che nella nuttata gli avivano portato i rigali, lui lassava 'u papà e 'a mamà davanti alla purpania che cangiavano i sciuri secchi e livavano il pruvulazzo dai ritratti e si metteva a caminari viali viali. Si fermava spisso davanti a tombe indovi c'era qualichi morto recenti che i parenti torno torno ancora lo chiangivano e dicivano prighere per l'arma sò. Una volta, che aviva cinco anni, vitti sbiniri una fìmmina davanti a una lastra di marmaro indovi c'era la fotografia di un picciotto che si vede che era morto frisco frisco. Quella duminica matina per arrivari alla cappella passarono da un viali solitariu e tutto 'nzemmula 'a mamà si fermò.

130

«Pigliamo l'altro viali» disse.

E Michilino vitti che davanti a una tomba c'era la signora Clementina Sucato, quella che si era sciarriata con la mamà. La vidova chiangiva e si dava manate sul petto. Michilino, ingiarmato, caminava con la testa voltata per non perderla di vista.

«Non la taliare a 'sta gran fitusa!» fece nirbùsa 'a mamà. «Ora fa la vidova disperata e quanno sò marito era vivo gli metteva tante corna che quel povirazzo pariva un crasto!».

Fu un attimo, e il ricordo del calori umidizzo della firuta in mezzo alle gambe della vidova ammiscato alla vista delle sò lagrime glielo fece attisare, tali e quali come quanno parlava Mussolini.

Dal camposanto 'a mamà addecise di andare alla chiesa di patre Burruano pirchì voliva diri al parrino la facenna del ginematò. Patre Burruano era inchiffarato, aviva un matrimoniu e un vattìo. Disse che sulla quistioni del ginematò abbisognava ragionarci con tutta la calma nicissaria. La mamà era d'accordo se lui passava da casa il jorno appresso verso le quattro e mezza del doppopranzo? 'A mamà disse di sì.

Il lunedia niscì come al solitu, con la cartella e il moschetto d'ordinanza. Non aviva detto alla mamà che la maestra non faciva lezioni. Arrivò di cursa in via Berta, scangiò il moschetto e sempri di cursa andò ad appostarsi davanti alla sartoria.

Trasenno nel portoni vitti che c'era un omo acculato coi cazùna calati.

«Non mi sparari, balilla!» fece l'omo ridenno. «Una cacata non comporta la pena di morti».

Niscì e tornò doppo tanticchia. Non c'era più nisciuno, ma il fetu imbarsamava. Fu solo allura che si addunò che la sartoria era chiusa.

Strammò. Come mai la porta era inserrata a quell'ora? Dove se ne erano andati patre e figlio? Dù ore aspittò ammatula e dovette a un certo momentu mettersi a fari pipì per non dari suspettu a un omo ch'era trasuto sbuttunandosi i cazùna. Tornò alla casa arraggiato. Quella era forsi l'unica jornata di libirtà che aviva e non era arrinisciuto a fari quello che doviva.

Quanno tuppiò, 'a mamà gli raprì subito.

«È vinuto patre Burruano?».

«È vinuto» fece sgarbata 'a mamà ch'era scurusa in faccia. «È vinuto e se ne è andato».

«Ma aviti parlato del ginematò?».

«Disse che ci puoi andare da sulo se te lo meriti. Disse che le pillicule che puoi vidiri sono quelle di Tarzan, di Tom Mix, di Cric e Croc e di Topolino».

Appena 'u papà arrivò per mangiari, il malo umori alla mamà ci passò. La tavola era stata allura allura conzata che tuppiarono. 'A mamà andò a raprire e tornò con un mazzo di sciuri.

«Chi te li manna?» spiò 'u papà.

«Non lo saccio» disse 'a mamà. «Li portò un picciliddro che è scappato. Non c'è manco un biglietto, nenti».

«Ora abbiamo macari i corteggiatori anonimi?» si scurò 'u papà. «Getta subito 'stu mazzu nella munnizza».

«No» disse 'a mamà.

«Io mangiu fora» fece 'u papà, mittendosi il cappeddro e niscenno.

'A mamà non disse manco biz, anzi parse più cuntenta di prima.

Mangiarono. Michilino taliava i sciuri che 'a mamà aviva messo in mezzo alla tavola. E taliannoli s'arricordò che quel mazzo coi nastri gialli e virdi l'aviva già visto il jorno avanti, ai pedi della statua della Madonna, quanno erano andati in chiesa a parlari con patre Burruano.

Matre santa, che lotta spavintosa che ficiro quella notti 'u papà e 'a mamà!

Niscenno per andare dalla signorina Pancucci disse alla mamà la prima farfantaria della sò vita.

«La maestra ha detto che farà un'orata in più come ricupero».

Era una farfantaria nicissaria, masannò mai sarebbe arrinisciuto a fari il doviri sò. Se per ammazzari un comunista abbisognava diri una farfantaria, 'sta farfantaria era piccato sì, ma di certo piccato viniali. Gesuzzo avrebbe sofferto tanticchia, ma sarebbe stato ripagato col palmo e la gnutticatura dalla morti di un nemico sò. Addecise di confessarselo il piccato la duminica che viniva. La maestra era tutta vistuta di nìvuro, a lutto stritto, e a ogni tanto l'occhi le si arrussicavano. Da quanno andava a lezioni dalla signorina Pancucci, non era mai stato richiamato, quello che si pigliava sempri i rimproveri era Totò. Stavolta inveci la maestra gli fece:

«Michilì, che hai oggi che sei così distratto?».

L'ora della finuta non arrivava mai. Finalimenti la signorina disse che bastava e che si sarebbero visti all'indomani. Michilino partì come un furmine, prima ancora che Prestipino avesse messo i quaterni nella cartella. Scinnì a dù a dù i scaluna, raprì lo sportello, pigliò il moschetto sò, richiuse, in un vidiri e svidiri arrivò nel portoni davanti alla sartoria, si mise di postìo.

Alfio era al solito posto che faceva i compiti, sò patre si stava infilando la giacchetta. Doppo si mise il cappeddro, pigliò il paracqua pirchì chioviva appena appena, vasò in testa il figlio, niscì. Michilino aspettò che girasse l'angolo. Isò la baionetta, la bloccò, si fece il signo della croci. Ma si sintiva senza forzi e di tanto in tanto gli venivano violenti bripiti darrè la schina, come quanno compare la frevi di malaria. A un certu momentu si fece pirsuaso che non ce l'avrebbe mai fatta a traversari la strata che non gli pareva più strata, ma una specie di muro fatto di bàsole. Devi farlo, si disse, altrimenti non sei digno d'essiri un soldato di Cristo e di Mussolini. Forsi una soluzioni c'era. Con gli occhi serrati per non farisi disturbari manco dal rumori della pioggia che ora si era fatta più forti, recitò un patrennostro, un credo e un'avimmaria. Doppo disse ad alta voci il punto 8 del decalogo del balilla: «Mussolini ha sempre ragione!». Ora era pronto, ma prima di nesciri di cursa dal portoni, sporse fora la testa a taliare se c'era qualichiduno strata strata. Si tirò narrè di scatto pirchì un omo zoppu era cumparso al principio del vicolo. Non aviva paracqua, ma della chiuvuta non gl'importava pirchì caminava a lento. Sentendosi moriri il cori, Michilino vitti che Alfio si susiva e andava nell'altra càmmara. Vuoi vidiri che nisciva macari lui? Potiva sempri ammazzarlo appena era fora dalla sartoria, metti quanno stava chiudenno la porta, ma a farlo allo scoperto c'era più piricolo d'essiri viduto. Lo zoppu passò, ma di Alfio ancora manco l'ùmmira. Gli restava picca tempu, troppu picca. E tutto 'nzemmula Alfio tornò, s'assittò, ripigliò a fari i compiti. Michilino s'addunò d'essiri tuttu sudatu.

«Comunista fitusu! Cornuto mi disse 'stu comunista, cornuto a mia e a mè patre! Cornuto mi disse nella presa di Macallè! E quanno lo dice a mia e a mè patre lo dice macari a Mussolini! E ora ti fazzo vidiri chi è 'u veru cornuto, grandissimu cornuto e rugnusu di un comunista!».

Traversò la strata con la vilocità di una palla allazzata, senza curarsi di non fari rumorata, dalla porta della sartoria alla seggia di Alfio c'erano dù passi, ma Michilino ne fece uno sulu volanno nell'aria, il moschetto addivintato tutt'uno con le sò mano, la punta della baionetta s'infilò nel cozzo di Alfio, la lama trasì assai cchiù della metà, tanticchia di punta della baionetta niscì da sutta all'osso d'Adamo. Il comunista fitusu ristò un momentu fermo, doppo si piegò prima lentu come per una botta di sonno, po' di colpo sbattì la testa supra il bancone. Michilino puntò un pedi darrè la schina di Alfio e mentri la spingiva in avanti contemporaneamenti tirava narrè con le dù mano il moschetto. Ma la baionetta non veniva, pareva incoddrata. Poi, di colpo, fu fora, Michilino traballò narrè di dù passi, il sangue dal pirtuso della firuta principiò a schizzari a funtanella, allordando quaderno e sillabario.

Michilino vitti nel bancone un rotolo di panno per abiti e ci asciucò la baionetta insanguliata stricandogliela supra. Doppo la sbloccò, la ripiegò, imbracciò il moschetto, lo carricò facendo andare narrè e avanti l'otturatore come gli avivano insignato al sabato fascista, pigliò la mira e sparò alla testa del comunista il colpo di grazia, accussì si chiamava.

«Pum!» fece con quanto sciato aviva.

Taliò ad Alfio che il sangue gli aviva ora assuppato tutta la schina e niscì. Nel vicolo non incontrò a nisciuno. Arrivò alla casa della maestra, lassò il moschetto sò e pigliò quello d'ordinanza. Sinni calò verso la sò casa senza arripararsi dalla pioggia, anzi gli faciva piaciri sentiri l'acqua sulla faccia. Era fatta. Ora potiva trasire macari nella milizia di Gesù. Il doviri sò l'aviva portato a termini megliu assà di un omo granni.

La sira, mangianno, disse che all'indumani matina si voliva andari a cunfissari.

«Che piccatazzi hai fatto?» spiò 'u papà ridenno.

'A mamà invece si cumpiacì assà. Si susì, andò a dari una gran vasata al picciliddro abbrazzandoselo forti.

«Figliu mè beddru e bono! Lo sai che ho visto passanno davanti al ginematò? Che dumani fanno una pillicula che si chiama "Il ritorno di Tom Mix". Iu ti dugnu i soldi quanno nesci per andari dalla maestra, accussì, finita la lezioni, vai direttamenti al ginematò. M'arraccumanno: alle otto e mezza devi essiri di ritorno qua».

Si andò a corcari presto, aviva sonno. E infatti durmì come una petra. 'A mamà l'arrisbigliò alle sette e mezza.

«Michilì, il latte è prontu, ma se ti vuoi macari comunicari, veni a dire che mangi doppo».

«Mi comunico» fece Michilino.

Al confessionili c'era patre Jacolino.

«Hai fatto disubbidienze?».

«Nonsi».

Le stisse pricise 'ntifiche domande dell'altra volta. Arrivato a doviri rispondere se aviva detto farfantarie, Michilino disse:

«Una farfantaria sola».

«Granni o piccola, la farfantaria?».

«Piccola».

«Hai fatto cose vastase?».

«Nonsi».

«Cinco avimmarie e cinco patrennostri».

Ascutò la santa missa, patre Burruano lo comunicò e prima di passari a dari un'altra ostia, gli fece una carizza in faccia. Doppo Michilino s'agginucchiò davanti al Crocifisso e si mise a parlari col Signuruzzu.

«Tu lo sai già» disse «quello che aieri fici per tia».

E allura capitò il miraculu. La faccia tormentata di Gesuzzo si spianò, il sangue sulla fronti scomparse, l'occhi voltati al cielo si calarono a lento verso di lui, la vucca s'allargò in un sorriso appena appena accennato.

«Tu sei mio» fece Gesù.

E po' la sufferenzia come un armàlo sarbaggio nuovamenti s'avvintò supra a quella faccia, l'assugliò, la muzzicò, ancora e ancora la stracangiò in lagrime, sangue, duluri.

«Aieri doppopranzo in paìsi è capitata una cosa seria» disse 'u papà a tavola. E poi, rivolto a Michilino:

«Tu l'accanusci a uno che si chiama Alfio Maraventano?».

«Il figliu do comunista? Sì, era con mia quanno andavo alle scole vascie. Po' ci siamo viduti al sabato fascista. Alla presa di Macallè faciva il bissino».

«Ma che capitò?» spiò 'a mamà.

«Aieri doppopranzo, verso le sei, mentri faciva i compiti nella sartoria di sò patre, Alfio è stato firuto al cozzo da qualichiduno».

«E pirchì?» spiò ancora 'a mamà.

«Boh» fece 'u papà.

«È mortu?» addimannò Michilino.

«No, ma è gravi. Però i medici dello spitali di Montelusa dicino che forsi se la caverà».

Michilino avvilì. Se Alfio non moriva, doviva arricomenzari tutto daccapo. Una gran bella camurrìa.

«Si sapi cu fu?» disse 'a mamà.

«No, però il commissario Zammuto, che stamatina io ci parlai, mi fece accapire che un'idea se la fece».

«E cioè?».

«E cioè, Ernestina mia, prima di tutto abbisogna darsi conto e ragioni che questi comunisti non sono pirsone civili come a nui, ma vestie serbagge».

«Che viene a dire?».

«Viene a dire che il commissario Zammuto si sta facenno pirsuaso che a feriri Alfio sia stato proprio il patre, 'u sartu».

«Matre santissima!» inorridì 'a mamà. «E come ha fatto il commissario per arrivari a pinsarla accussì?».

«Secunno il medico, Alfio è stato firuto da un grosso puntarolo. E il commissario ha trovato un grosso puntarolo in un cascione della sartoria di Maraventano. Per il sì o per il no, gli ha messo le manette».

«Ma per quali motivo un patre può tentari d'ammazzari un figliu?» disse scuncirtata 'a mamà.

«Ernestì, non lo capirai mai pirchì ragiuni con la tò testa che non è la testa di un comunista. La testa di un comunista è più torta della coda di un porco».

«Vero è» disse 'a mamà.

«Io spero sulamenti che se è stato veramenti 'u sartu, lo mannano davanti al plotoni d'esecuzioni».

«Vogliu ancora tanticchia di pollo» fece Michilino che gli era smorcato un gran pititto.

Capace che 'u Signuruzzu arrinisciva a fari in modo che inveci di un solo comunista ne morivano dù, patre e figliu!

Cinque

«Facciamo a cangio?» disse Totò Prestipino mentri acchianavano le scali per andare a lezioni.

«Che scangiamo?».

«Io scangio questo» fece Totò tirando fora dalla sacchetta un timpirino che più che un timpirino, data la lunghizza, era squasi un cuteddru.

«Fammillu vidiri megliu».

Totò glielo pruì. Era appuntito e affilatissimo, aviva il manico d'osso: gli piacì assà, il cuteddru da caccia do papà era arrinisciuto a toccarlo una sola volta, la lama era tanto fridda che gli era parsa fatta di ghiazzo, gli aviva dato un bripito alla schina. Capì che se continuava a passarci il dito supra, a forza di bripiti nella schina capace che gli viniva uno sbinimento. Il timpirino di Totò non gli fece lo stisso effetto. Però sarebbe stato bello poterselo tenere in sacchetta.

«E che vuoi in cangio?».

«La trottula con la musca e un soldo».

Totò Prestipino era fissato con le trottule, ne aviva sei tutte di ligno ed era bravo a farle firriare, a pigliarle a volo, a farle continuare a firriare nel palmo della mano, a gettarle nuovamenti 'n terra che ancora firriavano. E

140

allura un jorno Michilino gli aviva fatto vidiri la trottula che 'u papà gli aviva accattato alla festa di san Caloriu l'anno avanti, una trottula di quelle che si contava che il fabbricante, quanno le faceva, ci mittiva dintra una mosca per farla più liggera, aerea, e difatti la trottula di Michilino quanno firriava pariva una ballarina che abballava supra la punta d'un pedi e si calava ora da un lato ora dall'altro e po' tornava dritta e po' faciva una specie di curva larga e po' un'altra curva più stritta... Una maraviglia, ma macari il timpirino era una maraviglia.

«E pirchì vuoi puru un soldo?».

«Pirchì un cuteddru né s'arrigala né si scangia, abbisogna sempri pagarlu, masannò chi l'ha arrigalato o scangiato mori scannatu dall'istesso cuteddru».

«Va beni, dumani ti porto la trottula e il soldo. Ma a un pattu».

«Quali?».

«Il timpirino me lo dai ora».

Prestipino lo taliò dubbioso.

«Vuoi pigliarmi pi fissa? Tu ti metti in sacchetta il timpirino e dumani non mi porti una minchia».

«Giuru» fece Michilino vasandosi l'indici e il mediu della mano dritta.

Il cinema Mezzano faciva tri passate di pillicula. A quella delle quattro e mezza ci andavano i pinsionati e i vicchiareddri, a quella dei sei e mezza i carusi e i picciotteddri, a quella delle otto e mezza s'apprisentavano le famiglie al completo o solamenti le pirsone granni. Siccome che questa pillicula di Tom Mix al cinema Mezzano l'avivano già fatta la simana passata, dintra alla sala c'erano al massimo una decina di spittatori. Michilino si andò ad assittare in una fila delle ultime indovi c'era lui sulo. Michilino non potiva mettersi nelle prime file, l'aviva sperimentato quanno c'era andato cu 'u papà e 'a mamà, doppo tanticchia che taliava il telone, l'occhi gli accomenzavano a fari pupi pupi. Più darrè si metteva e megliu era. Prima della pellicula, fecero il Cinegiornali Luce nel quali si vidiva la guerra in Bissinia, i nostri sordati che salutavano gli aeroplani Caproni che ci vulavano supra a protezioni e si vidivano macari i bissini che scappavano e un centinaro di bissini pigliati prigionieri. Alla fine del cinegiornali la luce s'addrumò. Passò uno che vinniva gazzose, cioccolattini e caramelli, ma aviva macari calia e simenza, vali a dire nuciddri miricani e simenza di zucca atturrati.

Michilino non s'accattò nenti, in sacchetta aviva ancora dù soldi, ma pinsò di sparagnari e metterli con gli altri nel sarbadinaro dintra al quali, minimu minimu, c'erano già cinque lire. S'astutò la luci e la pillicola principiò. In prima fila, dù carusi accomenzarono a sciarriarisi prima a mali paroli, poi s'agguantarono e si pigliarono a pagnittuna e cazzotta. Non si capì nenti del comincio della pellicola. Finalmente arrivò di cursa il signor Mezzano che spartì i dù carusi e a càvuci 'n culu li fece nesciri dalla sala. Doppo tanticchia, allato a Michilino venne ad assittarsi un omo. Duranti tutto il primo tempu, non fici che fumare una sicaretta appresso all'altra. Quanno venne l'intervallo, l'omo taliò a Michilino e macari Michilino lo taliò.

«Mi chiamo Galluzzo» disse l'omo.

Era quello che gliene aviva parlato Totò Prestipino, un quarantino grasso che pariva non aviri varba, sudatizzo.

«Il ragiuneri?».

«Sì, perciò ti hanno parlato di mia. Vuoi che t'accatto qualichi cosa?» spiò facenno 'nzinga verso l'omo che vinniva cose.

«No, grazii» disse Michilino.

Il ragiuneri invece si pigliò una gazzosa, infilò un dito dintra al collo della buttiglia, fece calare la pallina di vitro che faciva da tappo, se la scolò e quanno la pillicula ripigliò l'appoggiò 'n terra. E subito s'addrumò una sigaretta. Doppo tanticchia si calò verso Michilino e gli disse alla grecchia:

«Me lo fai un favori?».

«Sì».

«Puoi appoggiare il fucili nel posto allato a tia?».

«Sì» fece Michilino a malgrado che non capiva che fastiddio poteva dare il moschetto, che tiniva col calcio 'n terra e la canna 'n mezzo alle gambe, al ragiuneri.

Quanno l'ebbe posato nel posto allato, Galluzzo lento lento cataminò la mano dritta e gliela posò supra l'aciddruzzo. L'arritirò subito, come se si fosse abbrusciato.

«Che hai in sacchetta?».

«Nenti ho» fece Michilino, urtato.

Possibili che gli facivano sempri la stissa 'ntifica dumanna? Il ragiuneri lo taliò che pariva surprisu.

«Dici daveru?».

«Ci dissi che in sacchetta non ho nenti!» fece Michilino irritato.

La mano del ragiuneri si posò nuovamenti, carezzò l'a-ciddṛuzzo per tutta la sò lunghizza, continuò a carizzarlo andando a lento a lento avanti e narrè. Ogni tanto si fer-mava e stringiva forti, doppo ripigliava la carizza. Vuoi vidiri che il ragiuneri voliva fari quello che aviva volu-to fari Totò Prestipino e po' se ne era pintuto?

«Ma lei voli fari cose vastase con mia?» spiò Mi-chilino.

Il ragiuneri lo taliò strammato, mentri la sò mano si fermava. Intanto Tom Mix inseguiva a cavaddro nel-la prateria a un bandito che aviva arrubbato a una bed-dra picciotta che chiangiva e faciva voci mentri il ban-dito ridiva e sparava col revorbaro contro a Tom Mix.

«Certu» fece il ragiuneri. «Non l'hai ancora caputo? Sbottonati i cazùna».

E levò la mano posandola sul bracciolo.

Michilino arrussicò, pigliato da una raggia che gli fe-ce immediatamenti veniri il trimolizzo alle mano. Ma come? Un picciliddro non può starsene in santa paci in un ginematò che arriva uno e voli fari cose vastase? E quel misirabili di ragiuneri pinsava che lui avrebbi bidito? Non lo sapiva che lui era un balilla, un sorda-to del Duci e che tra qualichi jorno sarebbi addivinta-to macari sordato di Cristo?

«Allura? T'addecidi? Che fai, ti vrigogni? Che è, la prima vota? La vuoi mezza lira accussì t'accatti quel-lo che ti piace? Eh? Ti sbuttuni? Pi piaciri, ti sbuttu-ni? La tiri fora? Eh?».

Galluzzo parlava e fumava, pariva assugliato da una pre-scia, una smania che non gli dava rizzetto. Michilino pin-

sò d'agguantare il moschetto e pigliarlo a baionettate, po'
s'arricordò che quello era il moschetto d'ordinanza, non
aviva né punta né lama. L'unica era cangiari di posto. Stava per farlo, ma considerò che l'omo avrebbe macari lui
cangiato e sarebbe tornato ad assittarglisi allato. No, nenti, l'unica era nesciri fora dal ginematò, tornarisinni alla
casa e contare tutto a 'u papà che doppo ci avrebbi pinsato lui ad assistimari quel gran fituso. Allungò la mano,
afferrò il moschetto e si susì. Galluzzo gli serrò il vrazzo.

«Che fai? Tinni vuoi iri? Pi carità, no! Assettati».

Galluzzo gli fece schifo, parlava con voci lastimio-
sa, la stissa di un puvireddru che addimanna la limosina. Michilino scansò il vrazzo, ma quello lo tiniva stritto. Fu nel movimento che fece che Michilino sentì nella sacchetta di dritta dei cazùna il peso del timpirino
che gli aviva dato Totò Prestipino. Si era scordato
d'averlo, ma ora che se ne era arricordato, la facenna
cangiava. S'assittò nuovamenti, appoggiò il moschetto alla spalliera del posto che aviva davanti.

«Tutto bono e biniditto, angilo mè!» fece Galluzzo.
«Ti sei pirsuaso, eh? Ora non fai più storie, veru, angiluzzu mè? Ti sbuttuni, è veru ca ti sbuttuni e la tiri
fora, angilu mè minchiutu?».

Si stava mittenno a chiangiri, il fituso. Con la mano mancina Michilino principiò a sbuttunarsi i cazùna, mentri con la mano dritta cavò fora dalla sacchetta il timpirino. Prima dell'ultimo buttuni, s'aiutò con
la mancina a rapriri il timpirino. Il ragiuneri non si era
addunato di nenti.

«Sbuttunatu sugnu» disse Michilino.

Galluzzo lo taliò.

«Fora, nescila fora! nescila tutta fora, sta gran minchia che hai, angiluzzu mè! Tutta ti la vogliu carizzari, tutta ti la vogliu vasari!».

Michilino infilò la mano mancina dintra i cazùna, la tirò fora.

Galluzzo s'apparalizzò alla vista.

«Cristu di Diu!» fece, squasi scantato.

La raggia di Michilino, a sintiri che quel porcu nominava il nome di Dio invano, si stracangiò in una specie di pinsero friddo che gli diciva di stari attento a quello che l'altro avrebbe fatto e di reagiri immediatamenti. Stringeva forti il timpirino tenendolo lungo la coscia dritta, il vrazzo se lo sintiva sciolto, pronto. L'omo si ripigliò dall'affatatura, la sò mano dritta, aperta, dal bracciolo pigliò ad avvicinarsi quatelosamente verso tutta quella abbondanzia, quella ricchizza, quella trovatura. Ma si fermò a mezza strata pirchì il ragiuneri pinsò d'usarla prima per livarsi dalla vucca la sigaretta e gettarla 'n terra. Quanno la mano ripigliò il pircorso verso le gambe del picciliddro, e stavolta di prescia, Michilino isò di scatto il vrazzo e, con la raggia che lo faciva più forte assà, infilò il timpirino nel palmo della mano viaggiante di Galluzzo. Il timpirino trasì a metà, squasi spirtusò la carne da parte a parte.

«Iiiiiiihhhh!» fece il ragiuneri che parse priciso 'ntifico a un porcu scannatu.

«Che fu? Che successe?» spiarono voci dallo scuro.

«Nenti, nenti» disse Galluzzo circando di fari la voci normali.

«Trovasti una minchia troppo grossa? Mali ti fa 'u culu, ragiunè?» spiò la voci ironica di un picciotto.

«Fate silenziu! Basta!» dissero altri.

Intanto Michilino, aiutandosi macari con la mancina, libirò dalla carni il timpirino.

«Iiiiiihhhh! Iiiiiihhhh!» chiangiva e si lamentiava il ragiuneri, ma a voci vascia, mentri tirava fora dai cazùna un fazzoletto e se l'arrutuliava torno torno alla mano. Doppo si susì e si precipitò di cursa nel retrè. Non aviva ditto nenti contro a Michilino. Non l'aviva più manco taliato. Michilino pigliò il fazzoletto sò, puliziò la lama, lo lassò cadiri 'n terra. Alla mamà avrebbe detto che se l'era perso. Farfantaria liggera, senza importanzia. Vitti al ragiuneri Galluzzo nesciri dal retrè sempri col fazzoletto torno torno alla mano, dirigersi all'uscita. Il ragiuneri non avrebbe di sicuro contato a nisciuno quello che gli era capitato e per un certo periodo non avrebbe potuto usari la mano per fari piccato e per farlo fari agli altri. E questo avrebbe sparagnato altre suffirenze a Gesù. Ora poteva taliarsi la pillicula in santa paci.

L'ultimo mercoldì del mesi di novembiro, alle quattro spaccate, Michilino s'appresentò in chiesa pirchì monsignor Baldovino Miccichè, cappellano militari, accomenzava la priparazioni di una vintina tra picciliddri e picciotteddri alla santa cresima. Monsignor Miccichè era un omo granni e grosso, rusciano, con una vuci putenti. Torno torno le maniche della tonaca aviva i gradi d'oro di tenente e supra il cori tiniva un fascio littorio. Strascicava la gamba mancina. Fu la prima cosa della quali parlò.

«Io ho fatto la Grande Guerra, ma non sono stato ferito. Però vedete che camminanno zoppichìo? Lo sapete pirchì? Pirchì sono stato ferito di recenti. Da che cosa sono stato ferito? Da un colpo di zagaglia. E chi mi tirò il colpo di zagaglia? Un abissino me lo tirò. E dove capitò la facenna? La facenna capitò nella battaglia per la presa di Macallè alla quale mi onoro di avere partecipato come cappellano inquadrato nei ranghi della Milizia Volontaria Sicurezza Nazionale!».

Michilino satò addritta dalla seggia, si mise a battiri le mano. Gli altri lo seguirono. Matre santa, un eroe s'attrovava davanti! Un eroe che aviva combattuto nella pigliata di Macallè ed era stato macari firuto da un sarbaggio bissino! Squasi squasi gli spuntarono le lagrimi per l'emozioni.

Monsignor Miccichè s'inchinò per ringrazio, isò un vrazzo a significare di fari silenzio, stava per ripigliari a parlari, ma Michilino l'anticipò.

«Il bissino vossia l'ammazzò?».

Il parrino parse tanticchia imparpagliato.

«Non so, credo sia stato ucciso. Non ho visto bene, io ero caduto a terra».

«E alla camicia nera scelta Balduzzo Cucurullo che è morto nella presa di Macallè, vossia lo conobbe?».

«Certo. È morto cristianamente tra le mie braccia».

«E vossia che fa, ci torna in Bissinia?».

Michilino non arriniscìva a fermarsi con le domande. Monsignore parse tanticchia urtato.

«Per ora stai assittato, bambino. Come ti chiami?».

«Sterlini Michelino».

«E sapete pirchì noi siamo andati a combattere in Abissinia?» ripigliò il parrino. «In primisi, pirchì siamo, grazie a Benito Mussolini, una nazioni forti, armata, capace di conquistarsi un impero. E sapiti che ci faremo noi in questo impero? Ci faremo terra da travagliare per i nostri viddrani, officine per i nostri operai, cantieri per i nostri muratori. Ma soprattutto ci faremo conversione d'anime, tutti devono cridiri alla nostra santa matre chiesa! E voi, picciliddri e picciotti miei, balilla miei, dovete essiri i futuri soldati di Cristo e del Duce, puri di corpo e d'anima, coraggiosi, impavidi, perché il regno di Sua Maistà Vittorio Manuele terzo e quello di Dio onnipotente si allarghi sempre di più su questa terra fino a conquistarla tutta quanta è!».

Parlò accussì, a dumanni e risposti, per un'orata di fila. Po' si fermò.

«Questo nostro incontro doviva durare ancora un'ora. Ma ho un impegno con il Vescovo a Montelusa. Pregate per il Duce e per il Re!».

Affatato, Michilino ascutò fino alla fine le parole di monsignor Miccichè. Niscenno dalla chiesa era tanto eccitato che si sintiva qualichi linea di fevri. Arrivato davanti alla porta di casa isò il vrazzo per tuppiare ma si addunò che lo scoppo non era perfettamenti trasuto, bastava ammuttare tanticchia e la porta si sarebbe rapruta. Addecise di fari una surprisa alla mamà. Ammuttò con le dù mano, la porta si raprì, trasì, la richiuse adascio. La radio era astutata. A pedi leggio, Michilino andò a taliare in cucina. Non c'era. Vuoi vidiri che era nisciuta sapendo che lui doviva tornare un'ora appresso? La surprisa sarebbe arrinisciuta meglio se 'a mamà, arricampandosi, l'attrovava già in casa. Ecco: le avrebbe fatto trovari la tavola conzata. Siccome gli scappava la pipì, s'addiresse verso il bagno. Lo fermò una specie di lamento che veniva dal salotto. La porta era accostata, sporgì la testa, taliò. 'A mamà pariva mezzo sbinuta, tiniva la testa tutta tirata narrè e l'appuiava supra la spalla di patre Burruano che le stava assittato allato sul divano. 'A mamà aviva il pettu nudu completamenti, senza né cammisetta né reggipetto, la sò vucca era aperta e si lamintiava adascio. Patre Burruano la tiniva abbrazzata con il vrazzo mancino torno torno alla vita e le passava la mano dritta minne minne.

«Che fu?» spiò scantato Michilino raprenno la porta.

«Madunnuzza mia!» sclamò 'a mamà facenno per susirisi ma ricadendo assittata come se le gambe le fossero addivintate di ricotta.

«'A mamà si è sintuta mali. Ci ammancò l'aria» disse patre Burruano.

«L'aria m'ammancò» confirmò 'a mamà.

Era russa come un pipirone, il petto le si susiva e le si abbassava viloci per il sciato corto.

«Ti piglio tanticchia d'acqua?» disse prioccupato Michilino.

«Sì» rispunnì 'a mamà.

Quanno tornò dalla cucina col bicchieri, 'a mamà si era rimesso il reggipetto, tiniva in mano la cammisetta. Si vippi l'acqua.

«Si sente meglio, signora?» spiò il parrino.

«Sì, meglio. Non so pirchì l'aria mi è mancata di colpo. Meno mali che c'era vossia, patre, che mi diede abento livandomi gli abiti, quasimenti morivo assuffucata. E mi deve scusari tanto per lo scanto che le feci pigliare. Ora, se mi permette, vado in bagno a darmi una rilavata».

Si susì, niscì dalla càmmara.

«Com'è andata con monsignor Miccichè?» spiò il parrino.

'Ntusiasmato, Michilino gli contò tutto. Il parrino l'ascutò senza diri nenti, sempri con un surriseddru 'ntipaticu stampatu 'n faccia.

«Col cannocchiale» disse alla fine.

«Che viene a diri col cannocchiali?».

«Viene a dire che monsignor Miccichè l'Abissinia l'ha vista col cannocchiale».

'A mamà tornò arrizzittata, patre Burruano si susì.

«Quando possiamo ripigliare il nostro discorso e approfondirlo meglio? Siamo stati costretti a lasciarlo a mezzo quando le ammancò l'aria».

«Macari dumani doppopranzo, se ne ha tempu e voglia».

«Il tempu lo trovo. E in quanto alla voglia di stare con lei, cara signora, quella, come lei sa, c'è sempri».

'A mamà accompagnò alla porta il parrino e andò da Michilino che era in bagno a fari la pipì.

«Senti, Michilino…».

«Scusa, mamà, prima ti vogliu addimannari una cosa. Che viene a diri che monsignori Miccichè l'Abissinia l'ha vista col cannocchiali?».

«Cu tu dissi?».

«Patre Burruano, mentri ti lavavi la faccia».

«Viene a diri che chisto monsignori ha il vizio di van-
tarsi tanticchia troppo di quello che fa».

«Dice farfantarie?» spiò alloccuto Michilino.

Un parrino, un eroe, un combattenti di Macallè, un
capo dei soldati del Duce e di Cristo che diciva farfantarie! Era una cosa 'mpossibili, patre Burruano faciva mali pinseri.

«Farfantarie propiamenti no, pirchì sarebbe piccato
e un parrino non fa mai piccati» spiegò 'a mamà «ma
dice cose tanticchia esagerate, che piccato non è. Ora
stammi a sentiri, Michilì. Mi devi promittiri una cosa, mi la devi giurari e la devi manteniri».

«Certu, mamà».

«Non ci devi diri nenti a 'u papà di quello che mi
capitò, ca mi sintivu mali. Masannò, poviro papà, s'appreoccupa assà. E con tutti i pinseri che ha, io non ci
voglio mettiri il carrico da unnici».

«Te lo giuru» disse sullenne Michilino.

Doppo qualichi jorno, che era duminica e stavano
mangianno pasta 'ncasciata, 'u papà disse:

«Aieri sira morì Alfio Maraventano, 'u figlio do comunista».

A Michilino ci andò di traverso la pasta, si misi a tus-
siri, ma dintra al petto invece che colpi di tussi si sintiva sonari le campani. Din don dan! Din don dan! Sonavano a gloria! Sonavano che pariva la santa pasqua!
Si dovette sforzari per non mittirisi a cantari.

«Mischino!» fece 'a mamà.

«Ci venne il tetano» secutò 'u papà.

«Che è il tetano?» spiò Michilino.

«Il tetano è una 'nfezioni mortali che viene quanno uno si fa mali con una cosa arruggiuta» spiegò 'u papà. «Si vede che il puntarolo che lo ferì era cummigliato di ruggia».

Michilino pinsò che la baionetta effettivamenti si era pigliata di ruggia da quanno l'ammucciava nel vano che era umito assà. Comunque, se non era arrinisciuto ad ammazzarlo a primo colpo, a quel gran fituso, Gesuzzo gli aviva dato una mano d'aiuto facendolo moriri con la 'nfezioni.

«Sò patre, il sarto, è stato accusato di micidio vuluntario» aggiunse 'u papà. «A quello il plotone d'esecuzioni non glielo leva nisciuno».

E dù! Ci l'aviva fatta! Dù comunisti con un colpo solo! Quale altro sordato di Gesù e del Duce sarebbi stato capaci d'una 'mprisa simili?

«Maria santa che cosa tirribili!» disse 'a mamà. «Ma pirchì sò patre l'ammazzò?».

«Te lo dissi, Ernestì, che 'sti comunisti hanno la testa torta. Secunno il commissario Zammuto, 'u sartu l'ammazzò pirchì non voliva che sò figlio andasse al sabato fascista. Non lo sopportava casa casa vistuto da balilla. Mentri inveci al poviro Alfio ci piaciva assà, era un vero fascista. Almeno, accussì spiega la facenna il commissario Zammuto».

«Ma quanno mai!» fece Michilino.

Bum! Ora viniva fora lo sturnello che aviva ammazzato a un balilla! Il commissario Zammuto era uno scecco che non capiva nenti.

«Pirchì dici accussì?» fece 'u papà.

«Basta spiare al comandanti Scarpin. Alfio s'appresentava un sabato sì e uno no e non vuliva mai fari l'esercitazioni. Spiateglielo. Il comandante Scarpin l'arrimprovirava pirchì era svogliato e non faciva mai il saluto romano. Ca quali fascista e fascista, quello comunista come a sò patre stava addivintanno!».

'U papà lo taliò ammaravigliato.

«E bravu 'u figliceddru mè! Lo sai che avivamo pinsato di priparari un funerali fascista ad Alfio? Stavamo facenno un granni sbagliu. Oggi stissu parlo con Scarpin. Ma sono pirsuaso che hai ragione tu. Bravo!».

«Ma allura pirchì l'ammazzò?» fece 'a mamà pinsirusa. «Alfio prima di moriri arriniscì a dire qualichi cosa?».

«Sì, ma disse che era sulo nella sartoria, che stava studianno e che dato che voltava le spalle alla porta, non vitti trasire a nisciuno. Non s'arricordava manco del colpo di puntarolo nel cozzo. Ah, la sapiti una cosa? Alfio morsi ridenno».

«Come ridenno?» spiò 'a mamà 'mpressionata e 'mparpagliata.

«Sissignura. Mi dissiro che il tetano tira i muscoli della faccia e uno, mentri mori, pare che ride».

Ridi, ridi, Alfio Maraventano. Tanto oramà sei un catafero puzzolenti.

Il giovidì che venne 'a mamà fici l'anni, vintisè anni. Ne aviva deci meno do papà. La notti avanti Michilino li aviva sintuto parlari fitto fitto e a vuci accussì vascia che non ci aveva accaputo nenti. Ma s'arrisbigliarono tutti e dù cuntenti, 'a mamà in bagno non fici altro che cantari. Alle deci arrivò nonno Aitano, se li carricò tutti nella Lancia Astura per portarseli 'n campagna indovi nonna Maddalena aviva priparato festa granni. I parenti c'erano tutti, gli altri nonni, gli zii, i cuscini, 'na quarantina di pirsone. Al crapettu 'nfurnatu con le patate, che era il secunno abituali di queste occasioni, stavolta s'appaiarono dù linguati a testa, accussì granni che niscivano dal piatto. Quanno arrivò la cassata, 'u papà si susì e disse che doviva annunziari una cosa importanti alla parintela. Michilino taliò a sò patre imparpagliato, nisciuno, né 'u papà né 'a mamà, gli aveva ditto nenti di sta cosa 'mportanti. Si sentì tanticchia trascurato e se ne offinnì.

«Cari parenti» fece 'u papà. «Vi devo dire una cosa che certamente vi farà piaciri. Stanotti mè mogliere Ernestina m'ha fatto una rivelazioni che io aspittavo da cinco anni».

Tutti taliarono 'a mamà che arrussicò peggio di quanno stava con patre Burruano e s'ammucciò la faccia con le mano.

«Ernestina aspetta».

Scoppiarono battute di mano, risate, qualichiduno fece per susirisi e andare ad abbrazzare la mamà, ma venne fermato da 'u papà.

«Per favori, le vasate e le abbrazzate doppo. Ernestina, per essiri più sicura, si è fatta visitari dalla mammana che ha dato conferma. Mè mogliere aspetta. È cosa certa. E siccome la criatura è stata fatta nei jorna della presa di Macallè...».

'A mamà avvampò nuovamenti, un mascolo dei parenti gridò:

«Viva la Bissinia taliana!».

E un altro gli fece secuto:

«Viva il Duce!».

«Ebbiva!» sclamarono tutti in coro.

«Sia che nasci mascolo, sia che nasci fimmina, io e Ernestina abbiamo addeciso che il suo secunno nome sarà Macallè».

Mentri la nonna Maddalena arrivava col vino spumanti, Michilino si susì dalla tavolata e si allontanò verso il darrè della casina. Si sintiva veramenti offiso per la mala parte che aviva subito. 'U papà e 'a mamà avrebbero dovuto dari la notizia a lui per primo e macari macari addumannargli a tempo se voliva aviri un frati o una soro. Accussì, a cosa fatta, non gli restava che accettare e non dire nenti dell'offisa patuta. E si sentiva puru pigliari da una specie di malancunia, sicuramenti quanno la creatura nasciva, la vita sò si sarebbe di nicissità cangiata.

«Michilino» fece una voci vicina a mezza voci.

Chi era che lo chiamava? Ne provò fastiddio, pirchì aviva gana di starsene sulo. Ma il fastiddio gli passò subito quando vitti che a chiamarlo era stata la cuscina Marietta che non vidiva da qualichi misata bona. Marietta stava appuiata a un àrbolo, tiniva nelle mano 'na poco di fili d'acetosella.

Quantu era diventata beddra! Si era fatta più sicca e longa, i capilli ora li portava sciolti sulle spalle. Appena le arrivò davanti, la picciotta l'abbrazzò forti forti.

«Pirchì non stai con gli altri?» spiò Michilino.

«E tu?».

«Pirchì mi pigliai di malancunìa».

«Macari iu».

S'assittarono 'n terra e si abbrazzarono nuovamenti.

«Ti dispiaci pirchì tò matre accatta?» spiò la cuscina.

«Sì. Io voglio ristari figliu unico. Se non pigliavano a Macallè, capace che ci ristavo, figliu unico».

«La presa di Macallè cunzumò macari a mia» fece Marietta.

E si mise a chiangiri. Michilino la stringì più forti.

«Pirchì? Che ti ficiro i bissini?».

«Michilì, è un segretu che dicu sulo a tia. I bissini m'ammazzaro 'u zitu nella presa di Macallè».

Michilino si staccò dalla picciotta, la taliò ammirativo.

«Tu? Tu eri zita con la camicia nera scelta Balduzzo Cucurullo?».

«Sì. Ma non lo sapiva nisciuno».

E si mise a chiangiri dispirata. Michilino s'impressionò, mai l'aviva viduta accussì. La riabbrazzò, principiò a vasarla supra i capilli.

«Me lo cunti come fu che vi faceste ziti?».

Marietta fece 'nzinga di sì con la testa, non arrinisciva a parlari. Michilino la tiniva stritta e la vasava. Che sciauro bono che faciva la sò pirsona! La cuscina parse arripigliarsi tanticchia, principiò a contare.

«Devi sapiri…».

E in quel momento vittiro spuntari allo zio Gesuardo 'nzemmula a sò figliu Birtino, ch'era un quinnicino greviu e 'ntipaticu. Dovivano fari qualichi bisogno.

«Appena capita l'occasioni, te lo conto» fece Marietta susendosi. «Ora non è 'u mumentu giustu».

Il fistino durò tutta la jornata. Nonno Aitano li riaccompagnò che erano le novi di sira. Stanchi e con la panza pisanti, 'u papà e 'a mamà si pigliarono una punta di bicarbonato per diggiriri e addecisero di stari a sentiri la radio per una mezzorata e po' irisinni a corcare.

«Io ci vado ora a corcarmi» disse Michilino.

«Sei stancu?» spiò 'a mamà.

«No».

«Mi pari siddriatu» fece 'u papà.

«No».

«E inveci lo sei, siddriatu» ribattì 'a mamà. «E io ne saccio macari la scascione».

«Ah, sì? E qual è?».

«Tu ti senti offiso pirchì non ti abbiamo detto prima e da sulo che io aspittavo, che avevo accattato. È accussì?».

«Sì».

'U papà e 'a mamà si taliarono. A parlari stavolta fu 'u papà.

«Fui io a dire a tò matre di non dirtelo a sulo. Volevo vidiri come la pigliavi se lo vinivi a sapiri come a tutti gli altri. E tu hai sbagliato, ti sei offiso. Io volevo farti accapire, dalla filicità dei parenti alla notizia, quantu è importanti una nascita oggi col fascismu. Non hai viduto come tutti erano cuntenti? Un figliu, oggi come oggi, non è più un fatto privato, ma apparteni a tutti, alla patria, a Mussolini, al re, a tutti, è un balilla d'Italia prima ancora d'essiri tò frati».

«E se viene fìmmina?».

«Spero che venga mascolo come a tia. Ma se viene fìmmina, pacienza, viene a diri che sarà una piccola taliana».

Ci mise assà, Michilino, prima di pigliare sonno. Pinsava e ripinsava alle parole di sò patre, ma po' s'arricordò di quello che gli aviva detto Gorgerino che macari a Sparta i picciliddri erano cosa di tutti. E s'acquietò.

Durranti la nuttata, 'u papà e 'a mamà non ficiro la lotta, ma una vera e propria guerra, tant'è veru che 'a mamà, a un certo mumentu, pigliò a lamentiarsi:

«No, no, accussì mi fa mali! Maria chi mali chi mi fa!».

Ai primi di dicembro, alla finuta di una lezioni, la maestra Pancucci disse a Michilino se faciva sapiri alla mamà che le voliva parlari e che perciò dovivano veniri, matre e figliu, in casa sò all'indumani, una mezzorata prima dell'accomenzo della lezioni.

'A mamà, quanno Michilino gliel disse, si squietò.

«Pirchì mi vole parlari?».

«Non me lo disse».

«Le hai rispostiato? Le hai fatto qualichi vastasata?».

«Io non faccio vastasate».

«Talè, Michilì, se la maestra è scuntenta di tia, il ginematò te lo puoi scordari. Capito?».

Da quella volta del ragiuneri, Michilino al ginematò c'era tornato pirchì proiettavano una pillicula di Cric e Croc. Il ragiuneri, che l'aviva visto trasire, non si assittò però allato a lui. Al posto della fasciatura, nella mano dritta aviva impicciato uno sparatrappo.

All'indumani, la maestra Pancucci spiegò chiaro chiaro la ragione della chiamata.

«Cara signora Sterlini» fece «mi scuso se l'ho disturbata, ma io sento il dovere di sottoporle un mio caso di coscienza che riguarda suo figlio».

'A mamà s'impressionò.

«Matre santa! Che fu?».

Macari Michilino s'appreoccupò. Vuoi vidiri che avivano scoperto il moschetto ammucciato nel vano, quello con la baionetta limata?

«Ecco» fece la maestra «Michelino è bravo, studioso, disciplinato, intelligente. Capisce le cose prima degli altri».

«E allura pirchì a lei le vengono i casi di coscienza?».

«Si ricorda che le dissi, quando mi propose di dare lezioni a suo figlio, che Michelino avrebbe avuto un compagno, Totò Prestipino?».

«Certo che me l'arricordo».

«Ora deve sapere che Prestipino è molto lento nell'apprendimento, le cose devo spiegargliele e rispiegargliele prima che le capisca, almeno in parte».

«E che c'entra mè figlio?».

«C'entra, perché con suo figlio, a causa di Prestipino, non riesco a svolgere il programma che devo fare. Michelino potrebbe correre e invece è costretto a procedere a rilento».

«E allura?».

«Non ci sono che due soluzioni. O porta Michelino

da un'altra insegnante o mi consente di dare lezioni da solo a suo figlio».

«Perché vuole il mio consenso?».

«Perché le lezioni a solo le vengono a costare più care».

«Ah» fece 'a mamà.

Michilino si vitti perso. Se cangiava maestra, dove avrebbe potuto ammucciare il moschetto?

«A mia mi piace la signorina Pancucci» disse.

'A mamà sorrise, macari la maestra.

«Va bene» fece 'a mamà.

Mercoldì, monsignor Miccichè disse che invece di parlari dei doveri e degli obblighi di un soldato di Cristo e del Duce voliva che tutti si cunfissassero subito con lui.

«Così vi conosco meglio, posso meglio giudicare la vostra vocazione».

Andò in chiesa, s'infilò nel confessionile.

«In ordine alfabetico!» ordinò.

Aspittando il turno sò, Michilino s'agginocchiò davanti al Crucifisso. Stavolta non aviva nenti da contargli per farlo surridiri, per alleviargli tanticchia di quel grannissimu duluri che Gesuzzo portava stampato nella faccia. L'unica era mittirisi a prigari. E lo fece, calumandosi nella prighera come dintra a un pozzo profunno e chino d'acqua scurusa. Po' un compagnuzzo gli mise una mano sulla spalla.

«Tocca a tia».

«Li conosci i dieci comandamenti?».

«Certo».

«Andiamo subito al sodo, soldato. Quanti ne hai trasgredito?».

«Manco uno».

Darrè la grata, monsignor Miccichè fece sentiri la sò particolari risateddra che lui aviva contato essiri la stissa 'ntifica alla risata della jena bissina per cui era arrinisciuto a fari sgherzi terribili alle camicie nere quanno erano di guardia la notti.

«Semu sicuri?».

«Sicurissimo».

«Vediamo tanticchia. Hai fatto falsa testimonianza?».

«Mai».

«Hai commesso atti impuri da sulo o in cumpagnia?».

«Nonsi».

«Attento, balilla, che in confessione la bugia, la farfantaria, è piccato mortali. Atti impuri significa cose vastase. Non ti tocchi mai di notte, quanno sei corcato a letto, opuro quanno sei a gabinetto?».

«No».

«Hai rubato? Guarda che appropriarisi macari di un cintesimo è piccato».

«Non ho mai rubato nenti».

«Va bene, basta accussì, dato che alla tua età non ti si può spiare se hai desiderato la donna d'altri o se hai ammazzato. Recita prima l'atto di dolore e poi...».

«Di ammazzare, ammazzai. Ma non fu piccato» disse Michilino.

Monsignor Miccichè fece la risateddra di jena.

«E chi hai ammazzato, sintemu?».

«Un comunista».

«E come l'hai ammazzato?».

«Con un colpo di baionetta».

«E pirchì secunnu tia non hai fatto piccato?».

«Pirchì ammazzare un comunista non lo è».

«Bravo, bravo» fece monsignor Miccichè. «Mi pare di averti arriconosciuto dalla voci. Tu sei Michelino Sterlini, vero?».

«Sissignore».

«Va bene. Ego te absolvo eccetera eccetera. Recita l'atto di duluri, cinco avimmarie e cinco patrinostri».

Michilino andò a fari la pinitenza agginucchiato davanti al crucifisso. Si sintiva assullivato pirchì in funno in funno il dubbio che ammazzare a uno, comunista o no, era piccato mortali, una volta gli era vinuto. Ma se monsignor Miccichè gli aviva ditto bravo bravo questo stava a significare che ammazzare a un comunista non era manco piccato viniali.

'U papà, quanno 'a mamà aviva fatto gli anni, le aviva arrigalato una cullana di perli e una raccolta di dischi della Voci del patrone indovi che ci stavano 'na poco di discursa del Duci. La matina appresso della confissione, che 'a mamà era nisciuta per fari la spisa, Michilino addrumò la radio, acchianò supra uno sgabello e mise un disco di Mussolini. Scinnì, isò il livello del sono al massimo. La voci potenti del Duci che niscì dall'altoparlanti l'intronò, gli spirtusò le grecchie, gli trasì nel ciriveddro, gli fece aviri rizzunate di friddo nella schina. Non accapiva le paroli pirchì il sono era troppo forti, ma era lo stissu che viniri ad attrovarsi in mezzo a una timpesta piena di troniate, a essiri pigliato da un vento furiuso che ti sullivava dalla terra e ti portava àvuto àvuto 'n celu. Spingiuto da quelle troniate e dal vento, principiò a firriare di càmmara in càmmara, intordonuto, 'mbriacato, variando a dritta e a manca, le gambe di ricotta, sbattenno la testa nelle porte e nei muri, cadenno, risusennusi, l'aciddruzzo addivintato tanto duro e tanto grosso e tanto longo che dovette sbuttunarisi i cazùna e lassarlo fora, libiro, pirchì gli faciva mali accussì tinuto stritto dalle mutanne. Quanno il disco finì e stoppò, s'arritrovò assittato 'n terra, sudatizzo, il sciato corto come dopo una gran corsa. Dovitti andare in bagno e mettiri l'aciddruzzo sutta all'acqua fridda per farlo ammusciari e infilarlo nuovamenti dintra i cazùna.

«Meno mali che abitiamo una villetta» pinsò «masannò qualichi vicino di sicuro si sarebbe lamentiato per la gran rumorata».

La facenna gli piacì assà assà. Alla prima occasioni l'avrebbe arripituta.

Quanno la sira stissa tornò dalla lezioni a sulo della maestra Pancucci, attrovò 'a mamà vistuta liganti, tutta alliffata e allegra.

«A 'u papà arrivò un tiligramma ed è dovuto partiri per Palermo. Cose di travaglio, torna dumani. Stasira veni a mangiari qua patre Burruano».

Il parrino arrivò con un mazzo di sciuri e una guantera di deci cannoli. 'A mamà aviva priparato ministrina e pisci spata 'nfurnatu. In mezzo alla tavola c'era un piatto con feddri di salami e murtatella, aulive, passuluna e tumazzo piccanti. Patre Burruano e 'a mamà, mangianno mangianno, si scolorono squasi dù buttiglie di vino. Alla fine erano tutti e dù alligrotti.

«Viviti tanticchia di vino» disse patre Burruano a Michilino.

«Ma che le viene in testa?» protestò 'a mamà. «È troppo picciliddro, non ha mai vivuto, gli può fari mali».

«Ma quanno mai tri dita di vino hanno fatto mali a qualichiduno?» fece il parrino ridenno.

E inchì il bicchieri di Michilino. 'A mamà raprì la vucca per protestari, ma patre Burruano la privenne scacciandole l'occhio.

«Accussì stanotti dorme bono, senza arrisbigliarsi» disse.

'A mamà non replicò.

«Accompagnalo a un cannolo, ti cala meglio» consigliò patre Burruano.

Michilino principiò a viviri, un muzzicuni al cannolo e un sorso di vino, il parrino addrumò una sicaretta alla mamà, se ne addrumò una macari lui.

«Cos'è 'sta storia che hai ammazzato un comunista?» fece tutto 'nzemmula il parrino.

'A mamà lo taliò completamenti pigliata dai turchi.

«Michilino ammazzò a un comunista?!» fece strammata.

«Chi glielo ha detto?» spiò Michilino, sintendosi arraggiare.

«Monsignor Miccichè. Glielo hai detto in confessioni».

«E monsignor Miccichè arrivela quello che uno gli dice in confessioni?» scattò 'a mamà. «Meno mali che non mi sono mai cunfissata da lui!».

«Monsignor Miccichè, giustamenti, non ha pigliato la cosa supra 'u seriu, l'ha giudicata una fantasia di picciliddro, quella che è. Per questo me l'ha detto. Ma io voglio, Michilino mio, che non ti lasci pigliari da queste pinsate fantastiche e soprattutto che non ne parli con nisciuno quanno ti vengono. D'accordo?».

«D'accordo».

Se volivano che l'ammazzatina di Maraventano era cosa 'nvintata, lui non aviva nenti in cuntrario. Tanto, Gesuzzo la sapiva qual era la vera virità.

Passata una mezzorata che aviva finuto di scolarsi il bicchieri, a Michilino gli vinniro gli occhi a pampineddra, aviva le palpebre mezzo calate.

«Mi calò il sonno».

«Vatti a corcare» fece 'a mamà.

Michilino si susì, andò a pigliarisi la vasata in fronti della mamà, po' s'accostò a patre Burruano che pruiva la mano, gliela vasò facenno una mezza agginucchiata.

«Tutto bono e biniditto, figliolo mè».

Il parrino però fece un errori. Aviva ditto che, col vino, Michilino si sarebbe fatto una durmuta tutta di fila, invece il picciliddro s'arrisbigliò verso le tri del matino che gli scappava la pipì. Tutto intordonuto andò in bagno e fu solo tornando in càmmara che si addunò che 'a mamà ancora non era vinuta a corcarsi, il letto non era stato manco tuccato. Andò a pedi leggio fino all'anticàmmara: il cappeddru del parrino stava ancora appiso alla cappiddrera. Addrumò la luci della càmmara di mangiari, non c'era nisciuno, sulla tavola però c'erano piatti lordi e buttiglie vacanti. Poi s'addunò che da sutta alla porta del salotto passava una lama di luci, signo che il parrino e 'a mamà erano in quella càmmara. Fermo darrè la porta, sentì che patre Burruano e 'a mamà parlavano fitto e vascio, ogni tanto si sentiva il rumori di una vasata. Certamenti 'a mamà si stava cunfissanno e vasava la mano del parrino, a pintimento dei piccati sò. Non volle portarci distrubbo e tornò a corcarsi.

Nell'ultimo incontro prima della crisima, monsignor Miccichè parlò di un piccato del quali Michilino mai aviva sintuto parlari e che non s'attrovava manco nei deci cumannamenti.

«Che significa omissione? Omissione è quanno uno non dice una cosa che era obbligo suo di dire. Mi spiegai? Non è la farfantaria, la bugia, che è dire una cosa per un'altra, macari una cosa inventata di radica, l'omissione è non dire a chi di doviri una cosa che inveci andava detta. E questo è piccato grosso assà per un soldato di Cristo e del Duce, il quali soldato ha il doviri di dire sempri le cose come stanno senza taliare in faccia a nisciuno. E pirchì ha il doviri di dire sempri le cose come stanno? Pirchì l'omissione significa mancanza di lealtà verso i camerati e, in definitiva, verso Gesù e il Duce».

Michilino non lo stette più a sentiri. Matre santa! Con monsignor Miccichè non si era cunfissato dal piccato d'omissione commesso con la mamà quanno non l'aviva avvertita che la maestra Pancucci non faciva lezioni ed era nisciuto da casa l'istisso! E quindi aviva macari fatto sacrilegio pigliannosi la comunioni senza essersi libirata completamenti l'arma, la quali arma, prima d'arriciviri a Gesuzzo, devi essiri più bianca di un linzolo lavato di frisco!

Ma subito doppo lo scanto, Michilino principiò a sentirisi pigliari dalla ritazioni. Ma come faciva a parlari di lealtà monsignor Miccichè che era stato sleali andando a contare a patre Burruano quello che gli aviva detto in cunfissioni? Un capo, un cumannanti, com'era monsignor Miccichè, doviva dari esempiu per primo di lealtà, essiri sempri leali, e inveci, talialo ccà come si compiaci a parlari e a parlari a vacante! Sissignura, a vacante! Pirchì se uno dice una cosa e po' ne fa un'altra, viene a dire che parla a vacante. Non seppe tenersi, si susì isando un vrazzo. Monsignor Miccichè e i camerati lo taliarono imparpagliati.

«Non amo essiri interrotto. Che vuoi?».

«Voglio mettermi a rapporto».

«Con me? Aspetta che finisca questo...».

«No, voglio mettermi a rapporto con un suo superiori».

Monsignor Miccichè si esibì nella risateddra di jena.

«Qua non ci sono miei superiori».

«E inveci ce n'è uno».

«Il vescovo è a Montelusa».

«Il suo superiori è qua».

«E chi è?».

«Gesù».

Monsignor Miccichè lo taliò ammammaloccuto.

«Vuoi metterti a rapporto con Gesù? E come fai?».

«Prigando».

Monsignor Miccichè parse scuncirtato, cunfuso.

«Hai ragione. Vai, vai».

Michilino andò in chiesa, s'agginocchiò davanti al Crucifisso. Gli contò la facenna dell'omissione. Ci può essiri piccato quanno si fa una cosa non sapenno che è piccato? Gesuzzo abbassò per un attimo verso di lui l'occhi e Michilino, trimanno, sintì dintra al sò ciriveddro risonare una vuci.

«No».

La sira avanti la crisima, ci fu la cunfissioni generali. Quanno toccò a lui, Michilino inveci di andari al confessionili indovi l'aspittava monsignor Miccichè, arristò assittato.

«Tocca a tia» lo chiamò un camerata.

«Io con quello non mi confesso».

Quello che l'aviva chiamato andò al confessionili e contò la cosa al monsignore. Il quali si susì, niscì, s'avvicinò a Michilino. Tutti i compagnuzzi stavano a taliare in silenzio.

«In piedi, quando parli con un superiore!».

Michilino si susì di malavoglia, a lento.

«È vero che non ti vuoi confessari?».

«Mi voglio confessari, ma non con vossia».

«Perché con mia no?».

«Vossia lo sapi pirchì».

Monsignor Miccichè in prima fece la faccia interrogativa, doppo addiventò la jena che arridiva.

«Per quella storia senza capo né coda dell'ammazzatina del comunista?».

«Sissignura».

«Fai come vuoi».

Tornando verso il confessionile, disse a un balilla:

«Vai in sagristia a chiamari a patre Burruano».

Il parrino arrivò doppo tanticchia.

«Michilino, che succede? Pirchì non ti vuoi confessari con monsignore?».

«Vossia lo sapi. Fu vossia a contarmi quello che le aviva ditto monsignor Miccichè per l'ammazzatina del...».

Patre Burruano l'interruppe, s'era ricordato a volo della facenna.

«Va bene, lassamo perdiri a monsignore e confessati con mia».

«No, manco con vossia».

«Nicarè, guarda che io non vado a contare a porci e a cani quello che mi dicono in confessioni» fece il parrino siddriato.

«Lo saccio. Ma vossia è troppo di casa».

Patre Burruano s'affrettò a interrumpirlo nuovamenti.

«Ti sta beni se ti chiamo a patre Jacolino? Con lui mi pari che ti sei già confessato».

«Patre Jacolino mi sta beni».

Mentre aspittava che arrivasse patre Jacolino, Michilino si tirò il paro e lo sparo. No, la facenna della crisima non lo pirsuadeva. Lui voliva con tutto il cori, con tutta l'arma, addivintare sordato di Cristo e del Duci, ma se poi t'accapitava un cumannanti come a monsignor Miccichè, che facevi? Come t'arrisolvevi? Fu a questo punto che gli tornò a menti la storia della colonna Maletti che aviva sintuto alla radio e che 'u papà gli aviva spiegato. Questo capitano Maletti aviva formato, in Bissinia, una grossa pattuglia di soldati bissini che non bidivano agli ordini del negus pirchì erano bissini fascisti. Erano chiamati «irregolari» in quanto pigliavano ordini sulamenti dal capitano Maletti il quali a sua volta non pigliava ordini da nisciuno. Agivano di sorpresa, s'infilavano in mezzo ai nemici, darrè i nemici, l'assaltavano quanno quelli non se l'aspittavano, spuntavano da tutti i lati, nisciuno sapiva indovi s'attrovavano e quello che avrebbero fatto. Ecco, pigliata la crisima, sarebbe sì addivintato sordato di Cristo e del Duci, ma un sordato irregolari, uno che faciva di testa sò.

Il discorso che fece il viscovo Vaccaluzzo, appositamente calato da Montelusa per crisimari i picciotteddri di Vigàta, 'ngiarmò a Michilino in primisi per le voci che quello aviva che picca ci mancava a essiri 'ntifica alla voci di Mussolini e in secundisi per le paroli che disse. Tanto che quanno dintra la navata rimbombò la frasi: «Salvaguardate la vostra purezza! Salvaguardatela da ogni tentazione! Essa è come la roccia sulla quale deve saldamente poggiare la vostra fede di soldati di Gesù», Michilino non si tenne cchiù e sbottò a chiangiri.

Sei

Una para di jorni appresso la crisima, 'u papà s'arricampò all'ura di mangiari nìvuro in faccia e tanto mutanghero che non salutò né 'a mamà né a Michilino come sempri faciva. 'A mamà lo squatrò prioccupata.

«Che hai?».

«Che devo aviri? Nenti».

«No, tu non me la conti giusta. Che ti capitò?».

«Come minchia te lo devo diri che non mi capitò nenti? Con la musica? Con la banna municipali?».

«Non parlari accussì davanti al picciliddro!».

«Io parlo come mi pari e piaci. E se a qualichiduno non ci piaci come parlo, piglia e nesci fora di casa».

Appena principiarono a mangiarisi la pasta, 'u papà allontanò schifato il piatto.

«Sta pasta è ammataffata, non si può manco agliuttiri!».

L'istisso fece col secunno ch'erano triglie fritte.

«Stu pisci feti».

'A mamà si susì di scatto e andò a inserrarsi in bagno.

Doppo tanticchia 'u papà si susì macari lui e andò a tuppiare alla porta del retrè.

«Ernestì, rapri!».

«No!».

«Ernestì, rapri pirchì devo pisciari».

«Pisciati nei cazùna!».

'U papà non arreplicò, andò in cucina e pisciò dintra alla pignata indovi 'a mamà aviva cuciuto la pasta.
Poi si mise il cappeddro, l'impermiabili e prima di nesciri disse a Michilino:

«Io non vengo a mangiari qua stasira pirchì devo partiri verso alle setti per Palermo. Torno dumani passata la mezzanotti. Diccillo tu alla mamà».

Era veramente arraggiato pirchì a Michilino non lo
vasò. 'A mamà sintì sbattiri la porta e niscì dal bagno.
Aviva l'occhi arrussicati dal chianto.

«Talè, mamà, 'u papà dintra la pignata pisciò» l'av-
vertì subito Michilino tinennosi a forza pirchì la cosa
lo faciva ridiri.

'A mamà parsi nesciri pazza, si mise a fare voci.

«Porcu! Porcu e vastasu! Porcu, vastasu e cosa fitusa! Disgraziatu! Si viene a raspare in casa le corna che
tiene fora! Ah, ma con mia si sbaglia, il signorino! E
chi ci cucina più in questa pignata? Talè, Michilì, val-
la a sbacantare nel retrè che quanno passa il munniz-
zaro gliela faccio pigliari e io ne accatto una nova. Che
omo fituso! Ma come ho fatto a maritarmelo?».

L'indomani a matino, mentri Michilino si stava facenno i compiti, 'a mamà niscì per fari la spisa e accattari una pignata nova. Stetti fora assà e quanno
tornò l'umore malo per quello che aviva fatto 'u papà
le era completamenti passato, anzi aviva l'occhi sbrilluccicanti di quanno provava cuntintizza.

«Mamà, pirchì tornasti accussì tardo?».

«Michilì, per farmi sbariari il nirbùso sono andata tanticchia in chiesa a parlari con patre Burruano. Sai che passanno davanti al ginematò ho visto che danno una pillicula di Tarzan? Ci vuoi andare doppo la lezioni?».

«Sì».

'A mamà, mentri priparava in cucina il mangiari, non fece altro che cantari.

Scinnenno le scali finuta la lezioni, Michilino s'incontrò con Prestipino che acchianava. Difatti la maestra dava lezioni a sulo a Michilino dalle quattro alle sei e a Prestipino dalle sei alle otto.

«Aspetta che ti vogliu fari vidiri una cosa» fece Totò circando nella sacchetta.

«Oggi no, vado al ginematò, non ho tempu. Mi la fai vidiri dumani».

«L'accanuscisti al ragiuneri?» spiò Prestipino ridenno in mezzo al moccaro che gli colava.

«Sì».

«Te la fece una bella minata?».

«No».

Quanno si fece il biglietto, vitti arrivari propio al ragiuneri. Trasirono nella sala 'nzemmula, ma il ragiuneri andò ad assittarsi lontano, allato a un picciotteddro di una sidicina d'anni. Il guaio fu che nel Giornale Luce ficiro vidiri il Duci che parlava a 'na poco di pirsone in divisa fascista. Appena Mussolini parlò, Michilino attisò. Per fortuna la facenna durò manco tri minuti. Doppo accomenzò la pillicula, ma più di Tarzan e di Gièn a Michilino piacì la scimmia Cita, che lo fece addivertire. Finita la pillicula, Michilino niscì dalla sala per andare a casa ma al putichino vitti che c'era 'u zù Stefano, il patre di Marietta. Aviva una valigetta in mano.

«Zù Stè, stai andando a vidiri Tarzan?».

«No, aspittavo a tia».

«E pirchì?».

«Pirchì stanotti veni a dormiri a la mè casa. In questa baligetta c'è la tò robba».

«E 'a mamà?».

«Tò matre è andata a passari qualche jorno da nonno Aitano e da nonna Maddalena».

«Senza dìrimi nenti?» fece Michilino offiso.

«Michilì, il fatto è che tò matre, appena sei nisciuto per andare a lezioni, non si è sentita bona. Nenti di gravi. Ma siccomu, e tu lo sai, aspetta, si è tanticchia scantata. Tò patre era a Palermo, era sula, non aviva a nisciuno che le poteva dari adenzia. Ha mandato a chiamari a sò matre e a sò patre che se la sono portata da loro. Tutto qua. Appena si sente megliu, torna».

«Ma 'u papà, quanno stanotti s'arricampa da Palermu e non trova a nuddru, capace che s'appreoccupa!».

«L'abbiamo avvertuto, non ti dari pinsero».

Doppo mangiato, tutti dettero come cosa cògnita il fatto che Michilino si andava a corcare con Marietta nello stesso letto. Mentre la cuscina lo spogliava, Michilino la taliava. No, non era stata una 'mprissioni quanno l'aveva vista alla festa per gli anni della mamà: veramenti Marietta si era fatta assà più beddra, pariva che le gambe le erano allungate e la vita fatta più stritta. E po' le si era cangiata la taliata: i sò occhi erano addivintati come una specie di pozzu senza funno. E le labbra erano più grosse e russe, senza abbisogno di rossetto. I capelli erano un mare. Macari Marietta, quanno l'ebbe nudo davanti, stette tanticchia a taliarlo, gli passò le mano sui scianchi.

«Sei crisciuto» fece con un suspiro.

Aviva la faccia seria, malincuniusa.

«Stai pinsanno a Balduzzo?» spiò Michilino.

«A Balduzzo e a tanti altre cosi» arrispunnì Marietta continuanno a lisciargli i scianchi.

Si corcarono. Come sempri capitava, nello sciddricare dintra al linzolo, le dù cammise di notti, quella di Marietta e quella di Michilino, si isarono squasi fino alla panza. Michilino s'appuiò con tutto il corpo alla schina della cuscina e Marietta fece un movimento come per fare impicciicare meglio la pelli di Michilino alla sò.

«Putemu parlari?» spiò il picciliddro.

«No, mi sentu stanca. Bonanotti».

Michilino circò a funno nella baligetta, ma non attrovò né la cartella né tutto quello che gli necessitava per andari a lezioni. Via Berta, indovi ci stava la maestra Pancucci, come distanzia dalla casa do zù Stefano era uguali a quella che c'era con la casa sò.

«'A mamà si scordò di mettermi nella baligia le cose di scola».

«Viene a dire che lo diciamo a Stefanu quanno torna dalla spisa, te la va a pigliari lui che ci ha le chiavi» disse 'a zà Ciccina.

«Posso andari con lui a la mè casa?».

La zia parse imparpagliata.

«E che ci vai a fari? T'ammanca qualichi cosa? Lo dici a Stefano e quello piglia e te la porta. Tanto il tuo moschettu e la tò divisa sono qua con tia, perciò sei a posto. Che altro ti serve?».

La virità era che a Michilino gli era venuto spinno della sò casa. Una cosa è lassari una casa a picca a picca, sapenno che la devi lassari, e un'altra cosa è quanno te la fanno abbannunari all'impruviso, senza darti 'u tempu d'abituarti al fatto. Ma non ci fu verso, 'u zù Stefano fu dell'istisso pareri di sò mogliere, non c'era nicissità che Michilino l'accumpagnava.

«Lo sapiti se 'u papà tornò di Palermo?» spiò la sira a tavola.

«Certo che tornò» fece 'u zù Stefano.

«E pirchì in tutta la jurnata non vinni a trovarmi?».

'U zù Stefano, 'a zà Ciccina e macari Marietta si scangiarono una taliata che non scappò a Michilino. C'era qualichi cosa che non quatrava in tutta la facenna. Po' 'u zù Stefano disse:

«Tò patre ebbe assà chiffari oggi. E puru dumani deve travagliari. Ti viene a trovari appena può».

«Aviti notizie da mamà?».

Altro scangio di sguardi.

«Stamatina» disse 'u zù Stefano «incontrai a tò nonno Aitano. Mi disse che Ernestina, tò matre, sta me-

glio e che ti manna tanti vasati. Spera che prestu la famiglia s'arreunisce nuovamenti».

«Macari Diu!» fece 'a zà Ciccina con le labbra che
le trimoliavano.

Michilino s'imprissionò. Pirchì alla zà Ciccina c'era
vinuta gana di chiangiri? Veniva forsi a significari che
'a mamà era malata assà e a lui glielo tinivano ammucciato?

Mentri Marietta lo stava spogliando, gli spiò:

«Me lo spieghi pirchì camini sempri col moschettu?».

«Mi piaci. E la sai una cosa? Dù ne aju moschetti».

«No» disse la cuscina ridenno «ne hai tri».

«Tri? E indovi è 'u terzu?».

«Ce l'hai qua» fece Marietta pigliandogli l'aciddruzzo in mano e facendolo sbattuliari a dritta e a mancina.

Ora fu Michilino a mittirisi a ridiri.

«Ma chisto non spara!».

«Spara, spara» fece Marietta.

Ma macari quella notti non volle parlari con Michilino.

«Scusami, ma ho un gran mal di testa» fece la maestra Pancucci. «E devo anche avere qualche linea di feb-
bre. Vattene a casa, recuperiamo domani».

Madunnuzza, chi fortuna! Scinnì le scali satando i
graduna, pigliò il moschetto, si partì sparato verso la
sò casa. La porta era chiusa. Tuppiò e rituppiò, ma nisciuno venne a raprirgli. Pacienza, doviva assolutamenti fari quello che aviva pinsato nella matinata. Di-

cursa s'appricipitò alla chiesa. Sicuramenti patre Burruano gli avrebbe detto la virità sulla malatia della mamà. Trasì in sagristia, non c'era nisciuno. Davanti a un confessionili c'erano dù vicchiareddre che aspittavano il turno, una terza si stava cunfissanno. S'avvicinò a una delle dù.

«Mi scusassi, cu è ca cunfessa?».

«Patre Jacolino».

«Non c'è patre Burruano?».

«No, l'hanno portato allo spitali».

«Allo spitali? E quanno?».

«Passannaieri sira».

«E pirchì? Chi malatia ci vinni?».

«Nisciuna malatia. Pare che cadì 'n terra strata strata mentri caminava e si ruppi la testa, il vrazzo dritto e 'na poco di costuli».

«Bono l'assistimarono!» commentò l'altra vicchiareddra. «Ma prima o doppo ci addoviva capitari».

«Che vuliti diri?» fece la prima vicchiareddra arrisentita. «Spiegativi megliu, parlati chiaru!».

«Sissignura, ve lo spiegu megliu, cummà. Patre Burruano è stato pigliato in castagna mentri pisciava fora del rinali!».

La prima vicchiareddra parse muzzicata dalla tarantula.

«Patre Burruano è un sant'omo! Queste sono filame di pirsone tinte che ci vogliono mali!».

Michilino s'allontanò scunsulato, non ci aviva accapito nenti del discorso delle dù fìmmine.

La sira, doppo che Marietta l'ebbe spogliato, si corcò

e si voltò verso il muro. Sentiva al posto della panza un gran pirtuso vacante e aviva un piso, una petra sul petto che gl'impediva squasi di sciatare. S'attrovò con l'occhi chini di lagrime, doppo il piso sul petto s'alleggerì in singhiozzi violenti, dulurusi. Marietta satò sul letto, lo pigliò per una spalla, l'obbligò a voltarsi verso di lei.

«Pirchì chiangi? Eh? Che ti succede?».

Era in mutanne, si era levata il reggipetto, ma non aviva fatto a tempo a infilarsi la cammisa di notti.

«Dimmillo, Michilì. Che fu?».

Come faciva a spiegarle che tutto 'nzemmula si era fatto pirsuaso che era sicuramenti capitato qualichi cosa nella sò casa e che questo qualichi cosa avrebbe stracangiato la sò vita di prima? Nenti cchiù sarebbe stato l'istisso.

«Non vogliu più stari qua! Vogliu 'a mamà! Vogliu 'u papà! Dumani scappo e me ne torno a la mè casa!».

«Bono, Michilì, bono, arma mia, cori mè».

Il chianto di Michilino si fece più forte, allura la cuscina l'abbrazzò, se lo mise di supra e gli assufficò i singhiozzi tenendogli stritta la testa in mezzo alle minne. A picca a picca Michilino si calmò.

Alle tri e mezza del doppopranzo, mentri Michilino s'appriparava per andari alla lezioni, tuppiarono. Marietta andò a raprire e comparse 'u papà. A vidirlo, Michilino s'emozionò tanto che invaci di curriri ad abbrazzarlo, tentò di scappari nella càmmara di Marietta. Ma 'u papà l'assicutò, l'agguantò, lo stringì forti, lo vasò.

«Ti scanti di mia, ora?».

Michilino non arrispunnì, vrigognuso.

«Ti pigliai un rigalo a Palermo» fece 'u papà. «Non te l'ho potuto portari prima, ho avuto chiffari assà».

E gli detti un libro che si chiamava *Cuore* del quali il picciliddro aviva intiso parlari e che pirciò voliva liggiri. E di subito, taliando a sò patre che abbrazzava la zà Ciccina e a Marietta, capì che l'alligrizza che ammostrava non era vera, tentava d'ammucciari qualichi cosa. E fu allura che si addunò che 'u papà aviva la mano dritta 'nfasciata.

«Papà, che ti capitò alla mano?».

«Nenti, fissaria. Cadii e mi feci mali. Cosa leggia».

E, sparte patre Burruano, macari 'u papà era caduto.

«Io non vado a lezioni oggi» fece Michilino.

«Tu invece ci vai» disse 'u papà. «Tanto o dumani o passannadumani torni a la casa. Mi metto d'accordu con Stefano e con Ciccina ed è cosa fatta».

Michilino fece un sàvuto di cuntintizza.

«Daveru? E c'è macari 'a mamà?».

Tutti ammutarono e taliarono a 'u papà.

«Michilì, tò matre ancora non si senti bona e perciò appreferisce stare in campagna con nonno Aitano e nonna Maddalena. Appena s'arripiglia, torna a la casa. E noi saremo lì ad aspittarla».

Caminanno verso la casa della maestra Pancucci, Michilino ripinsava alla facenna. No, non gliela stavano contando giusta. 'A mamà doviva essiri malata assà. Masannò che ci voliva a mittirisi in macchina, nella Lancia Astura di nonno Aitano, e andarlo a trovari macari per una mezzorata? Se era veru che all'indomani tornava a la casa con 'u papà, da lui qualichi cosa sarebbe certamenti arrinisciuto a sapiri.

La sira, mentri stavano a tavola e Michilino faticava pirchì gli era passata la gana di mangiari, ma non voliva farlo pariri, 'u zù Stefano disse:

«Michilì, tò patri, io e Ciccina abbiamo pigliato una decisioni. Dato che a tò matre Ernestina ci voli ancora tempu per stare bona, tu te ne torni a la casa tò, ma mè figlia Marietta veni ad abitari con voi fino a quanno le cose non si arrisolvono. Accussì Marietta ti può dari adenzia. Mè figlia è d'accordu, anzi è contenta di stare con tia. Che ne dici?».

«Sugnu cuntentu macari iu».

Mentri Marietta lo spogliava, Michilino notò che sò cuscina aviva la funcia, era nirbùsa e grevia.

«Almeno la cammisa di notti da sulo te la sai infilari?» fece, ittandogliela supra il letto.

Michilino ci provò, sbagliò manica, Marietta con dù tirate sgarbate gliela mise giusta. Appena corcati, Michilino l'abbrazzò di darrè.

«Me lo dici che hai?».

Marietta, con una culata, lo scostò. Michilino la riabbrazzò più forti e stavolta la cuscina non si cataminò.

«Allura, me lo dici? Non ti piace venire nella nostra casa?».

«Certo che mi piaci. Però tò patre non doviva dire a mè patre che mi pagava per il distrubbo. Io ci vinivo a gratis. E invece mè patre, che avi sempri bisogno di soldi, disse va beni e s'accordarono sul prezzo».

«E pirchì t'addispiaci?».

«Pirchì accussì mi sentu una cammarera, una serva».

«Chi serva e serva, tu sei sempri mè cuscina!».

E in quel momento pinsò che se sò patre e 'u zù Stefano avivano fatto i patti per Marietta questo assignificava che 'a mamà non sarebbe tornata prima di qualichi misata.

Nella casa, attrovò 'na poco di cose cangiate. Nella càmmara di mangiari, il vitro della cridenza non c'era più, si vede che si era rumputo e non c'era stato ancora 'u tempu di cangiarlo. La radio stava al posto sò, ma ammancavano tutti i dischi con le canzuna che piacivano alla mamà, inveci dei dischi coi discursa di Mussolini ne restavano solamenti tri e uno era macari spizzicato. In salotto erano stati cangiati il divano con le dù putrune, i mobili che c'erano ora, di colori virdi scuro, erano novi novi, forsi ancora manco incignati. In càmmara di letto tutto era regolari.

«Siccome torna tardo la notti per il sò chiffari, e quanno torna si scanta che t'arrisbiglia, tò patre voli che noi dù dormiamo 'nzemmula nel cammarino indovi una volta ci durmiva la criata».

S'azzittì, seria seria, e po' fece:

«Lo vedi che c'inzertai? Tò patre mi pigliò pi serva».

«E allura, se io dormo con tia, viene a diri che macari iu sono un servu».

Marietta si misi a ridiri, la funcia le passò e se ne andò in cucina a priparari il mangiari.

«Tu conza intanto la tavola. Per noi dù sulamenti, tò patri non veni a mangiari, veni stasira».

A Michilino la notizia ci fece piaciri e dispiaciri. Piaciri pirchì stava a sulo con la cuscina e dispiaciri pirchì se c'era 'u papà capace che qualichi cosa sulla mamà arrinisciva a farsela diri.

Stavano mangianno il secunno, quanno Michilino disse:

«A stare accussì con tia, mi pare che siamo marito e mogliere».

S'aspittava una risata di risposta, inveci Marietta di colpo alluntanò il piatto, mise le vrazza supra la tavola, ci appuiò la fronte e si mise a chiangiri.

«Ti offinnisti? Che ti dissi?» spiò prioccupato Michilino susennusi, andando allato alla cuscina e carizzandole i capilli.

«Che ti capitò, Mariè? Dimmillo».

«Pinsavo a Balduzzo» fece Marietta in mezzo ai singhiozzi. «Pinsavo a Balduzzo mè, pinsavo che se arrivavamo a maritarci, io gli avrei priparato il mangiari come ho fatto pi tia e po' saremmo andati a corcarci 'nzemmula, tinendoci stritti stritti… Chi gran curnuto 'stu Mussolini! 'U zitu mi fici moriri!».

Il primo impulso di Michilino fu di pigliari un piatto e spaccariccillo 'n testa, doppo pinsò che era il dolori a farla parlari accussì e continuò a carizzarla, convincendola a ripigliari a mangiari. Accussì come era vinuto, l'umori malo di Marietta passò, tanto che alla fine disse:

«La sai fari funzionari la radio?».

«Certo».

«Allura fammilla sentiri, staiu spinnanno pi averne una. Mè patre dice che non ha i soldi per accattarla».

Michilino gliela addrumò, si misero a sentiri canzunette.

La sira 'u papà venne a mangiari, ma era tanto 'nfuscato e nìvuro che Michilino non s'azzardò a dirgli nenti. Il secunno manco se lo finì.

«Non era bono?» spiò Marietta.

«No, era bono, scusami, Mariè, ma ho tanti pinseri, tanti problemi che non saccio da indovi accomenzare a pigliarli».

Senza diri manco una parola, Marietta posò la sò mano dritta supra la mano mancina do papà e ce la tenne tanticchia. 'U papà la taliò nell'occhi.

«Grazii».

Po' disse che doviva nesciri novamenti e che sarebbe tornato tardo, loro potivano andarsi a corcari senza aspittarlo. Vasò a Michilino e se ne andò. Marietta si fece addrumari la radio, Michilino pigliò il libro *Cuore* e principiò a leggerlo. Aviva una specie d'abitudine quanno s'attrovava davanti a un libro novo: lo sfogliava, liggiva qualche rigo a caso, satava pagine, tornava narrè. E fu accussì che l'occhio gli cadì su questo principio di un conto che si chiamava «Dagli Appennini alle Ande»: «*Molti anni fa un ragazzo genovese di tredici anni, figliuolo di un operaio, andò da Genova in America, solo, per cercare sua madre*».

Continuò a leggiri, affatato, la storia di questo picciotteddro che di nome faciva Marco. Liggiva di prescia, scantandosi che Marietta dicisse che era vinuta l'ura di andari a dormiri. Fortunatamenti, la cuscina era

185

persa darrè la radio, girava in continuazioni la mano-
pola ed era capace di stari ad ascutari un quarto d'ura
uno che parlava una lingua scanosciuta da un paìsi che
manco si capiva qual era.

«Ma comu parla chistu?» si spiava, continuanno a
sintirlo.

Arrivato però al punto che un Capitano di papore ap-
procura al patre di Marco un biglietto gratis per sò figlio, Marietta astutò la radio.

«Si fece tardo. Vai in bagno a lavarti».

«Posso stari a leggiri ancora tanticchia?».

«No».

«Posso portarimillo a letto?».

«Per continuari a leggiri?».

«Certo».

«No, a lettu non si leggi, fa mali all'occhi».

Bidienti, Michilino chiuì il libro.

Si corcarono nella posizioni oramà bituali, Michilino impicciicato darrè la schina nuda della cuscina. Stavolta al picciliddro venne gana di fari una cosa che qualichi volta 'a mamà glielo pirmittiva. Isò la mano dritta e la posò supra una minna della cuscina. La picciotta gli diede una botta.

«Leva 'sta mano!».

Michilino la levò.

«Pirchì me l'hai fatta livari? 'A mamà...».

«Iu nun sugnu tò matre. 'Sti cosi si fanno tra marito e mugliere, opuro tra una matre e un figliu, ma sulu quann'è nico come a tia».

186

«E tra zitu e zita si fanno?».

Marietta non arrispunnì.

«Eh, Mariè? Tra zitu e zita si fannu?».

«Bih, quanto sei camurriusu! Mi lassi 'n paci?».

«Tu prima arrispunnimi e iu ti lassu 'n paci».

«Va beni. Tra zitu e zita qualichi volta si fannu, ma non si dovrebbiro fari».

«Pirchì?».

«Pirchì è peccato».

«Mortali?».

Macari stavolta Marietta non arrispunnì.

«Mariè, t'addecidi? Tu con Balduzzo l'hai fatto? Se l'hai fatta chista cosa, di farti toccari le minne, lo devo sapiri se è piccato mortali opuro no».

«Quannu dù ziti si vogliono veramenti beni, e veramenti vogliono maritarsi, e fanno chista cosa e macari autre, sempri piccato è, ma viniali, non mortali. Sei cuntentu ora?».

Michilino s'impiccicò ancora di più a Marietta, accomenzò a vasarle la schina ch'era cummigliata dalla cammisa di notti.

«Iu ti vogliu veramenti beni» disse con voci assufficata.

«Macari iu» fece la cuscina.

«Allura pirchì non ci facemu ziti? E quanno addivento granni ti marito».

Michilino non accapì se Marietta si fosse messa a ridiri o a chiangiri. Ma spingì il sò corpo contro a quello di Michilino che il picciliddro si venni a trovari con le spalli al muro.

Po' la cuscina pigliò la mano di Michilino e se la posò supra una minna che aviva tirato fora dalla cammisa di notti.

«Sì» disse. «Facciamoci ziti, ma non lo dobbiamo diri a nisciuno».

La punta che c'era in mezzo alla minna si era fatta accussì puntuta che a Michilino ci parse pungenti come quella della baionetta del moschetto sò.

Il ragazzo rispose con un altro grido disperato: «Mia madre è morta!».

Il medico comparve sull'uscio e disse: «Tua madre è salva».

Il ragazzo lo guardò un momento e poi si gettò ai suoi piedi singhiozzando: «Grazie, dottore!».

Ma il dottore lo rialzò d'un gesto, dicendo: «Levati! Sei tu, eroico fanciullo, che hai salvato tua madre».

Con queste paroli finiva il conto del libro *Cuore* e quell'ultima pagina s'assuppò di lagrimi di Michilino. Meno mali che Marietta era nisciuta a fari la spisa, masannò si sarebbe vrigugnato di chiangiri accussì davanti a lei. Si susì, andò nella càmmara di letto, raprì il cantarano, pigliò dù para di mutanne, dù para di quasette, una maglia, dù fazzoletti e l'infilò dintra a una fodera di cuscino che avrebbe portato supra le spalli come un sacco. Dintra all'istissa fodera ci inzeccò mezza scanata di pane e tanticchia di cacio. Si mise il cappotto e il basco. Il moschetto d'ordinanza lo lassò a casa, non gli sarebbe sirvuto a nenti, mentri quello con la baionetta appuntuta non aviva tempu di andarlo a pigliari dalla

188

maestra Pancucci. Gli abbastava il timpirino, quello scangiato con Totò, che portava sempri in sacchetta. Prima di nesciri, taliò il ralogio della càmmara di mangiari, erano le deci del matino, calcolò che verso le setti di sira sarebbe arrivato nella campagna di nonno Aitano, caminando di bon passo e facendo macari una firmata di un'orata per mangiari e arriposarsi tanticchia. Matre santa, come sarebbe stata cuntenta 'a mamà a vidirisillo cumpariri davanti! E se era malata, avrebbe providuto lui a farla guariri con la sò prisenza e con le prighere a Gesuzzo il quali certamenti avrebbe favorito a uno tra i meglio soldati sò che c'erano da quelle parti. La strata l'accanosceva beni, l'aviva tante volte fatta con la Lancia Astura di nonno, non c'era piricolo di perdersi. L'importanti era, mentri traversava il pàisi, di non farsi arriconoscere da qualichiduno che macari gli faciva dumanne o che andava a diri d'averlo incuntrato a sò patre. Ci mise chiussà di mezzora a nesciri fora pàisi, ma fortunatamenti non incontrò a nisciuno d'accanuscenza. Pigliata la strata per Montelusa, accomenzò a prioccuparsi pirchì truniava e si stava mittenno a chioviri. E chista era una cosa seria pirchì non si era portato appresso un paracqua, se arrivava una chiuvuta non potiva fari altro che arripararsi da qualichi parte aspittando che scampava. Ma avrebbe perso tempu e se viniva lo scuro lui non era più capaci d'orientarsi. L'unica era di mettersi a caminare il più lesto possibile. Non gliela avrebbe data vinta a nisciuno, omo o pioggia che era, d'impedirgli di andari a trovari la mamà.

«Ehi, tu, unni vai?».

La voci lo pigliò di surprisa pirchì caminando a testa vascia non aviva viduto a dù picciottazzi tridicini ch'erano assittati allato alla strata supra un grosso masso. Avivano i vistita pirtusa pirtusa, erano lordi 'ngrasciati, senza scarpi. Uno portava una sciarpa di lana torno torno al collo, l'altro una vecchia coppola nìvura e larga che gli cummigliava le grecchie.

Michilino voliva non arrispunniri tirando di longo, ma quelli certamenti gli sarebbero venuti appresso, era chiaro che avivano gana d'attaccare turilla. Macari mettersi a curriri era inutili, l'avrebbero raggiunto subito. Si fermò, li taliò e capì di non esseri scantato pi nenti, anzi.

«Che vinni importa unni vaiu iu? Facitivi i fatti vostri».

«E nuautri i fatti nostri nni vulemu fari».

Quello con la sciarpa si misi a ridiri, l'altro l'imitò.

«Quanti sordi hai 'n sacchetta?» fece, doppo la risata, il picciotto con la sciarpa.

Michilino aggiarniò, non per lo scanto, ma pirchì in quel momentu s'arricordò che non si era portato da casa qualichi soldo che, strata facenno e all'accorenzia, capace che gli tornava commodo.

«Manco un sordo».

«Nun ti criu, fammi vidiri le sacchette».

Michilino posò la fodera 'n terra, infilò la mano nella sacchetta del cappotto, pigliò il timpirino, se l'ammucciò darrè la schina. Portò darrè la schina macari la mano mancina.

«Eh no!» disse il picciotto con la sciarpa. «Tu ci vuoi pigliari pi fissa! Che pigliasti dalla sacchetta?».

Scinnì dal masso e s'avvicinò a lento, un surriseddru minacciusu e sfuttenti in faccia, sicuro che il picciliddro non si sarebbe cataminato, 'ngiarmato dallo scanto. Appena fu a tiro, il vrazzo di Michilino scattò come una serpe maligna. Aviva mirato alla vucca, a quel surriseddru, e infatti la lama del timpirino s'infilò tra le labbra e i denti e, guidata dalla mano di Michilino, si spostò a dritta. In un vidiri e svidiri il picciotto s'arritrovò con la vucca sgarrata da una firuta che gli arrivava a metà faccia. Di subito, non dovette accapire quello che gli era capitato, pirchì si tirò narrè di dù passi, strammato. Po' vitti il sangue che gli vagnava la cammisa. Portò, non cridendoci, la mano alla vucca tagliata.

«Madunnuzza santa!» gridò, cadendo a culo 'n terra e cercando d'attagnare il sangue che gli nisciva dalla ferita. «Mi cunzumasti!». E si mise a chiangiri. Aviva parlato con una voci 'mpastata, 'ntifica a quella di uno che s'arrisbiglia ancora assonnatu. L'altro, quello con la coppola, scinnì dal masso e scappò senza diri né ai né bai. Curriva come un lebro stanato dal furetto. Michilino si calò sul picciotto caduto e, approfittando che quello stava a taliarsi la mano insanguliata dalla ferita alla vucca, calmo, priciso, gli diede un'altra timpirinata sulla mezza faccia sana che gli viniva a tiro. Il picciotto si stinnicchiò sulla schina, principiò a tirari càvuci all'aria, pariva un ciclista nisciuto pazzo, chiangenno e lamentiannosi.

«Non m'ammazzari, non m'ammazzari!».

«Se tinni vai subito, non t'ammazzu. Cuntu finu a tri. Uno...».

Non era arrivato a dù che quello, prima a quattro gambe e po' addritta, era fujuto facenno voci alla dispirata.

La camurrìa del cuteddro, e macari della baionetta, è che, doppo che l'hai usato, s'allorda di sangue e abbisogna puliziarlo subito masannò il sangue s'assicca e addiventa crostoso, danneggiando la lama. Michilino vitti sul bordo della strata una troffa d'erba, ne strappò una maniata, ci puliziò il timpirino e macari la mano che si era puro essa allordata di sangue.

Ripigliò la strata con la fodera sulle spalli mentre principiava a stizzichiare. Chioviva ad assuppaviddrano, una chiuvuta fatta di gocce rade e squasi d'aria, ma che se ci stai sutta a longo alla fine t'arritrovi assammarato come doppo un vero acquazzuni. Ma Michilino non avvertiva l'acqua: era fiero, orgogliusu di quello che aviva appena fatto col picciottazzo il quali era un latro, voliva arrubbargli i soldi. Che dice chiaro chiaro il cumannamento? Non rubare. E perciò quel picciottazzo doviva essergli grato, pirchì Michilino aviva evitato che cadisse in piccato mortali. Sicuramenti Gesuzzo gli era stato allato, guidando con firmizza e pricisioni la sò mano. Doppo una decina di minuti che caminava sutta all'acqua, sentì alle sò spalli la rumorata di un carretto che s'avvicinava. Si voltò, si fermò.

«Ehhhhhhhh!» fece il carrittere tiranno le retini.

Il carrittere parlò da sutta un tilone cirato che l'arriparava dall'acqua:

«Vai luntanu?».

«In contrata Cannateddru».

«Nni hai strata di fari! Ti pozzu dari un passaggiu fino al quatrivio di Spinasanta, megliu chi nenti».

Michilino acchianò supra il carretto, l'omo cummigliò macari a lui con la 'ncirata ch'era bastevoli per alimeno quattru pirsune. Il carrittere era un quarantino baffuto, la faccia di l'omo che ci piaci il vinu ed è scialacori di natura. Difatti si mise squasi subito a cantari. Era stunato, ma cchiù stunava e cchiù arridiva.

Affacciati, beddra, e pisciami 'nto 'n'occhiu,
quannu ti viu lu pirripipacchiu...

Macari a Michilino venne da ridiri. Non aviva mai sintuto una canzuna indovi uno apprigava una picciotta di fargli la pipì in un occhio.

«Che è il pirripipacchiu?» spiò.

«Non lo sai? Il pirripipacchiu è lu sticchiu».

«E che è lu sticchiu?».

«Matre santa, ma tu sì 'nnuccenti come a 'u Bammineddru Gisù! Lu sticchiu è la natura di li fìmmini, quello ca li fìmmini hanno in mezzu alli gambe, una specie di grutticeddra càvuda càvuda...».

«Lo saccio».

Il carrittere lo taliò imparpagliato.

«L'hai viduto? Te lo fanno vidiri all'età tò?».

«Ci infilai la mano dintra. Ma è una cosa che non si fa e iu non lo sapiva che era una cosa che non si fa».

«E cu fu che si feci infilari la mano?».

«Una vidova».

«Talè che buttanazza!» s'ammaravigliò il carrittere. «Mittirisi a scannaliari un picciliddro!».

E ripigliò a cantari.

La vidova che è sutta li linzola,
sulu con la sò mano si consola...

Arrivarono al quatrivio Spinasanta che aviva scampato, il celu si stava assirinando. Il carrittere pigliò lo stratone per Montelusa, Michilino quello che portava verso la contrada Cannateddru. Calcolò che per la casa del nonno ci volivano ancora un dù orate. Sintiva friddo e gli era smorcato il pititto. Ma se si firmava a mangiari avrebbe perso troppo tempu. Raprì la fodera, tirò fora il pane e il tumazzo, con il timpirino si fece una specie di panino, accussì potiva mangiari e caminari nell'istisso tempo. Sulamenti portando alla vucca il pani si addunò che era allordato da tanticchia di sangue, si vede che non aviva puliziato bene il timpirino. Si fermò, mise 'n terra la fodera, ci posò supra il panino, pigliò il timpirino, lo raprì, lo puliziò prima vagnandolo con una pampina granni strappata da un àrbolo. Doppo che fu certo che la lama non avrebbe patito danno, si rimise il timpirino in sacchetta, la fodera sulle spalli e principiò a caminari e a mangiari.

Aviva fatto una mezzorata di strata che vitti veniri una macchina verso di lui. L'arriconobbe subito, era la Lancia Astura di nonno Aitano. Quanno macari il nonno l'arriconobbe, frenò di colpo, sbalorduto. Si sporgì dal finestrino.

«Michilino!».

Il picciliddro currì, s'infilò dintra alla macchina, il nonno gli aveva rapruto lo sportello.

«Michilino, indovi stavi andando?».

«Da voi, voglio vidiri 'a mamà».

«Ma tò patre lo sapi?».

«No, scappai stamatina».

«Madonna biniditta, a chist'ora tò patre Giugiù nisciuto pazzo è! Bisogna subito avvertirlo! Facciamo accussì: torniamo in paìsi e...».

«No» disse fermo Michilino. «Prima voglio vidiri 'a mamà».

«Ma tò matre non è più con noi!».

«E indovi è?».

«È... è andata a curarsi a Palermo».

«Non ci cridu».

«Va beni, facemu accussì, iu t'accumpagno a la casa, tu ti persuadi che Ernestina non c'è, anzi ti fazzo vidiri una cartolina che arrivò proprio aieri e po' torniamo in paìsi accussì tò patre s'attranquilla».

Girò la macchina rifacendo la strata da indovi era vinuto. Curriva e a Michilino la curruta ci piaciva, teneva abbassato il vitro del finestrino accussì l'aria gli sbattiva 'n faccia. Appena il nonno frenò dintra al baglio di casa, Michilino niscì dalla macchina e s'apprecipitò:

«Mamà! Mamà! Michilino sugnu!».

'A mamà non rispunnì. Si sentì invece dalla cucina la voci di nonna Maddalena e una rumorata di pignate che cadivano 'n terra.

«Michilino!».

La nonna niscì dalla cucina, il nonno trasì dalla porta, Michilino acchianò di corsa la scala che portava al piano di sopra indovi ci stavano le càmmare di letto.

«Mamà! Mamà!».

Il nonno e la nonna si taliarono sconsolati, il nonno allargò le vrazza.

Supra il pianerottolo della scala comparse il picciliddro. Spiò a voce tanto vascia che i nonni a malappena lo sintirono:

«'A mamà murì?».

«No! Che dici, figliuzzu mè!» disse la nonna.

Senza più forza nelle gambe, sintendo ora tutta la stanchizza della caminata, Michilino s'assittò sull'ultimo graduni e si mise a chiangiri.

Il nonno, che era nisciuto dalla càmmara, tornò con una cartolina nella mano, l'agitò verso Michilino.

«Talè ccà! Chista cartolina aieri arrivò. Scinni, veni a leggirla».

Michilino provò a susirisi, ma non ce la fece. Il nonno acchianò sino a lui. Nonna Maddalena si era assittata supra una seggia, si teneva la faccia tra le mani. Michilino leggì la cartolina:

«Sto meglio. Tanti baci. Ernestina. Se vedete a Michilino, dategli un bacio da parte mia».

Veniva da Palermo, la cartolina. Nonno Aitano gli aviva detto la vera virità.

«E quanno torna?».

«Appena si senti megliu» disse il nonno. E prosecuì:

«Maddalè, iu vaiu in pàisi a diri a Giugiù che sò figliu è con noi. Tu intanto duna adenzia al picciliddro, ha il cappotto vagnato».

Nonna Maddalena pirsuadì Michilino ad andare con lei in cucina, gli levò il cappotto vagnato, fece assittare il niputeddru davanti al forno famiato che mannava calori, gli arriscaldò una minestrina. Doppo che se la mangiò, Michilino addimannò:

«Nonna, dimmi la virità: la malatia della mamà è cosa gravi?».

«No, ti lu giuru davanti a Cristu. Lo voi sapiri qual è 'u fattu? Il medico si è scantato che per la... la malatia tò matre potiva perdiri la criatura che aspetta. Per chisto è iuta a Palermo, in uno spitali che sanno darle adenzia. Appena capiscino che non c'è più pricolo, la lassano tornari. Ma mettiti 'n testa ca ci voli tempu».

La stanchizza si fece sintiri di colpo, come una botta darrè il cozzo.

Michilino s'addrummiscì con la testa appuiata al tavolino della cucina. La nonna avrebbe voluto corcarlo in un letto, ma non aviva forza nelle vrazza per pigliarlo in putiri.

«Prestu, Michilì, arrisbigliati!».

Gli parse d'aviri dormuto un minuto scarso. Invece si era fatta un'orata di sonno. Ad arrisbigliarlo era stato nonno Aitano.

«Saluta la nonna che ti riporto a la casa».

Intordonuto, Michilino non addimandò subito pirchì al nonno gli era smorcata tanta prescia, fu lui istisso a spiegargli la facenna mentri erano in machina.

«Trovai a Marietta dispirata, non sapiva che fari, era andata a circare a Giugiù nell'ufficio e al fascio, qua

197

però le dissero che tò patre era dovuto andari a Catello Nisetta e che tornava in sirata».

«E allura, nonno?».

«E allura ho pinsato che se facciamo a tempu, quanno Giugiù torna ti trova a la casa e non c'è bisogno di contargli che sei scappato. Se lo viene a sapiri di certo si squieta, meglio tenerlo all'oscuro».

«Io però farfantarie non ne conto».

«Va beni, viene a diri che gliele conto io» fece nonno Aitano tanticchia urtato. «Basta che tu te ne stai muto e non mi fai fari male fiure. Marietta è d'accordu».

«Ma doppo te lo cunfessi chisto piccato?».

«Ma quali piccato, Michilì? Comunqui, d'accordo, me lo cunfesso».

«No, pirchì non vogliu che a causa mè tu fai piccato».

«Bih, chi grannissima camurrìa! Se ti dissi che me lo cunfesso!».

«E devi cunfissari macari che ora ora dicisti una parolazza tinta».

La machina sbandò, nonno Aitano murmurió una cosa che non si capì.

Quanno arrivarono, Marietta si l'abbrazzò e non finì più di vasarlo.

«Maria, che moto mi facisti pigliari! A mumenti pazza niscivo!».

«Mariè» fece nonno Aitano. «Arrizzettati e lavati la faccia ca hai dù occhi russi comu pipiruna. Se Giugiù sinni adduna, capisce che c'è stata cosa».

«Ah» fece Marietta «ma 'u zù Giugiù stasira non torna, resta a dormiri a Catello Nisetta. Deci minuti fa vinni uno del fascio a dirimillo».

«Megliu accussì» disse nonno. «Iu me ne torno a la casa. Michilì, m'arraccomanno: nenti più di queste belle alzate d'ingegno».

Mentre l'abbrazzava, nonno spiò serio serio e a voci vascia:

«Michilì, me la devu cunfissari la 'ntinzioni che avevo di diri una farfantaria a tò patre?».

«Sì, macari la 'ntinzioni si deve cunfissari».

«Mannaggia! E iu ca cridiva di essermela scapulata!».

Vasò Marietta, si mise il cappotto, e propio quanno stava niscenno dalla porta s'arricordò di una cosa.

«Michilì, mi devi fari un piaciri. Appena 'u papà torna, ci devi diri se mi può trovari la benzina che lui sapi. Si chiama Shell Dynamin e sono lanne di deci litra l'una che hanno stampata fora una conchiglia».

«Non pozzo fartelo 'stu piaciri, nonno».

«E pirchì?».

«Come fazzo a dire a 'u papà che noi due nni semu incuntrati?».

«Gli dici che sono venuto qua che avevo spinno di vederti».

«Sarebbe una farfantaria».

Nonno Aitano di botto parse nisciuto pazzo, si mise a fari voci.

«Ma tu ti sei fissato con queste cose di chiesa, eh? Ti vuoi fari parrino, eh? E che minchia! Ho detto minchia, va beni? E dico macari cazzo! Chi camurrìa buttana, non si può cchiù manco rapriri la vucca davanti a tia! Chi vuoi addivintari? Cardinali? Papa? Santu? Mariè, la facenna della benzina digliela tu a Giugiù!».

Se ne andò arraggiato, sbattenno la porta.

«Però, se conti una farfantaria a 'u papà, doppo la devi cunfissari».

«Va beni, va beni, sapissi quante cose haiu di cunfissari!» fece Marietta sgarbata.

Raprì la cridenza, pigliò una buttiglia di vino, ne inchì un bicchieri.

Michilino vitti che era mezza. Marietta si addunò della taliata del picciliddro.

«La stappai io, quanno mi feci pirsuasa che te ne eri scappatu. Me la sono vivuta per tenermi addritta, le gambe mi trimavano di spaventu, sarei caduta longa stisa 'n terra! Michilì, non mi ci fari pinsari a lu gran scanto ca mi facisti pigliari!».

E si vivitti il bicchieri in una sula muccunata. E allura Michilino capì che la cuscina era 'mbriaca bona e che se davanti al nonno era arrinisciuta a tinirsi, ora stava sbracanno.

«Non viviri più, Mariè!».

«Io vivu fino a quannu mi pari e piaci!».

Inchì un altro bicchieri, se lo calumò d'un sciato.

«Vaju a priparari 'u mangiari» disse dirigendosi verso la cucina. Ma per stare addritta e caminari aviva bisogno d'appujari la mano al muro.

Michilino pigliò il quaterno e il libro di scola per fare i compiti. Marietta tornò dalla cucina.

«Non haju 'ntinzioni di fari nenti» dichiarò polemica.

«Mi sta calando sonno e non haju pititto. Assà mi facisti scantari, Michilì!».

Si inchì un altro bicchieri, si lo scolò.

«Accussì finisce che ti 'mbriachi».

«Minni staju futtennu!».

Ora si era messa a diri macari parolazzi. Michilino si tirò il paro e lo sparo e concluse che la meglio era di non raprire vucca, di lassare parlari sulamenti la cuscina, pirchì se ribatteva, capace che quella incaniava.

«Sentu càvudo» disse Marietta.

Si susì variando, si calò la gonna, si levò la cammisetta, spostò le bretelline della fodetta e se la fece sciddricare fino ai pedi. Poi, con un càvucio che a momenti la faciva cadiri, mandò in un angolo della càmmara gonna, cammisetta e fodetta. S'assittò nuovamenti, mise la gamba mancina su quella dritta, si levò la scarpa, con una mossa del pedi la fece volari in aria. L'istisso fece con l'altra scarpa. Si susì nuovamenti addritta, si levò con un movimento solo taccaglia e quasetta di dritta e doppo taccaglia e quasetta di mancina che posò supra la tavola.

«Ah! Ora mi sento megliu! Tanto, di tia non m'affrunto, semu zito e zita».

Si mise a ridiri, nella bottiglia c'era ancora un bicchieri scarso. Lo svacantò. Ma quant'era beddra in mutanne e reggipetto, coi capilli che le cummigliavano le spalli, gli occhi sparluccicanti che pareva che dintra avivano una lampadina addrumata!

«Te lo dissero i nonni che tò matre è a Palermo?».

«Sì, mi hanno macari fattu vidiri una cartolina. È nel-

201

lo spitali pirchì la malatia…».

La risata di Marietta scoppiò 'mpruvisa e acuta, pariva una punta di trapano.

«Malatia! Ca quali malatia!».

«Pirchì, non è malata?» spiò strammato Michilino.

«Tò matre è malata della stissa malatia di patre Burruano».

Ma che diciva? Doviva essiri veramenti 'mbriaca finuta, la cuscina.

«Patre Burruano non è malato, si fece mali cadenno 'n terra».

«Cadero 'nzemmula, tò matre e patre Burruano».

Michilino non ci accapì più nenti, però capì che se voleva veramenti sapiri la malatia della mamà quello era 'u mumentu giusto, approfittanno che Marietta era vivuta.

«E come mai cadirono 'nzemmula?».

«Pirchì erano 'nzemmula e tò patre li fece cadiri a forza di timpulati, pagnuttuna, cazzotti e càvuci».

No, non era possibile che 'u papà aviva pigliato a lignate 'a mamà. E po' per quali scascione? Pirchì 'a mamà, mittemu, si stava cunfissanno con patre Burruano? E che c'era di mali?

«Senti, Mariè…».

«No, basta. Assà parlai. Mi vado a corcari. Tu mangia se ti viene pititto, nella cridenza c'è salami, murtatella, aulive e pane. Quanno ti cala 'u sonnu, ti vieni a corcari macari tu».

Finito di fari i compiti, sentì d'aviri tanticchia di pititto. Si tagliò una fetta di pani di frumento e per cumpanaticu una decina di passuluna, gli piacivano di più le aulive nìvure di quelle verdi. Mangiava tenendo aperto allato al piatto il libro *Cuore*. Tutto 'nzemmula appizzò le grecchie, gli era parso d'aviri sintuto un lamintìo viniri dalla cammareddra. Capace che ora Marietta stava sintennosi mali a scascione del vino che si era vivuto. Il lamintìo s'arripeté.

«Mariè, ti senti bona?».

Marietta non arrispunnì.

«Mariè!» sclamò allarmato.

«Michilino, veni ccà» lo chiamò la cuscina con una voci stramma.

Marietta era nuda supra il letto, tiniva la mano dritta in mezzo alle gambe, la mano mancina posata supra una minna.

«Spogliati».

Michilino bidì.

«No, non ti mettiri la cammisa di notti. Veni a corcarti nudu».

«Prima devo andare in bagno».

«Ci vai doppo».

Mentri Michilino la stava scavalcanno per raggiungere il posto sò, la cuscina l'agguantò a volo e se lo mise di supra. Allargò le gambe quel tanto bastevole pirchì l'aciddruzzo si venisse a trovari tra li sò cosce e doppo l'inserrò nuovamenti.

«Resta accussì, non ti cataminare» disse abbrazzandolo stritto stritto.

Michilino sentì la panza di Marietta principiari a muoversi sutta la sò.

«Aaaahhhh aaaahhhh» ripigliò a lamintiarsi.

«Mariè, che hai?» spiò scantato Michilino.

La panza si agitò più forti, le cosce che lo serravano addivintarono tinaglie.

«Gesùgesùgesùgesùgesùgesùge...» fece Marietta.

E Michilino accapì: la cuscina prigava pi dumannari in anticipo pirdono a Gesù della farfantaria che 'u nonno voliva ca diciva a 'u papà.

Po' Marietta fici un suspirone longo e parse addrummiscirisi di colpo.

Michilino non si mosse. Doppo tanticchia sentì che la picciotta gli diciva:

«Ora puoi andari in bagno».

Sette

La vigilia di Natali Marietta addecise di passarla a la sò casa, Michilino inveci andò, con 'u papà, da nonno Filippo e nonna Agatina. Nonno Filippo, come usava ogni anno, aviva conzato il prisepi dintra una càmmara intera, era una cosa spittaculusa, c'erano sciumi che scorrevano, cascate, fontane, muntagni, casuzze, sciccareddri, crape, picore e un'infinità di pupi che facivano le cose che si fanno tutto il jorno. Ogni anno, 'u nonno mittiva nel prisepi qualichi cosa di novo. Stavolta allato alla grutta c'erano cinco bissini che facivano fantasia, in celu stavano suspisi dù trimmotori Caproni e in mezzu alla granni stella cometa ci stava la faccia di Benito Mussolini che faciva lustru. Doppo che mangiarono pisci al forno e cassata, accomenzarono ad arrivari i vicini per ammirare il prisepi. Nonno Filippo offriva a tutti cannola e marsala e si cassariava per i cumplimenti che tutti gli facivano.

Quanno dintra alla càmmara ci furono una decina di pirsuna, nonna Agatina, che aviva una bella voci, attaccò:

Tu scendi dalle stelle,
o Re del Cieeeeelo,

e vieni in una grotta
al freddo e al geeeeeelo...

'Mpruvisa, una mano affirrò Michilino per il can-
narozzo. Non era una mano vera, ma era come se fosse vera, stringiva come una mano d'omo.

Niscì di cursa dalla càmmara e si chiuì nel gabinetto indovi potiva dari sfogo alla pena. Oh Gesuzzo! Oh
Gesuzzo mio adoratu che ne sai mentri stai nella grutta tra 'u vo e 'u sciccareddru, che ne sai di quello che
i piccatazzi di l'òmini ti faranno assoffrire? No, inveci lo sai, datosi che sei figliu di Diu, già nella grutta lo
sai il distino e senti il piso della cruci che porterai, senti il ferro dei chiova che trasino a martiddrate nelle carni tò, senti i pungiuna delle spine della curuna, eppu-
ro vuoi nasciri e crisciri e campari e moriri come sei morto pirchì macari iu, Sterlini Michilino, possa salvarmi
dai piccatazzi che ti firiscono e ti martoriano. Oh Gesuzzo, oh Gesuzzo! Tu che nella grutta stai con san Giu-
seppi e la Madonna tò matri... La mamà? Unn'era, a
quest'ora, la mamà? Macari era sula sula dintra una càmmara di lo spitali e s'addispirava pinsanno a lu figliuz-
zo sò luntanu, abbannunato a chiangiri dintra a un cesso che fitiva di pisciazza...

«Michilì, t'addecidi a nesciri? Mi scappa!».

«Un minutu sulo».

Era la voci di 'u papà. Si lavò di cursa la faccia. Ma
quanno raprì la porta, 'u papà s'addunò subito che sò
figliu aviva chiangiuto. Non gli disse nenti, lo taliò a
longo e po' gli carizzò la testa.

Doppo tutti andarono in chiesa a sentiri la missa di mezzannotti. Ma Michilino non taliò duranti la funzioni l'altaro maggiuri, taliava 'u Crucifissu e gli parlava senza paroli, con la testa. Aviva viduto Gesuzzo che sordato coraggiuso era stato quanno i dù picciottazzi gli volivano pigliari i sordi? Non si era messo a curriri, anzi li aviva affrontati e fatti scappari. Ecco, Gesuzzo mè, in chista notti sullenni iu, Sterlini Michilino, ti prumetto che mi comporterò sempri accussì contro i nimici tò.

Quella notti Michilino dormì nella casa dei nonni, nella loro stissa càmmara, dato che il jorno di Natali l'avrebbero passato ancora 'nzemmula.

Ma com'è che a tavola, mentre si facivano la mangiata granni di Natali, nisciuno, né nonno Filippo né nonna Agatina né 'u papà, disse mezza parola supra la mamà? Nenti, come se non fosse mai campata.

Marietta tornò il jorno di santo Stefano.

Il doppopranzo Michilino non aviva nenti chiffari, tambasiava casa casa, la maestra Pancucci ripigliava le lezioni il setti di jnnaru.

«Voglio fari un'opira di misericordia».

«Vuoi fari la limosina?» spiò la cuscina che non era fìmmina chiesastra.

«Tu non le accanusci le opire di misericordia?».

«No».

«Vestire gli ignudi, dar da bere agli assetati, visitari gli infermi... Queste sono le opire di misericordia, ma ce ne sono altre».

«E tu che vuoi fari?».

«Andari a trovari a patre Burruano allo spitali. Mischino, macari nisciuno è juto a fargli visita in queste jornate. Tu lo sai indovi si trova?».

«No. Ma stamatina, mentri facivo la spisa, sintii a dù fìmmine che parlavano. Una disse all'autra che patre Burruano era nisciuto dallo spitali, ma che non sarebbe più tornato in pàisi».

«E pirchì?».

«Pirchì sua cillenza Montichino, il pispico di Montelusa, l'ha trasferuto a Ribera».

«E pirchì?».

«Bih, Michilì, sempri e pirchì e pirchì! Non lo saccio pirchì, il fatto è che a patre Burruano, ringrazianno a Diu, non lo vediamo cchiù da chiste parti».

«Pirchì... scusami, Mariè, non t'arrabbiari, pirchì dicisti: ringrazianno a Diu? Che ti fece patre Burruano?».

«A mia? A mia nenti mi fici. A mia i parrini nun mi piacino. Ci sunno fìmmine inveci che i parrina ci piacino. E po' succede danno».

«Stai parlanno della mamà?».

«Della mamà e di altre fìmmine».

«E quale fu il danno che successe?».

«Michilì, se proprio lo vuoi sapiri, spialo a tò patre».

Sì, figurati, 'u papà! 'U papà in quelle jornate non era cosa, sempri nirbùso, sempri con la faccia nìvura, sempri mutanghero. Non aviva manco gana di mettere le spilliceddre con la bannera taliana nei pàisi che le camicie nere pigliavano in Bissinia. Forsi ci pisava la luntananza della mamà doppo la sciarriati-

208

na che avivano fatto, lui e la mamà e patre Burruano. Pirchì era chiaro, a questo punto, che una sciarriatina c'era stata. L'unica era spirari che facissero presto la pace e Michilino s'arripromise di prigari ogni
jorno a Gesuzzo se gli faciva la grazia di fari tornari
la mamà a la casa.

La sira, quanno si furono corcati, Michilino spiò alla cuscina:

«Vuoi che mi metto supra di tia come l'altra volta?».

«No, stasira no».

Michilino l'abbrazzò di darrè, nella posizioni di sonno. Ma doppo tanticchia spiò ancora:

«Semu sempri ziti?».

«Certu» fece Marietta ridennu.

«Allura…».

«Ho capito quello che vuoi» disse Marietta tirannosi
fora dalla cammisa di notti una minna.

Michilino ci posò la mano supra e s'addrummiscì.

All'indomani matino s'attrovò vigilante che erano le
sett'albe, una luce splapita filtrava dalle pirsiane. Capì
che si era arrisbigliato pirchì nel letto c'era qualichi cosa che gli aviva dato fastiddio. Si scollò dalla schina della cuscina e taliò nelle linzola. C'erano macchie scure.
Ci mise una mano supra, erano macchie di sangue. Taliò meglio. Il sangue viniva da 'n mezzo alle cosce di
Marietta. Matre santa! Doviva essersi firuta e ora stava certamenti morenno dissanguata! Scantatissimo, la
scuotì pigliandole una spalla. Marietta non reagì. Tutto di colpo vagnato di sudori, Michilino scavalcò il corpo della cuscina e si precipitò a chiamari a 'u papà in

càmmara di letto. 'U papà non era tornato, il lettu era intatto, gli capitava di restare al circolo a jocare a carti fino a matina avanzata. E ora che faciva? A chi putiva addumannari aiutu? Tornò di cursa nel cammarino in tempu per vidiri che Marietta si era mossa, mittenno una mano sutta il cuscino. Viva era!

«Mariè!» chiamò con tutta la voci che aviva.

Marietta si susì di colpo in mezzo al lettu, l'occhi sbarracati.

«Che fu? Che successi?».

«Mariè, sangue stai pirdenno!» fece Michilino con la voci che non gli voliva nesciri e che quanno niscì trimoliava.

Marietta scostò i linzola, si taliò in mezzo alle gambe.

«Nenti, Michilì, non è nenti. Sono cose di fìmmine».

Si susì, andò a inserrarsi in bagno. Michilino, in cucina, si scolò un bicchieri d'acqua frisca, ma il cori continuava a sbattergli forti.

Marietta tornò doppo un pezzo, vistuta di tutto punto.

«Ti scantasti?».

«Certo che mi scantai!».

«Michilì, non c'è da scantarsi, mi venni 'u marchisi».

E che ci trasiva un marchisi o un baruni col sangue di Marietta? La cuscina accapì la confusioni del picciliddro.

«Noi l'acchiamiamo accussì, 'u marchisi. In taliano si dice, mi pari, mesturazioni. Ci viene a tutte le fìmmine. È una cosa naturali. Quanno a una fìmmina non ci viene, significa che aspetta e quanno non ci viene cchiù nella vita veni a diri che la fìmmina è troppo vecchia per aviri figli».

«Non ci accapii nenti. Ma quanno ti passa?».

«Tra qualichi jorno».

«E come fai a farti attagnare il sangue?».

«Chisto sangue non si può attagnare. Po' finisce da solo».

«E come fai per non allordarti?».

«Ci metto un panno».

«Supra lu pirripipacchiu?».

Marietta si mise a ridiri.

«Sì, supra lu pirripipacchiu. Ma chi te l'insignò 'sta parola?».

«Un carritteri».

«E infatti è una parolazza da carritteri. Non la devi diri».

Marietta niscì per andare a fari la spisa.

«Di prima matina s'accattano pisci frischi».

Michilino trasì nel cammarino. Marietta aviva levato i linzola lordi di sangue e li aviva jttati 'n terra in un angolo. Michilino li pigliò in mano e c'infilò il naso. Quel sangue sciaurava bono, pariva origanu, garofano e frutta marciuta. Sentì, mentri continuava a sciaurari, una botta di calori in mezzo alle gambe.

A mezzojorno del trenta di dicembiro 'u papà annunziò che non aveva gana di passari la notti dell'ultimo dell'anno in cumpagnia di parenti. Marietta era libira di portarsi a Michilino indovi voliva, in quanto a lui sarebbe ristato a casa fino alla mezzanotti e po' andava a jocari a carte al circolo. Sarebbe tornato a matino. A questo punto Michilino disse che senza 'u papà non andava da nisciuna parti, vuol dire che ristava macari lui a casa e doppo, quanno 'u papà nisciva per andari al circolo, si mitteva corcato.

«E che fai, rimani tutta la nuttata a durmiri da sulo?».

A questa dimanna del papà, il picciliddro non rispose. Non ci aviva pinsato che restava sulo. E la cosa, al solo pinsarla, gli faciva viniri i sudori friddi.

«Resto iu con Michilino» fece Marietta.

'U papà parse tanticchia cuntrariato.

«E chi glielo dice a tò patre e a tò matre che resti qua mentre macari ti volivano con loro?».

«Glielo dico io, oggi doppopranzo istisso».

«Grazii» fece ' u papà taliando nell'occhi a Marietta.

E posò una mano supra a quella della nipote e ce la tenne tanticchia. Po' suspirò, levò la mano da supra quella di Marietta, se la mise davanti all'occhi. Suspirò profunno nuovamenti, rimise la mano supra la tavola e disse:

«Grazie, Mariè. Tu m'accapisci».

Stavolta fu la mano di Marietta a posarsi supra a quella di 'u papà e di ristarci a longo.

La sira dell'ultimo dell'anno, Marietta non dovette cucinari pirchì 'u papà aviva ordinato il mangiari al ristoranti. Alle novi spaccate tuppiarono e s'appresentarono un cammareri e un garzoni con tutta la robba.

Dudici arancini, sei linguate fritte accussì granni che niscivano fora dal piatto, patate 'nfurnate, 'nzalata, cannoli e dù buttiglie di spumante che misero nella ghiazzara per tenerle in frisco. Mentre mangiavano, 'u papà e Marietta si vippiro mezza buttiglia di vino. Quanno il ralogio del municipio sonò i dodici colpi, stapparono le dù buttiglie di spumante e inchirono i bicchieri. Si vasarono tutti e tri, e vippiro isando i bicchieri e sbattendoli a leggio tra di loro:

«Alla saluti!».

Michilino, quanno il bicchieri sò arrivò alla mità, lo sollevò nuovamenti.

«Alla saluti!» ripitì.

Macari 'u papà e Marietta isarono i loro.

«Alla saluti di cu?» spiò 'u papà ridenno.

«Della mamà» disse Michilino.

'U papà finì di colpo di ridiri e posò il bicchieri sulla tavola senza dire nenti. Era addivintato nìvuro. Marietta restò tanticchia col bicchieri isato, po' lentamenti lo calò sulla tavola. Michilino si vippi lo spumanti ristando addritta e sulamenti alla fine s'assittò. Marietta posò la sò mano supra a quella di 'u papà.

«Zù Giugiù...».

Doppo, quanno 'u papà si scolò lui da sulo squasi una buttiglia intera, l'alligria ci tornò.

«Facitimi l'auguri, stasira al circolo jocamo forti!».

Mentri Marietta gli teneva malamenti il cappotto pirchì macari lei a viviri spumanti non ci aviva sgherzato, 'u papà disse:

«Ah, Michilì, mi stavo scordando di dirti una cosa.

Te l'arricordi al sarto comunista, quello che si chiama Maraventano?».

«Sì».

«Il tribunali l'ha cunnannato a morti per aviri ammazzato 'u figliu. Lo fucilano passannadumani, all'arba».

Si mise il cappeddro, vasò ancora a Marietta e sinni niscì. Approfittanno che la cuscina gli dava le spalli mentri chiudiva la porta, Michilino di prescia tornò ad assittarsi. Le paroli che 'u papà gli aviva detto l'avivano fatto addivintari di colpo come pigliato da una scarrica lettrica. Era tutto un furmiculiu nella schina, era dintra a una gran vampa di foco.

L'aciddruzzo gli era addivintato tiso, duro, firrigno e lui non voliva farsi vidiri in quelle condizioni da Marietta. Cercò di pinsari alla mamà, ma la cosa non fici nisciun effetto, sì, gli passò il furmiculiu e il calori della vampa di foco, ma l'aciddruzzo ristò tali e quali, anzi no, era addivintato ancora cchiù grosso e cchiù duru, la testa faciva forza contro le mutanne, pariva aviri la forza di spaccarle e di nesciri fora. Marietta era persa darrè un pinsero sò, ogni tanto ridiva e si portava il bicchieri alla vucca.

Michilino capì che non si sarebbe cataminata prima d'aviri finuto la buttiglia di spumanti. Po' finalmenti Marietta si susì traballianno e andò a inserrarsi in bagno. Rimasto sulo, Michilino satò addritta, si sbuttonò, lo tirò fora, raprì il balconi e niscì all'aria fridda della notti spiranno che ammusciava. Nenti. Trasì, chiuì il balconi, s'assittò.

«Rapristi?».

«Sì, fici cangiare l'aria. Tu e 'u papà vi siete fuma-
te una decina di sigaretti».

«Iu una sula minni fumai. Non mi piaci. Chi fai, ti
vieni a corcari?».

«Vegnu subitu».

Nudo, in bagno, lo mise sutta all'acqua frisca. Vuoi
vidiri che l'attisatina gli passava solo doppo che avivano fucilato a Maraventano? Sarebbe stato terribili reggiri fino a passannadumani, già principiava a fargli duluri. Gli venne difficoltoso infilarsi le mutanne. Perdette
ancora tempu nella spiranza che la cuscina, 'ntrunata dallo spumanti, s'addrummisciva. Si stava pulizianno per
la terza volta i denti, che si sentì chiamare.

«Michilino! Che cadisti dintra la tazza?».

«Vegnu».

Lassò passari qualichi minuto e po' s'addecise a nesciri dal bagno, masannò capace che la cuscina si mittiva in suspettu.

S'avvicinò a pedi leggio al cammarino e subito vitti che Marietta aviva astutato la luci per appinnicar-
si. Trasì, si levò le mutanne, s'infilò la cammisa di notti, acchianò supra il lettu e aviva principiato a scaval-
care il corpo della cuscina quanno quella, mezzo ad-
drummisciuta, isò le mano per aiutarlo. Marietta voliva pigliarlo per i scianchi, ma la sò mano dritta sbagliò di mira e andò a posarsi supra l'aciddruzzo tiso.
Ristarono tanticchia accussì, Michilino squasi a cavaddro di lei e lei che tastiava per farsi capace di
quello che stava toccando.

«Fermu accussì» disse Marietta.

Si isò a mezzo, addrumò la luci. Michilino non si cataminò. La cuscina affirrò l'orlo della cammisa di notti, lo sollevò quatelosamente. Quello che vitti le fece sbarracare di maraviglia l'occhi.

«Matre santa!» disse.

Tutti accussì! Tutti la stessa 'mpressioni! Ma che aviva di tantu particolari l'aciddruzzo sò?

«Non mi vuole passare» fece Michilino affruntuso. «Lo misi sutta all'acqua fridda ma non passa».

Marietta continuava a taliare senza rapriri vucca, il sciato le era addivintato grosso. Poi s'addecise, astutò la luci.

«Curcati».

Michilino si curcò, Marietta si votò di scianco, Michilino le si impiccicò alla schina e po', datosi che era oramà cosa stabilita, andò a circari con la mano la minna della cuscina.

«Non ti era mai capitato prima?» spiò Marietta nello scuro.

«Sì».

«E quanno?».

«Quanno sento parlari a Mussolini».

«Daveru? Ma stasira Mussolini non parlò».

«No, fu per una cosa che disse 'u papà».

«Certu, Michilì, che sei fatto strammo. Chista cosa capita all'omo quanno sta con una fìmmina, come stiamo ora noi dù. Ma a tia, quanno m'abbrazzi, non ti capita».

«Allo zito tò ci capitava?».

«Sempri quanno stava con mia».

216

«E come gli passava?».

«Glielo facivo passari io».

«E comu?».

«Non te lo pozzo diri ora. Basta parlari, circamo di dormiri».

Una parola, dormiri! A Marietta non ci potiva sonno pirchì le pariva che la testa dello stigliolo di Michilino, appuiata proprio nel funno della schina (mentri il resto sinni stava biatamenti assistimato nel nido formato dall'incavo tra le due felle), quella testa ogni tanto aviva una specie di soprassavuto e pariva che tuppiava, pariva che diceva raprimi raprimi pi carità raprimi e ogni tuppiata rintronava dintra a tutto il sò corpo come dintra una casa vacante. A Michilino ora l'aciddruzzo faciva mali, ogni tanto se lo pigliava con una mano e circava di metterlo meglio pirchì aviva caputo che gli faciva menu duluri se pusava sulla parte cchiù morbita della cuscina. La quali, ogni tanto, circava d'allontanari lo stigliolo con una culata, ma alla fine si veniva a truvari peggio di prima. Doppo una mezzorata di malostare di tutti e dù, Michilino principiò a lastimiari:

«Mi fa mali! Maria, chi mali chi mi fa!».

Intanto Marietta era arrivata allo stremo, non arriniscìva a livarisi dalla menti la scena dintra al pagliaro di quanno Balduzzo le aviva addimannato di mettersi alla picorina. Tenendola abbrazzata, a Michilino pariva di stari abbrazzando un ligno di forno che svampava sempre di più, tanto era il calori che il corpo della cuscina faciva.

«Fammillo passari, Mariè! Mariè, pi carità, fammillo passari!».

«Vattillo a mettiri sutta all'acqua frisca».

«Nenti mi fa».

«Tu riprova e stacci tanticchia».

Michilino bidì. Stetti una dicina di minuti col rubinetto aperto. Si era livato macari la cammisa di notti. L'acqua era tanto fridda che a metterci la mano sutta la mano assintomava. L'aciddruzzo inveci non sulo non assintomava, ma pariva pigliari più forza. Era addivintato culuri viola. Nenti, l'unica era convinciri la cuscina a fare macari a lui quello che faciva a Balduzzo bonarma, caduto nella presa di Macallè. Tornò nel cammarino, ma prima di trasiri sentì che Marietta si lamentiava come la volta passata. Allungò il collo, si sporse a taliare, la cuscina aviva addrumato la luci. Stava nuda supra la cuperta, una mano in mezzo alle gambe, l'altra posata sulle minne.

Aviva l'occhi chiusi, ma non durmiva, si stava grattanno in quel posto che forsi le faceva tanticchia di chiurito. Si fermò quanno lo sentì arrivari.

«Ti passò?».

«No».

Marietta voltò la testa a taliare il cuscino che non si era messo la cammisa di notti e aviva l'aciddruzzo, la panza, le gambe che colavano acqua. Si mise di scianco, sempre talianno il picciliddro. Macari Michilino la taliò e squasi si scantò, l'occhi della picciotta erano addivintati scuri scuri e torvoli, con la vucca faciva una smorfia che pariva una risata, ma non lo era. Isò lenta la mano dritta.

218

«Avvicinati».

Michilino s'avvicinò fino a squasi toccari la sponda del letto. Marietta fici una risata che al picciliddro sonò maligna.

«Nelle tò opiri di misericordia c'è macari quella che dice: minarla agli arrittati?».

«No» disse Michilino. «E po' non capiscio che viene a significari».

Marietta pigliò lo stigliolo nel parmo della mano, la chiuì e principiò a fare scurriri la pelli dell'aciddruzzo supra e sutta, sutta e supra. Proprio uguali 'ntifico al professori Gorgerino quanno facivano le cose spartane!

Talè che cosa curiosa! A un certo momento Marietta, col sciato a mantici, disse:

«Mi si stancò 'u vrazzo. Basta».

Dall'occhi di Michilino principiarono a colari lagrime tanto grosse che parivano ciciri.

«Staiu murennu pi lu duluri, Mariè! Pi carità, dunami adenzia!».

Marietta suspirò a funno.

«'U Signuri m'è testimoniu» fece.

«Di che?».

«Che io 'sta cosa ho circato di non farla».

«Quali cosa?».

«Basta dimande. Veni supra a mia, come l'altra volta».

Michilino acchianò di slancio prima sul letto e po' sul corpo bollenti della cuscina. Marietta allungò la mano, pigliò in putiri lo stigliolo e se l'infilò dintra adascio adascio, facenno: «Ah!... Ah!» a ogni centimetro che le trasiva. Michilino sentì l'aciddruzzo sciddricari dintra a Marietta ch'era tutta vagnata e po' ci parse che il coso, come si chiamava, il pirripipacchio se lo pigliasse per i fatti sò, come una vucca che se l'agliuttiva.

«Matre santa!» fece Marietta a mezza vuci quanno l'aciddruzzo trasì tutto.

E ristò ferma come morta.

«E ora che fazzo?» spiò Michilino.

«Eh?» fece Marietta squasi tornando da un posto luntano indovi l'aviva portata il pinsero. Sorridiva, come una gatta che ha finito di mangiari.

«Ora che fazzo?».

«Stammi a sentiri bono. Ora tu ti tiri narrè, ma abbada a non fari nesciri la testa dell'aciddruzzo, e po' me lo rimetti dintra con tutta la forza che teni. Ripeti chisto avanti e narrè sei o setti voti, sicuro che doppo ti passa».

«Unu».

«Ah!».

«Dù».

«Ah Ah!».

«Tri».

«Ah Ah Ah!».

«Quattru».

«Ah Ah Ah Ah!».

«Cinco».

«Ah Ah Ah Ah Ah!».

«Sei».

«Ah Ah Ah Ah Ah Ah!».

«Setti».

«Aaaaaaaaaaaaaaaaaaahhhhhhhhhhhh!».

Marietta parse nesciri pazza, tirò con tutte e dù le mano i capilli di Michilino, principiò a sbattiri la testa supra il cuscino, a dritta e a manca, il corpo che posava sulamenti sul cozzo e sui carcagni. Po' s'arrilassò.

«Otto» disse Michilino.

«Ah!».

«Novi».

«Ah Ah!».

«Deci».

«Ah Ah Ah!».

«Unnici, dudici, tridici, quattoddici, quinnici, sidici, diciassetti, diciottu, diciannovi, vinti, vintuno, vintiddù, vintitrì, vintiquattru, vinticincu, vintisè, vintisetti…».

«Ah Diu! Ah Diu! Ah Diuuuuuu!».

«Non nominari il nomi di Dio invano».

«Pirchì ti firmasti? Non lo nomino cchiù, pirdono, pirdono, non ti firmari, continua, continua…».

«… vintotto, vintinovi…».

«… e centu».

«Grr… Ash… morta… ancora… ahi, morta!».

«… centuvinti, centuvintunu…».

«Accussì, accussì, accussì…».

«Centusittantadù, centusittantatrì».

«Ah zito mè duci! Ah sangu di lu mè sangu! Ah cori miu! Forza, ancora, ancora, amuri mè…».

221

A un certu momentu s'attrovarono messi di traverso; i capilli di Marietta, la testa narrè fora dal letto, stricavano 'n terra.

A un certo momentu s'attrovarono arriversa, coi pedi verso la tistera e le teste indovi ci stanno i pedi.

A un certo momentu Marietta cadì 'n terra portannosi appresso a Michilino sempri incravicchiato a lei.

A un certo momentu sciddricanno sul pavimento s'attrovarono dintra alla càmmara di mangiari.

A un certo momentu sempri sciddricanno andarono a finiri sutta la tavola che non era stata sconzata e Marietta tirando la tovaglia fici cadiri piatta buttigli bicchiera pusati.

A un certo momentu, dalle parti del corridoio, Marietta non parlò più, faciva una specie di lamentio a vucca chiusa, continuo, come fanno certe volte le palumme.

A un certo momentu la testa di Marietta sbattì contro la porta del bagno e la botta fu come se l'avesse arrisbigliata, finì di lamentiarsi, disse: «Basta. Rutta sugnu».

Non che a Michilino gli fosse passata, sulo che stari dintra a Marietta non ci faciva più tanto mali epperciò, senza tirarlo fora, disse:

«Ci possiamo arriposare una mezzorata stanno accussì?».

Marietta non arrispunnì, durmiva morta di sonno e di stanchizza.

Quanno Marietta l'arrisbigliò, si stava facenno jorno.

«Forza, livamunni da qua, 'u zù Giugiù può tornari da un momento all'altro».

Michilino con soddisfazioni vitti che l'attisata gli era finalimenti passata.

Marietta si susì di in terra faticanno e caminò con le gambe larghe.

«Mi fa mali, sugnu tutta gonfia».

Si corcarono nel letto, sprofonnarono nel sonno. Vennero arrisbigliati da una vociata di 'u papà:

«Ma che capitò stanotti?».

Si susero. 'U papà era nella càmmara di mangiari e taliava tutta quella ruvina 'n terra di piatti, bicchiera, buttigli, pusati.

«Scusami, zù Giugiù» disse Marietta. «Mentri andavo in bagno, mi girò la testa, m'affirrai alla tovaglia e...».

Si firmò pirchì 'u zù Giugiù non finiva di taliarla. Marietta, in cammisa di notti, era proprio cosa da taliari. Vrigugnusa, la picciotta si mise una mano davanti alle minne. 'U papà le fece un surriseddru, lei ricambiò. 'U papà le si avvicinò, le mise una mano sutta il mento, le fece sullivari la testa.

«Ti senti mali?».

Marietta aviva sutta all'occhi dù cerchiuna nìvuri.

«No, è che stanotti non chiusi occhio, forsi pirchì avivo mangiatu e vivuto troppo epperciò…».

«Manco io dormii bono» intervenne Michilino.

Nisciuno gli abbadò, né 'u papà né Marietta.

«Sulo per chisto?» fece 'u papà maliziusu.

Marietta avvampò.

«E pi quali altra ragiuni, secunnu tia?».

«Mah» disse 'u papà sempri maliziusu. «Qualichi pinsero…».

«Di cu?».

«Di qualichi picciotteddro».

«Io non ho picciotteddri» fece dura Marietta.

«Papà, stanotti vincisti o pirdisti?» dimandò Michilino.

«Persi».

«Assà o picca?».

«Assà».

«Oh, mischineddro!» fece Marietta.

Si mosse verso lo zio, gli carizzò la faccia. 'U papà le pigliò la mano e gliela vasò nel parmo. Fu allora, per il movimentu che la cuscina aviva fatto, che Michilino sentì il sciauro. Veniva dal corpo di Marietta, sciauro di sudori, sciauro di cipria, sciauro d'origano e un altro sciauro che non aviva mai sintuto prima. Macari 'u papà l'aviva avvertuto, tant'è veru che sinni stava vicino a Marietta con le nasche larghe e si godeva tutto quel sciauro di fìmmina.

La sira del jorno quattru di jnnaro, 'u papà disse che

l'indomani a matinu presto partiva per Palermo e che tornava il jorno della Befana, verso l'ura di mangiari. Si andarono a corcari presto. Stavano sonando le cinco del matino che Michilino s'arrisbigliò sintendo a Marietta che si stava susenno.

«Indovi vai?».

«Vado a salutari a tò patre che parte, gli priparo un cafè».

E che, ora non si sintiva più una serva? Michilino si riaddrummiscì, cuntentu di questo cangiamento della cuscina.

«M'accompagni a fari la spisa? Devo accattari macari le cose per dumani che è festa» spiò Marietta doppo che ebbe rifatto i letti e puliziato la casa.

Mentri erano nella putìa di don Pasquale Vesuviano, un napolitano che vinniva caci e salami che piacivano assà a 'u papà, la sfortuna volle che trasisse la vidova Sucato, la signora Clementina. Fece un surriseddru a Michilino, gli carizzò la testa. Po', mentri il napolitano era andato nella càmmara di darrè a pigliari la murtatella, ridenno spiò a mezza vuci a Marietta:

«Sei tu, Mariè, che ora raspi le corna a Giugiù Sterlini?».

«Non parlasse accussì davanti al picciliddro!».

«Picciliddro? Michilino? Se sapissitu quello che mi fece una volta sutta la tavola di mangiari!».

«Non è vero! È stata lei che...».

Michilino voliva spiegari, ma Marietta non gliene desi il tempu. Lassò cadiri 'n terra il pacco che tiniva in mano e ammollò un gran cazzuttuni in faccia alla vidova. La quali, pigliata alla sprovista, cadì narrè andando a sbattiri contro una catasta di scatole di conserva di pummadoru, messe una supra all'autra a fari una specie di piramite. Le scatole di conserva volarono da ogni parti, il napolitano niscì dalla càmmara di darrè e per prima cosa s'apprecipitò ad abbassari la saracinesca. Intanto la vidova si era risusuta ed era arrinisciuta ad affirrari a Marietta per i capilli. Marietta fece voci, ma po' le assistimò una pidata nella panza. Michilino era andato ad arripararsi darrè il bancuni e ogni tanto isava la testa e taliava. La sciarriatina tra le dù fìmmine finì pirchì il napolitano, che era un omo granni e grosso, affirrò la vidova, la trascinò verso la porta, isò tanticchia la saracinesca e la catafuttì fora.

«Vinni iti con li vostri pedi?» spiò il napolitano a Marietta e a Michilino. «O vi jettu fora iu?».

Se ne andarono con i loro pedi. A un certo momentu, al mircato, a Marietta ci pigliò a ridiri.

«Pirchì ridi?».

«Nenti, è una cosa nirbùsa».

Macari 'a mamà, una volta che stava andando con lui a trovari a patre Burruano si era messa a ridiri accussì. Pirchì i fìmmini quanno erano nirbùse ridivano? Macari la vidova aviva riduto un momentu prima d'attaccari turilla.

«Mariè, quanno torniamo alla casa, arricordami che ti devo spiare una cosa, non te lo scordare».

A mezzojorno, Marietta si vippi quattru o cinco bicchieri di vino. Era una cosa che aviva pigliato a fari da qualichi tempu, le piaciva susirisi da tavola una poco alligrotta. Michilino s'arricordava che voliva spiare una cosa alla cuscina, ma non ce la faciva a farsi tornari a mente quello che le voliva spiare. Tutto 'nzemmula Marietta, arrussicando tanticchia, fece:

«L'altra notti, quanno ti capitò quella facenna all'acidddruzzo, mi dicisti che era per una cosa che 'u zù Giugiù ti aviva ditto».

«Sì».

«Te l'arricordi quali?».

«Sì. Che avrebbero fucilato a Maraventano, 'u sarto che ammazzò il figliu».

«Per chisto?» fece Marietta ammaravigliata.

«Per chisto».

«Veni a diri che quanno senti che uno deve muriri, a tia ti...».

«No, sulo con Maraventano».

«Pirchì?».

«Pirchì è... era un comunista».

Marietta si mise a ridiri.

«Perciò, per fartelo tornari come all'altra notti, abbisogna che ammazzo a un comunista?».

«No, abbasta ca metti un disco che parla Mussolini».

«Ah, già, vero è, me l'avevi ditto. Non ci cridu».

«E tu prova».

Marietta si susì facenno la solita risateddra che i fìmmini fanno quanno sono nirbùse, raprì la radio, isò il coperchio, mise supra il piatto uno dei tri dischi sani dei discursa di Mussolini. Appena si sentì la vuci, Michilino disse:

«Isala tanticchia».

«Ma è già forti!».

«Mi serve più àvuta. Non ti scantari, nisciuno ci senti».

Mentri la vuci di Mussolini rimbombava nella càmmara, Michilino si susì addritta. E Marietta vitti prima un bozzo formarsi nel davanti del picciliddro, po' il bozzo srotolarsi e addivintari una specie di sirpente che faciva forza contro la stoffa e amminazzava di fari satari i buttuna dei cazùna. Come affatata, Marietta s'avvicinò a Michilino, s'acculò davanti a lui, principiò a sbuttunarlo quatelosa.

«... le forze demoplutogiudaiche che vorrebbero impedire al nostro popolo di conquistare quel posto che...» diceva Mussolini.

Manco aviva sbuttunato l'ultimo bottuni, che il sirpente scattò dalla sò tana minacciusu e Marietta dovette scansarsi per non essiri pigliata 'n faccia.

La parlata di Mussolini fici effetto, chisto è certu, ma non quanto la notizia della fucilazioni di Maraventano. E doppo avirlo fatto nella solita posizioni, Marietta addumannò a Michilino di mettersi a panza all'aria e lei acchianò a cavaddro. Doppo ancora volle farlo come l'ultima volta con Balduzzo e si mise, come si diciva, alla picorella, no, alla picorina, ma per quanto pruvasse e ripruvasse sul lettu la cosa non arrinisciva, c'era troppa differenzia d'altizza tra lei e Michilino. Allura scinnì e s'appicurunò 'n terra. Stavolta, prova chi ti riprova, arriniscirono ad accroccarsi. Marietta faciva vuci come se la stavano scannanno, a un certo punto accomenzò a sbattiri la frunti 'n terra e ogni tanto a dari una liccata al pavimentu. In chista posizioni, le natichi le si isarono ancora di più e Michilino, per continuari, dovette mettersi sulla punta dei pedi mantenendosi con le mano ai scianchi della picciotta. Fu allura che Michilino principiò a sentiri una specie di chiurito all'aciddruzzo mentri andava e viniva, chiurito che aumentava sempri di più e sempri di più pirciò addivintava nicissario grattarselo dintra a Marietta. Il disco era finuto da un pezzo, quanno Marietta disse, con voci da dispirata:

«Muzzicami, Michilì, muzzicami! Pi carità, muzzicami!».

«Unni?».

«Unni ti veni veni».

Michilino, che stava addritta, si stinnicchiò tutto sul corpo della cuscina per non nesciri fora. La vucca ci arrivò tanticchia supra un scianco, propio indovi ci stava un rotolo di carni. Raprì la vucca e detti un muzziconi.

«Ahhhhhhhhh! Cchiù forti!»» fece Marietta. «Muzzicami cchiù forti!».

Michilino ci appizzò i denti come un affamato e po' stava per raprire la vucca e lassare la carni che Marietta si mise a diri:

«Muzzicami ancora, ancora, ancora!».

Michilino s'attrovò nella vucca il sapori del sangue della cuscina. E allura incaniò, tenendo la carni tra i denti come un cani arraggiato e propio come un cani arraggiato smovendo la testa a dritta e a mancina, principiò a dari colpi a Marietta accussì putenti che lui stisso s'ammaravigliò d'esserne capace. Dintra a Marietta c'era vagnato, tanto vagnato che le colava nelle gambe. Michilino accomenzò a spirari che quel vagnato fosse sangue, come l'altra volta, e il pinsero gli fece aumentari la forza dei colpi. E tutto 'nzemmula, mentri Marietta senza più voci faciva grrrgrrgrr con la gola che pariva facisse i gargarismi, Michilino sentì una gran vampata di foco partire dall'aciddruzzo, acchianargli nella panza, nel pettu, nella testa, dintra il ciriveddro e po' calare di darrè, seguenno la spina dorsali, fino ai talluna. Stavolta fu a lui che venne di gridari forti. Ristò tanticchia immobili e po' si sfilò. Marietta cadì 'n terra a panza sutta, pariva morta. L'aciddruzzo aviva finutu d'essiri duru. Andò in cucina, aviva bisogno di un bicchieri d'acqua. Mise il bicchieri sutta il rubinetto che aviva rapruto, il bicchieri si inchì, ma Michilino non l'arritirò, ristò col vrazzo tiso, l'acqua trasiva, traboccava, ritrasiva, ritraboccava. Michilino era addivintato una statua.

Non era la lotta.

Quello che la notti facivano 'u papà e a' mamà, una volta 'u papà supra 'a mamà, un'altra volta 'a mamà supra 'u papà, e ancora 'a mamà a quattru pedi e 'u papà darrè, non era una lotta, non era una lotta che chi era più forti mittiva sutta a chi era più deboli, no, era l'istissa pricisa 'ntifica cosa che lui e Marietta avivano appena appena fatto. E chista cosa che era? Come si chiamava? Finalmenti si scosse, si vippi l'acqua, s'assittò supra una seggia. Voliva pinsari a come stavano le cose però in quel momento trasì Marietta che si era messa la fodetta.

«Michilì, sei tuttu sudatu! Accussì t'arrifriddi! E iu non vogliu che lo zito mè cadi malatu. Vatti a lavari e po' vestiti».

Si avvicinò, gli passò una mano sui capilli, con la stissa mano desi una carizza di passaggiu all'aciddruzzo tornato normali. Matre santa, quanto sciaurava di fìmmina, Marietta! Sciaurava tanto che Michilino sentì uno strizzoni di vommito acchianargli dalla panza fino alla gola. Megliu nesciri dalla cucina.

«Sì, vado a lavarmi».

«Spicciati, che doppo ci vado iu».

Quanno macari Marietta si fu lavata e vistuta, Michilino le addimannò di andari con lui in càmmara di mangiari pirchì le voliva parlari. Si assittarono, Michilino però non sapiva da indovi accomenzare.

«Allura?» fece Marietta. «Arricordati che dobbiamo nesciri e andare ad appizzare le quasette a la mè casa e in quella di tò nonno Filippo».

«Mariè, con mia ti prego di parlari chiaru. Mi lo prumetti?».

«Ti lo prumettu».

«Mariè, a mia certe volti di notti mi capitò d'arrisbigliarimi e di vidiri 'u papà e 'a mamà che facivano l'istisse 'ntifiche cose che abbiamo fatto nuautri dù l'altra volta e oggi doppopranzo».

Marietta ridì leggermenti e arrussicò.

«E di che t'ammaravigli?».

«Io pinsavo che facissiro la lotta».

Stavolta Marietta si mise a ridiri di cori.

«E pirchì dovivano fari la lotta?».

«Pirchì ognuno faciva scuttari accussì all'altro i piccati che aviva fatto nella jornata».

«No, Michilì, i piccati non si scuttano accussì. E tu, che sei picciliddro di chiesa, dovresti sapirlo. Quello che tò patre e tò matre facivano, la chiesa voli che sia fatto, è in chisto modo che nascino i picciliddri. Non lo sapevi?».

«No».

«Però per fari chiste cosi abbisogna essiri maritati. Allura non è piccato».

«E come si chiama sta cosa?».

«A secunno».

«A secunno di che?».

«Se si è maritati, allura si chiama fari all'amuri».

«E se non si è maritati?».

Marietta ebbe tanticchia di esitazioni.

«Beh, allura si chiama futtiri o ficcari».

«Quindi nuautri dù avemu o futtuto o ficcato».

«Che c'entra!» scattò Marietta. «Noi dù non abbiamo né ficcato né futtuto né fatto cose vastase».

«Ferma qua!» squasi gridò Michilino.

«Che dissi?» spiò imparpagliata Marietta.

«Spiegami giusto che cosa sono le cose vastase».

«O matre santa! Le cose vastase sono macari quelle che abbiamo fatto noi o tò patre con tò matre quanno si fanno con uno o con una che non è marito o mogliere».

«Pirchì dicisti macari?».

«Pirchì le cose vastase si possono fari omo con omo, si possono fari da suli tuccannosi, si possono fari con le vestie, si posso fari...».

«Aspetta» disse Michilino.

E si mise a pinsari. Lui e Gorgerino non avivano fatto cose vastase, macari se lo parevano, pirchì invece avivano fatto cose spartane, che era tutto un altru discursu e che pirciò non era piccato. Rassicurato su questo puntu, ripigliò a fari dumanni.

«Dimmi allura pirchì secunno a tia noi dù non abbiamo fatto cose vastase».

«Te l'ho già detto l'altra volta e te l'arripeto. Quanno dù si sono fatti ziti come io con tia o si vogliunu veramenti beni, se lo fanno, fanno all'amuri come se fossero maritati e basta».

«Sì, ma siccome non sono ancora maritati, è piccato».

«Ma è liggero, viniali!».

«Però sarebbe sempri megliu non fari piccato, manco viniali».

Marietta non seppi che arrispunniri.

«E quindi» continuò Michilino «è megliu se non facciamo più quello che avemu fatto oggi e lo ripigliamo a fari quanno nni saremu maritati. Opuro ne parlo con patre Jacolino e mi fazzo dari il primisso».

«Patre Jacolino 'sto primisso nun ti lo dà».

«Vieni a diri che nuautri dù non facciamo più nenti».

«Comu addesideri tu».

Marietta fici la faccia dura.

«Avemu finutu? Possiamo nesciri?».

E finalmenti a Michilino tornò in testa la dumanna che voliva fari a Marietta dalla matinata.

«Te l'arricordi quello che la vidova Sucato ti disse nel nigozio del napolitano?».

«Non me l'arricordo quello che mi disse 'sta gran troja».

«Ti addumannò se eri tu ora a raspari le corna a mè patre».

«Sì, accomenzò accussì».

«Mariè, che viene a diri che mè patre ha le corna? Veni a diri che mè patre è curnutu?».

«Sì».

«Che significa che un omo è curnutu?».

«Significa che sò mogliere ci mise le corna andando con un altro omo».

«Perciò, secunno la vidova, mè matre mitteva le corna a mè patre andando con un altro omo?».

«Sì».

«E quest'omo era patre Burruano?».

«Sì» ripitì Marietta decisa, taliandolo in faccia.

Aviva addeciso che la meglio era di contare tutta la passata a Michilino, macari a costo di farla finiri a schifio. Michilino inveci era calmo e sicuro, voliva sapiri tutto di quella facenna e po' farsene priciso concetto.

«Dimmi che capitò».

«Tò patre arricevetti una littra nonima».

«Che significa?».

«Significa che non c'era la firma di chi l'aviva scritta. Diciva che tò matre arriciviva in casa a patre Bur-

234

ruano. 'U zù Giugiù allura priparò un trainello, disse che doviva partiri per Palermo e inveci ristò qua. A una certa ura, mentri tu eri a lezioni e doppo al ginematò, s'appresentò qua e trovò a quello che trovò».

«Dillo».

«E io te lo dico. Attrovò a tò matre nuda supra il divano del salotto che faciva cose vastase col parrino. Allura arraggiò e lo pigliò a lignati mannandolo allo spitali».

«Macari alla mamà desi lignati?».

«A tò matre no. Tò matre cercò di curriri in càmmara di letto ma cadì e si fici mali. Si vistì e scappò, mentri tò patre continuava a dari pugna e càvuci al parrino. Per la raggia, mezza casa scassò».

Michilino ci pinsò supra a quello che Marietta gli aviva appena contato.

«Allura, putemu nesciri, ora che sai tutto quello che c'era da sapiri?».

«No. Tu dicisti che 'u papà attrovò 'a mamà che faciva cose vastase col parrino. È giustu?».

«Sì».

«Ma se 'a mamà era innamorata del parrino, non faciva cose vastase, ma faciva all'amuri. E iu, ora che ci pensu, accapiscio che era innamorata di patre Burruano».

«E a tò patre indovi lo metti? Tò matre era maritata a tò patre, e a lui doviva ristari fidele, non farsi futtiri dal parrino!».

«Non diri futtiri. Capaci che era innamorata do papà e do parrino, povira mischina!».

235

«Mischina?! Una buttana era!».

Michilino la taliò friddo. Marietta si era accalurata e feteva, feteva di fìmmina troja.

«Tu» disse Michilino «con mia non ci parli cchiù. E manco ci pratichi cchiù. Pirchì tu sei una picciotta fitusa e tinta, hai l'arma nìvura come il nìvuro della siccia».

Giarna, rigida, Marietta si susì, s'avvicinò e gli dette una gran timpulata in piena faccia.

Otto

Quanno niscirono, Marietta disse che andava avanti e che l'aspittava nella sò casa. Michilino andò da sulo da nonno Filippo e nonna Agatina per mettere in cucina la quasetta che l'indomani matino avrebbe arritrovata china di cose duci, sordi di cioccolatu, viscotti regina, taralli e qualichi pizziceddro di carboni per scuttare le volte che non era stato bidienti. Poi si partì per la casa di 'u zù Stefano e da zà Ciccina. Marietta non si vidiva, forsi era nella sò càmmara. Mise la secunna quasetta nella cucina e po' disse che dovivano tornari a la casa.

«Ma quanno mai!» fece 'u zù Stefano. «Tu e mè figlia mangiate e durmite qua, tanto Giugiù torna domani, me lo disse Marietta. Dumani a matina vidi che cosa ti portò la bifana, po' passi da nonno Filippo e quindi te ne torni a la casa tò indovi certamenti troverai a Giugiù».

All'ura di mettersi a tavola s'appresentò Marietta, musuta e mutanghera. Non disse nenti a Michilino il quali non disse nenti a lei. 'U zù Stefano la cosa la notò.

«Siete sciarriati?» spiò surridennu.

Non ebbe risposta.

«Via, via, fati la paci» insistì.

«La paci la faremu a tempu debitu» disse Marietta trùbola.

«E quann'è chisto tempu debitu?» spiò Michilino a sfida.

«Quanno verrà, lo capirai».

«E si non lo capiscio?».

«Ti lo farò capiri iu».

«Allura la cosa è seria!» sclamò 'u zù Stefano facenno finta di essiri scantato assà.

Ma non tornò sull'argomento.

Al momentu di andari a corcarsi, si spogliarono in silenziu e senza taliarsi.

Michilino acchianò per primo supra il letto, s'impiccicò con la faccia al muro. Non si desiro manco la bonanotti. Non passò una bona nuttata, Michilino, costretto a starsene rigito come un baccalà per evitari di toccari in qualisisiasi modo il corpo della cuscina. E non fu sulamenti per chisto, ma macari pirchì la pelli di Marietta, nel calori del letto, principiò a mandari odori di fìmmina. E quell'odori, a Michilino, oramà ci faciva viniri gana di vumitari. Doviva assolutamenti accomenzare a trovari il coraggio di dormiri da sulo.

Nella quasetta do zù Stefano attrovò macari dù moneti di venti cintesimi l'una, in quella di nonno Filippo ne attrovò una sula, ma era una mezzalira. Doppo, sempri senza parlarisi, Marietta e Michilino sinni tornarono a la casa. Appena raprùta la porta, il picciliddro vitti appinnuti il cappotto e il cappeddro do papà.

E difatti il papà, che li aveva sintito trasire, lo chiamò dalla càmmara di letto. Stava vistuto supra la coperta.

«Mi stinnivu tanticchia pirchì mi stancai. Levati i scarpi e acchiana».

Quanno si fu stinnuto macari lui, 'u papà l'abbrazzò stritto e lo vasò.

«Unn'è Marietta?».

«Sarà nella càmmara sò».

«Marietta!» chiamò 'u papà.

«Vegnu, vegnu, mi sto cangianno!».

S'appresentò con una cammisetta aperta a mezzo che le si vidiva il reggipetto.

«Pirchì sei corcato, zù Giugiù? Ti ficiro stancari?».

«Sì».

E mentri Marietta si calava per vasarlo, 'u papà l'affirrò per un vrazzo e la tirò sino a quanno la picciotta si attrovò assittata allato a lui, propio in pizzo al lettu. 'U papà le posò una mano sulla coscia.

«Tinni fici pigliari colari Michilino?».

«No» disse Marietta «siamo andati d'amuri e d'accordo. Nun è la virità, Michilì?».

No, non potiva diri una farfantaria, la meglio era cangiari discorso.

«Lo sai, papà, che cosa attrovai nelle quasette di…».

'U papà si desi una gran manata sulla fronti.

«Me l'ero scordato!».

Scinnì dal lettu, andò indovi c'era la baligia ancora chiusa, la raprì, circò tanticchia, tirò fora una sò quasetta, la fece vidiri a Michilino. Pareva vacanti. L'appallottolò, la tirò al figlio che la affirrò a volo. Michilino la pigliò per una punta, la fece pinnuliare scuotendola. Non era vacanti, niscì una monita che rotoliò sul letto e cadì 'n terra. Michilino l'arriconobbe dal sono argentino.

«Cinco lire!» disse satando dal lettu e calandosi a pigliarla.

Ora era riccu, era in posessu di deci liri e novanta cintesimi! 'U papà aviva ripigliato a circari nella valigia. Ne tirò fora un'altra quasetta che macari questa pariva vacanti. L'ammostrò a Marietta.

«Pi mia?!».

«Sì, Mariè, pi tia. La bifana ti voli arringraziari per tutto quello che stai facenno per Michilino e per mia».

E le tirò la quasetta. Marietta, che si era susuta per pigliarla, si fece cadiri nella mano mancina quello che ci stava dintra. Dintra ci stava una scatuluzza nìvura. Marietta ittò 'n terra la quasetta e la raprì. C'erano dù oricchini nichi, in mezzo a ognuno una petra sparluccicante.

«Sunnu d'oro» fece 'u papà. «Stacci accura».

Marietta parse 'ngiarmata. Po' ittò la scatuluzza nel lettu a comu veni veni e con un grido di filicità balzò supra 'u papà tinennosi appinnuta a lui con le dù vrazza torno torno al collo. 'U papà era àvuto e, per aiutarla a reggersi, l'affirrò abbrazzandola e tinendola stritta pi darrè, verso la parte bassa della schina. Marietta principiò un vasa vasa sulla faccia, sulla vucca, sul collo che ammatula 'u papà circò in prima di scansari e doppo, visto ch'era nùtili, s'arrinnì lassanno campu libiro alla nipoti che ne apprufittò. A quella sce-

240

na, Michilino si sentì arraggiare. 'U papà non potiva manco immaginari come quella aviva sparlato della mamà! E a tradimentu, come la lama di un cuteddru, gli tornarono a menti le paroli della vidova Sucato:

«Sei tu, Mariè, che ora raspi le corna a Giugiù Sterlini?».

Sì, era Marietta che ora gli raspava le corna, la vidova ci aviva inzertato. E il curnutu se li lassava raspari felici e cuntentu.

A tavola non raprì vucca, ma 'u papà parse non addunarisinni tutto pigliato com'era a sgherzare e a ridiri con Marietta alla quale era passato il sivo, la mutangheria e il mussu. Alla fine della mangiata, si mise gli orecchini.

«Come mi stanno?» spiò a 'u papà.

«Una miraviglia!» disse 'u papà.

La taliò a longo. Po' isò una mano e le carizzò la faccia.

«Che beddra nipoti che ho!».

Voliva assolutamenti essiri sicuro di quello che stava accomenzando a pinsari. Nel doppopranzo 'u papà se ne niscì per il circolo e Marietta disse che si andava a corcari tanticchia pirchì le era vinuto sonno. Michilino arrispunnì che macari lui nisciva a fari quattru passi.

«Vattinni indovi ti pari, a mia nun minni importa nenti» fu la risposta della cuscina.

La chiesa era diserta, non c'erano manco le solite vicchiareddre. In sagristia, supra una seggia, ci stava patre Jacolino che durmiva runfulianno. Non aviva nisciuna 'ntinzioni d'arrisbigliarlo e dirgli che si voliva confessari pirchì accussì il parrino l'avrebbe arraccanosciuto. Era meglio aspittari. Stava assittato in funno per controllari chi trasiva. E infatti, doppo una mezzorata, trasì una vicchiareddra che si taliò torno torno e, non videnno a nisciuno, spiò a Michilino.

«Patre Jacolino cunfessa?».

«Non lo saccio. Comunqui, patre Jacolino è in sagristia».

Doppo tanticchia, niscero dalla sagristia il parrino e la vicchiareddra. Il parrino andò nel confessionale, la vicchiareddra s'agginocchiò. Quanno, finita la confessioni, si susì, Michilino fu lesto a pigliari il sò posto.

«Mi voglio confissari».

«E cunfissati, chi te l'impidisci?» fece patre Jacolino di umore malo, la vicchiareddra di certo l'aviva arrisbigliato mentri se la godiva dormenno.

«Ti la facisti la cruci?».

«Me la feci».

«Che piccati hai fatto?».

«Prima ci vogliu spiare una cosa».

«Doppo. Intantu confessati».

«Se vossia non mi duna una risposta, iu non saccio se quello che ho fatto è piccato o no».

«Figlio mè, dubbii accussì non sinni possono aviri. I cumannamenti deci sono, non si sgarra. Qual è il comannamentu che ti duna pinsero?».

«Non commettere atti impuri».

«Ahi, quello è un cumannamentu che duna pinseri a tutti. Avanti, fammi chista dumanna».

«Quanno un omo e una fìmmina sono maritati e fanno quelle cose commettono piccato?».

«Ma quanno mai! Nel matrimonio non sulamenti è consentito, ma è un obbligu! Tant'è veru che si dice: assolvere il doviri coniugali. E una fìmmina maritata devi farlo quanno il maritu lo vuole, non può diri di no».

«E se chista fìmmina maritata s'innamura di un omo diverso dal marito, e fa con lui il doviri coniugali, che è piccato? E se è piccato, che piccato è?».

«Ma tu come ragiuni? Che stai impapocchianno? Se una fìmmina maritata va con un omo, che sia schetto o macari lui maritato non importa, non assolve con lui il doviri coniugali, ma commette adulterio! Che è piccato mortali! Mortalissimo! Chista fìmmina se ne va dritta dritta allo 'nfernu con tutte le scarpi! Ma tu, pi caso, nico come mi pari d'accapire dalla tò vuci, sei andato con una fìmmina maritata?».

«Nonsi».

«E menu mali!».

«Ci posso fari un'autra dumanna?».

«L'urtima. E po' ti confessi».

«Se un picciotto e una picciotta sono ziti, possono fari all'amuru?».

«Che viene a diri che fanno all'amuri?».

«Che fanno l'istisse cose dei maritati».

«Nossignore, non li devono fari fino a quanno non sono maritati».

«E se li fanno l'istisso?».

«Non fanno all'amuri, fanno cose vastase. E commettono piccato».

«Viniali?».

«Viniali? Perdiri la purezza è piccato viniali? Mortalissimo è! Avanti, cunfessati, basta addumannare. Allura? Allura? Parli sì o no?».

Non avendo nisciuna risposta, patre Jacolino sporgì la testa dal confessionili. La chiesa gli parse diserta. Allora si susì e se ne tornò nella sagristia, spirando di farisi un quartu d'ura di sonnu.

Acculato darrè una colonna, Michilino chiangiva dispirato. Era stato 'ngannatu! Marietta gli aviva contato farfantarie per convincerlo a fari cose vastase con lei e lui ci aviva criduto e le aviva fatte. Gli aviva fatto perdiri la purezza, la roccia, come aviva ditto il viscovo Vaccaluzzo. E ora era un gran piccatore. Come 'a mamà. Pirchì macari se la mamà era 'nnamurata di patre Burruano, non doviva fari cose vastase con lui. Doviva assolutamenti farsi pirdonari da Gesuzzo. Assolutamenti. E doviva fari in modo che Gesuzzo pirdonasse macari alla mamà. Ma più pinsava al problema e più si faciva pirsuaso che mai e po' mai Gesuzzo avrebbe potuto salvari a dù pirsune 'nzemmula, a dù grossi piccatori in una botta sola. Massimo massimo, avrebbe potuto farcela con uno sulamenti. Si addunò che stava trimanno, che gli stava acchianando qualichi linea di frevi. Si mise le mano nelle sacchette del cappotto per quadiarsele e in quella di dritta la mano toccò il friddo del metallo del timpirino. Allura gli spuntò di colpo la soluzioni del problema. Era facili facili. Si susì, niscì da darrè la colonna, taliò. La chiesa era ancora vacanti. S'agginocchiò davanti al Crucifisso e recitò l'atto di dolori. Ci parse di averlo recitato malamenti, con scarsa convinzioni. L'arripeté, pisanno ogni parola. Stavolta gli era vinuto meglio, ma ancora non era come voliva.

«Mio Dio, mi pento e mi dolgo…».

Ecco, chisto era il modo giusto. Lo disse tri voti di seguito e ogni vota la fevri gli acchianava. Doppo si susì e andò fino alla porta di trasuta della chiesa. Si voltò verso l'artaro del Crucifisso, si stinnicchiò panza 'n terra, le mano stise avanti alla testa, tirò fora la lingua e accomenzò a liccari il pavimento, avanzando a forza di vrazza e tinenno sempri la lingua a strascinuni. Ogni tantu la lingua si siccava e lui la rimetteva dintra la vucca per vagnarla di sputazza e potiri continuari. Finalimenti arrivò all'inginocchiatoio davanti al Crucifisso. Si sbuttonò il cappotto e la giacchetta, pigliò il timpirino, lo raprì, lo impugnò bene con la dritta.

«Gesuzzo, ti offru la mè vita in cangio della vita eterna della mamà. Se non puoi sarbarci a tutti e dù 'nzemmula, sarba a iddra sula».

E s'infilò il timpirino nel cori. In quell'attimo Gesuzzo lo taliò, gli sorrise e tornò a taliare il cielu. Michilino, contrariamenti a quello che aviva immaginato, non sentì duluri, sangue gliene curriva picca. Forsi sarebbe morto tra qualichi minuto. Arriniscì a livarsi il timpirino dalla carni e di subito il sangue schizzò fora allordandogli la cammisa, la giacchetta, il cappotto. Si susì per nesciri dalla chiesa, ma a ogni passo pirdiva forza. Appena fora del portoni, a mano manca, c'era un pirtuso con la grata che raccogliva l'acqua piovana. Ci ittò dintra il timpirino. Tanto, da mortu, non gli sarebbe sirvuto. Fece ancora quattro passi e po' cadì affacciabbocconi. Tentò di risusirisi, arriniscì a mettersi supra un ginocchio, ma tutto gli firriò torno torno. Cadì nuovamenti e stavolta dintra a uno scuro profunno.

Lo scuru ogni tantu si rapriva. La prima volta s'arritrovò assittato supra un trono d'oro con dù angili allatu, uno che sonava il violino e l'altro il friscaletto. Il trono galliggiava in mezzu a un mari di nuvoli e da chiste nuvoli spuntò 'a mamà che curriva verso di lui.

Era pallita, malo vistuta, coi capilli supra le spalli. Appena arrivò all'altizza del trono, 'a mamà s'agginocchiò e disse:

«Santu! Santu! Santu, figliu mè ca mi salvasti dal foco eternu a prezzu di la vita tò! Salva sono, figliu mè santu!».

E chiangiva, filici e dispirata a un tempu.

La secunna vota che lo scuru si raprì, s'attrovò al campo sportivo del paìsi. Ancora c'era il fortino costruito per la presa di Macallè. Supra le pidane ci stava Benito Mussolini, priciso 'ntifico come al Giornali Luce, le mano sui scianchi, che aviva allato da una parte 'u papà e dall'altra il centurioni comannante Scarpin.

«Balilla moschettiere scelto Sterlini Michelino!» chiamava Mussolini.

E lui acchianava supra le pidane con l'aciddruzzo attisato, ma non gliene importava, anzi la genti battiva le mano. Era in divisa e aviva il moschetto. E Mussolini si calava verso di lui e gli appuntava una midaglia supra il pettu.

La terza volta lui s'attrovò nuovamenti caduto 'n terra davanti alla chiesa. Dalla firuta del cori ci nisciva sangu. E apparse Gesuzzo, fece un gesto. E a quel gesto la terra, le case, i fanali si misero di traverso in modo che lui si venisse a trovari squasi addritta. Gesuzzo volò supra di lui, lo taliò surridennu:

«Tu, mio giniroso soldato! Tu, valuroso combattenti del mio esercito infinito! Tu col tuo gesto non solamenti salvasti 'a mamà, ma salvasti macari a tia medesimo! Ego te absolvo, Michilino!».

Doppo non ci fu più scuru fitto, ma una specie di chiarori che si faciva sempre più luminoso. Raprì l'occhi.

Allato a lui, supra una seggia, c'era 'u papà:

«Michilino!».

«Sì, papà».

E 'u papà si mise a chiangiri con la testa appuiata contro la sponda del letto dello spitali indovi ci stava corcato, da jorni e jorni, il figliu moribunno che non rapriva l'occhi e non arrisponneva a nisciuno.

«Signuri vi ringraziu! Signuri vi ringraziu!» diciva in mezzo alle lagrimi.

Il terzo jorno che aviva ripigliatu canoscenza, 'u papà tardò tanticchia.

Michilino al posto sò vitti compariri a nonno Aitano e a nonna Maddalena che manco arriniscivano a parlari per la commozioni.

«E 'a mamà non veni a trovarmi?» fu la prima dumanna di Michilino.

«A Ernestina non avemu ditto nenti di quello che ti capitò» disse nonno Aitano.

«Ci siamo scantati che la notizia potiva farle aviri una ricaduta ora che accomenza ad arripigliarsi» spiegò nonna Maddalena. «Ma appena sta megliu glielo diciamo».

«Vedrai che un jorno o l'autro torna» disse consulatorio nonno Aitano.

«Prima deve fari la paci con papà» fece Michilino.

I nonni strammarono, si taliarono, taliarono a Michilino, tornarono a taliarsi.

«E tu come lo sai che si sono sciarriati?» spiò 'u nonno.

Non ci fu risposta pirchì proprio allura trasì 'u papà e tutti cangiarono discorso. 'U papà s'abbrazzò e si vasò coi soceri, ma non spiò nenti della salute di sò mogliere. Al momentu che sinni stavano andando, 'u papà disse a nonno Aitano:

«Ancora non ho trovato il carburanti che vuoi, però sono sicuro che me lo procurerò presto».

Passò ancora una simanata prima che Michilino potesse nesciri dallo spitali. Per commodità, 'u papà addecise che avrebbe dormito lui nel cammarino, lassando il lettu granni al figliu e a Marietta che accussì potiva dargli adenzia macari la notti. Quando Michilino guariva, le cose tornavano come a prima. Lo vennero a trovari gli zii, i cuscini, i parenti stritti, i parenti larghi e gli amici di 'u papà, dei nonni Aitano e Filippo, degli zii, dei cuscini, dei parenti stritti e dei parenti larghi. Inzumma, scasò mezzo paìsi. Marietta, che allo spitali non era mai iuta a trovarlo, faciva da patrona di casa.

«Te l'arricordi come capitò la cosa?» spiò un jorno 'u papà.

Il medicu, quella matina, fatta la visita, stabilì che ancora il picciliddro non potiva susirisi dal lettu e pi cunfortu 'u papà aviva voluto dargli lui da mangiari al posto di Marietta. Michilino certo che la cosa se l'arricordava benissimo. Ma se diciva di no, commetteva piccato pirchì era una farfantaria, se diciva di sì doviva diri, e spiegari, pirchì aviva tentato d'ammazzarsi. Fece un gesto con la mano dritta che viniva a significari nenti e tutto.

«Te l'arricordi che chiuviva forti?» insistì 'u papà.

Chiuviva? Chiuviva forti? Questo proprio non gli tornava a menti per quanto si sforzasse. Doviva aviri accomenzato a chioviri mentri s'attrovava in chiesa.

«No».

«Il signor Palminteri, quello che ha il negozio proprio davanti alla chiesa, vitti tutto e me l'arriferì».

«Ah, sì? E che ti arriferì, il signor Palminteri?».

«Ti vitti nesciri normali dalla chiesa e ti vitti avvicinari alla grada della fogna che ci ittasti una cosa dintra, po' ti girasti e qua sei sciddricato sul vagnato e sei caduto 'n terra. Doppo hai circato di susiriti, ma sei ricaduto. Allura il signor Palminteri è nisciuto dal negozio sutta il dilluvio e ha visto che ti eri firuto».

«Con che cosa?».

«Mi disse che proprio allato a tia c'era un pezzo di

tavola con un chiodo che sporgiva. Tu sei caduto su quel chiodo. Purtroppo avevi il cappotto sbuttunato, ma-sannò ti facevi meno mali. Il chiodo spirtusò la cammisa, la maglietta e ti trasì in petto».

«E come mai non mi restò infilato dintra?».

«Si vede che il pezzo di tavola è caduto quanno hai tentato di susiriti. Quanno il signor Palminteri me lo contò, mi venne un moto. Pinsai che quel chiodo potiva essiri arruggiuto».

«E com'era?».

«Non lo saccio, appena il signor Palminteri me lo disse, andai indovi eri caduto, ma il pezzo di tavola non c'era più. Però si vede che non era arruggiuto pirchì...».

E qui si fermò. La frasi la continuò Michilino, ma sulamenti nella testa sò.

«... non ti è vinuto il tetano come ad Alfio Maraventano».

«Te l'arricordi che cosa hai ittato nella fogna?» fece 'u papà che proprio si vidiva che non ci potiva sonno, supra a quella storia.

Che dumanna stùpita era? Se 'u papà pinsava che non s'arricordava nenti, pirchì avrebbe dovuto pinsari a quello che aviva ittato nella fogna? Potiva fari lo stesso gesto di prima che significava tutto o nenti o diri la virità.

«Questo me l'arricordo pirchì fu prima che cadissi. Ittai un timpirino».

«Avivatu un timpirinu?!».

«Sì, l'avevo scangiato con un compagno».

250

«E pirchì l'hai ittatu?».

«Pirchì uno col timpirino ci si può fari mali».

Risposta perfetta, non c'era nenti di megliu di una virità minzognera.

«Bravo Michilino!» disse infatti 'u papà.

All'ultima visita, 'u medicu disse che Michilino era oramà perfettamenti guarutu e potiva nesciri da casa quanno voliva e andari macari all'adunata del sabato fascista. La cicatrici era nica nica e cu tempu non si sarebbe manco viduta. Ma quella firuta dovette ammostrarla a tutti pirchì tutti la volivano vidiri, dalla maestra Pancucci al comandante centurione Scarpin, da Prestipino ai camerati balilla. Il commento di Scarpin fu:

«Sarebbe stato meglio se il tuo sangue l'avessi versato nella battaglia per la presa di Macallè!».

Siccome era guarutu, tornò a dormiri con Marietta nel cammarino, mentri 'u papà ripigliò pussessu del lettu granni. Ora 'u papà non s'arricampava più la notti tardo, anzi non mancava sira che non mangiava con Marietta e con Michilino. Pariva tornato cuntentu e sirenu. Forsi, pinsava Michilino, le cose con la mamà andavano megliu, un jorno 'a mamà sarebbe tornata a la casa e Marietta se ne sarebbe dovuta andari a la casa sò. Pirchì Michilino non la supportava più, con lui era stata minzognera. E una sira, che si erano appena corcati, glielo volle diri.

«Tu m'hai fattu inganno».

«Iu?!».

«Sì, tu. Mi dicisti che fari quelle cose tra zito e zita era sulamenti piccato viniali inveci era piccato mortalissimo».

«E chi te lo disse?».

«Patre Jacolino».

«Pirchì non l'hai spiato a patre Burruano che tipo di piccato faciva quanno ficcava con tò matre?».

La viulenza della risposta fece squasi dolire daccapo la firuta che aviva 'n pettu, come se fosse stata fatta allura allura.

«Tu sei addannata e volivi fari addannari macari a mia. 'U diavulazzu è trasuto dintra di tia e ti fa parlari come parli».

«E allura se non vuoi sintiri comu parla 'u diavulazzu, statti 'n silenziu, dormi e non mi scassari».

«E iu glielo dico a 'u papà quello che m'hai fatto fari».

«Diccillo. E videmu se tò patre cridi di più a tia o a mia che mi nego tutto. Dormi, strunziceddru».

Il monumento ai caduti della granni guerra rappresentava un sordato che tiniva un vrazzo livato in alto con un pugnali e coll'altro vrazzo parava una fìmmina con un picciliddro al pettu. Nella parti di davanti del basamento di marmaro ci stavano i nomi, scritti a littre di rame, dei quattordici morti in guerra. 'U papà e il podestà addecisero di mettere il nomi della camicia nera scelta Cucurullo Ubaldo nella parte di darrè del basamento. Quanno le littre di rame furono pronte e impicciicate, vennero cummigliate da un linzolo che doviva essiri livato la duminica che viniva duranti una ci-

rimonia nella quali parlava 'u papà che era ancora segretario politico. Il jorno stabilito, alle deci del matino, tutto il pàisi era davanti al monumento pirchì darrè
ci capeva poca genti. Quindi andò a finiri che le guar-
die ficiro passari darrè solo le autorità e la cerimonia
della caduta del linzolo non la vitti nisciuno. Doppo,
il podestà, il patre e la matre di Balduzzo e il centurione Scarpin niscirono da darrè e si misero nella prima fila di davanti al monumento. 'U papà invece niscì
da sulo e acchianò supra un palco pirchì doviva fari il
discorso. Michilino, in divisa di balilla, era macari lui
in prima fila, e aviva allato a Marietta. Tutti e dù erano addritta.

«Camerati! Uomini e donne dell'Italia fascista!» principiò 'u papà.

E Michilino attisò. Subito. Immediatamenti. Gli capitò come gli era capitato l'altra volta, ma almeno l'altra volta aviva prima sintuto a Mussolini. Michilino s'infilò una mano in sacchetta e arriniscì, in qualichi modo, a tinirgli la testa vascia. Per farlo ammusciari, accomenzò a pinsari al duluri che pruvava pirchì la mamà
era luntana. Nenti. Pinsò allura a Gesuzzo che si tor-
ciuniava inchiovato sulla croci. Nenti. E Marietta, se
ne era addunata? La taliò, con la coda dell'occhio.
Marietta a tutto pinsava meno che a lui, stava infatti
chiangenno alla dispirata mentri 'u papà parlava di
Balduzzo, della sò giovinezza ginirosamenti offerta al
Duce per la grannizza della patria. E non era sulamenti
Marietta a chiangiri, ma macari le fìmmine che stavano tra la folla mentri gli òmini avivano l'occhi luciti.

Ma pirchì 'u papà parlanno parlanno non la finiva mai di taliare a Marietta? 'U papà si rivolgiva direttamenti a lei, era come se tutta l'altra genti non c'era, non esisteva. E macari Marietta era incatinata con l'occhi in quelli do papà. E allura Michilino capì. Capì che Marietta, forsi mentri lui stava allo spitali, aviva contato a 'u papà la facenna dello zitaggio segreto con Balduzzo. Pirchì gli aviva dato tutta 'sta cunfidenza? Come si era permessa? Perso in quelle dumanne, levò la mano. L'aciddruzzo isò nuovamenti la testa. E in quell'attimo la mano mancina di Marietta, che continuava a chiangiri pilànnusi, calò, non vista, sull'aciddruzzo e gli dette una gran botta maligna.

'U papà tirò fora dalla sacchetta una busta e la pruì a Marietta.

«Che è, zù Giugiù?».

«Dintra ci sono i soldi che abbiamo stabiluto per l'aiuto che ci dai. Dalla a tò patre».

«Grazii» fece Marietta lassando la busta sulla tavola.

L'occhi di Michilino s'affissarono su Marietta e non la mollarono cchiù, tanto che la cuscina, sintendo la taliata, si voltò.

«Ti ha pagato, serva» dissero l'occhi di Michilino.

«Statti zittu, strunziceddru» arrisposero l'occhi di Marietta.

'U papà tirò fora un'altra busta e la posò allato alla prima.

«E chista che è?».

«Chista» fece sullenne 'u papà «è un rigalo per tia

del quali non devi diri nenti a nisciuno. Sono soldi tò, non ne devi rendere conto. È un piccolo ringrazio per tutto quello che fai per mè figliu e per mia».

Erano assittati a tavola. Marietta satò addritta, la sò seggia si rovesciò, currì verso 'u papà, gli si mise di darrè, l'abbrazzò, principiò il vasa vasa supra le mascelle, supra le grecchie, supra il collo.

«Basta, basta!» disse 'u papà' ridennu. «Sparagna qualiche vasata per quanno ti farai zita».

«Non sugnu zita e manco lo vogliu addivintari, a mia m'abbasta e superchia chistu beddru zù Giugiù!».

E taliò a Michilino. I sò occhi, friddi di serpi, dissero:

«Lo vidi come vanno le cose, strunziceddru?».

Michilino si sentì addivintari lo stomacu 'na pesta. Come faciva 'u papà a non capiri che Marietta era un diavulazzu scatinato? E non era doviri sò, come soldato di Gesuzzo, di raprirgli l'occhi, di farglielo accapire in ogni modo e manera?

Il medicu gli aviva ordinato una midicina che abbisognava farsela fari apposta dal farmacista e che sirviva come ricostituenti e come calmanti pirchì Michilino, per il fatto della firuta, non durmiva più tanto bono. Fu Marietta che portò la ricetta in farmacia e doppo dù jorni passò a pigliari la boccetta. Michilino ne doviva pigliari deci gucci in mezzo bicchieri d'acqua prima di andarsi a corcare. La cuscina gliela priparava e metteva il bicchieri pronto supra il commodino, Michilino si viviva la midicina e po' andava in cucina a

scangiare il bicchieri usato con uno pulito pirchì certe
notti s'arrisbigliava e sintiva sete. La medicina era fe-
li amarissimo, lassava la vucca attossicata. Una notti Michilino s'arrisbiglìo per un movimento che fece il matarazzo, era Marietta che stava tornanno a corcarsi, doviva essiri andata in bagno a fari un bisogno. E doviva essersi trattato del bisogno grosso, pirchì per il bisogno piccolo c'erano i rinali che stavano negli sportelli
dei commodini. A malgrado che i loro corpi non si toc-
cavano, Michilino si pirsuase che la cuscina era sudatizza e circava di tenere il sciatone, come se allura allura si fosse fatta una gran curruta. Il ralogio del municipio battì le quattro del matino. E nel calori del linzolo e della coperta, Marietta accomenzò a fari fetu di
fìmmina e quel fetu aumentò di minuto in minuto fino a fargli addivintari l'aria del cammarino irrespira-
bili. Si mise a panza sutta e incarcò il naso supra il cuscino squasi assufficannosi, ma sempri meglio moriri per
mancanza d'aria che moriri per aviri respiratu quell'a-
ria putrita e infetta.

Appena Marietta niscì per andari a fari la spisa e accattarsi un vistito novo coi soldi che le aviva dato 'u
papà, e perciò sarebbe stata a longo fora di casa, Michilino currì nello studio do papà e si pigliò un nume-
ro de «Il Popolo d'Italia» scegliennolo tra quelli che stavano più in vascio nella pila dei giornala. Taliò la data, era di dù anni avanti, difficili che 'u papà aviva bisogno di rileggirisillo. Lo posò sulla tavola di mangiari, in cucina mise dintra a una sottocuppina tanticchia

d'acqua e un quattro pizzichi di farina e col dito arriminò la composta. La colla di farina era pronta. Dalla cucina pigliò macari la forbici che sirviva a puliziare i pisci e tornò nella càmmara di mangiari. Il jorno avanti, tornando dalla lezioni, aviva accattato un foglio, una busta e un francobullo. Ci mise un tri quarti d'ura a trovari, ritagliari e incoddrari le littre del flabeto, ma alla fine ci arriniscì.

TI SEI MESSO IN CASA IL DIAVOLO

La littra nonima era pronta. Rimise al posto sò il giornali che aviva ritagliato, lavò la sottocuppina, riportò la forbici indovi era, aspittò tanticchia che la colla di farina s'asciucasse, infilò il foglio nella busta, la chiuì liccannola, ci mise il francobullo. Mancava sulamenti l'indirizzo. Andò a mettiri la littra dintra alla cartella che tanto non la taliava nisciuno, né 'u papà né Marietta.

Finita la lezioni, aspittò assittato sulle scali che arrivasse Prestipino che era sempri in ritardu.

«Prestipì, fammi un favuri».

«Non pozzu, è tardo».

«Ti pagu».

«Quantu?».

«Mezza lira».

Prestipino strammò, non s'aspittava 'na cifra accussì àvuta.

«Daveru?».

Michilino cavò dalla sacchetta la monita, la posò supra il graduni.

«Che devu fari?».

Michilino gli pruì la busta.

«Devi scriviri un indirizzo supra a chista busta. A stampatello. E senza fari errori. A ogni errori che fai, ti levo un soldo. E po' devi tiniri la vucca chiusa supra chista cosa masannò t'ammazzo».

«Dammi pinna e inchiostru».

«No, piglia quelli tò».

Prestipino usava inchiostru nìvuro, Michilino inveci blu. Prestipino non fece errori e Michilino 'mbucò la littra prima d'arricamparsi.

Quanno arrivò, trovò a 'u papà assittato in salotto e Marietta davanti a lui che ora caminava ora firriava che pariva una trottula col vistito che si era accattata.

«Che te ne pare, Giugiù?».

«Ti sta benissimo. E tu sei beddra, beddra assà».

Ma come? Ora lo chiamava sempricementi Giugiù? Indovi era andato a finiri lo «zù»? E 'nzemula allo zù, indovi era andato a finiri il rispetto?

Mannari una littra nonima è piccato? E se lo è, che tipo di piccato è? Fu il primo pinsero che gli venne la matina appresso appena arrisbigliato dalla voci di Marietta. La cuscina si susiva alle sei e mezza, faciva il cafè e lo portava a 'u papà ch'era ancora corcato. Verso le sette e mezza 'u papà era già pronto per andari in officio, si pigliava un altro cafè e nisciva. A questo punto Marietta si mittiva a cantari con tutto il sciato che aviva. Una matina la canzuna era:

Io ti saluto e vado in Abissinia,
cara Virginia,
ti scriverò.

Un'altra matina cangiava musica:

Mamma, ritorno ancor nella casetta
sulla montagna che mi fu natale,
son pien di gloria, amata mia vecchietta,
ho combattuto in Africa Orientale.

Lo faciva apposta, sapiva che a Michilino piaciva farisi una durmiteddra da sulo nel lettu fino a quanno non
sonavano le novi e inveci lei, dandogli fastiddio, l'obbligava a susirisi prima.

Quella matina inveci l'arrisbigliata gli tornò commoda.
Si lavò, si vistì, s'apprecipitò in chiesa. Aspittò il turno al confessionili, s'agginocchiò, si fece la cruci.

«Mi voglio cunfissari».

«Quanti anni hai?» fece una voci scognita.

Era un parrino novo, forsi mannato al posto di patre Burruano. Arrispose di no a tutte le dumanne che
quello gli fece e po' spiò:

«Mannari una lettera nonima è piccato?».

«Eh?».

Tutto s'aspittava il parrino da un picciliddro di setti anni, meno che quella dumanna. Michilino, con santa pacienza, gliela arripitì.

«Pirchì lo vuoi sapiri?».

«Pirchì m'interessa».

Il parrino ci pinsò supra tanticchia.

«A secunno» disse. «Sarebbe sempri meglio non ammucciarsi darrè l'anonimato, ma se la 'ntinzioni di chi scrive è di otteniri un effettu, un risultatu lecito, onesto, bono, allura non è piccato».

Era quello che voliva sapiri. Quali effetti più leciti di quello di scacciare il dimoniu? Recitò la pinitenza e po' currì a ittarsi ai pedi del Crucifisso.

«Grazii, Gesuzzo, grazii d'avermi fatto viniri il giusto pinsero della littra. Se tu continui a guidari la mè testa, ti promettu che a quel diavulazzu di Marietta la fazzo mannari fora di casa da 'u papà».

Strata facenno per tornari a la casa, incontrò il postino che l'accanosceva da quanno era nasciuto. Gli consignò tri littre e i dù giornala ai quali 'u papà era abbonato, «Il Popolo d'Italia» e «Il Giornale di Sicilia». Una delle tri littre era quella nonima. Posò la posta supra la scrivania do papà e si mise a fari i compiti mentri Marietta era fora per la spisa. All'ura di mangiari 'u papà s'arricampò cuntentu, trasì nello studio e doppo tanticchia niscì con la faccia nìvura. Era accussì mutanghero mentri mangiava che Marietta gli spiò:

«Giugiù, chi fu?».

«Una littra nonima arricivivu».

«Un'altra?!» le scappò a Marietta.

'U papà la furminò con un'occhiatazza.

«E che c'era scritto?» fece Michilino.

'U papà la tirò fora dalla sacchetta, niscì il foglio dalla busta.

«Cè! Com'è scritta stramma!» s'ammaravigliò Marietta.

«Ti sei messo in casa il diavolo» liggì 'u papà. Po' disse:

«Ma che minchia viene a diri?».

'U papà s'approfittava che non c'era 'a mamà per diri parolazze. Marietta non raprì vucca, Michilino manco. Finirono di mangiari in silenziu. Al momentu che 'u papà stava rimittennosi la littra in sacchetta, Marietta parlò.

«L'indirizzu supra la busta non mi pirsuadi».

«Pirchì?» spiò 'u papà.

«Pari scritto da un picciliddro».

Quanto ci caminava la testa, al diavulazzu! Michilino stava pinsando a come parari la botta, ma 'u papà fici un surriseddru spertu.

«No, Mariè, è quello che l'anonimu voli farci cridiri. A scriviri la littra è stato di sicuro un omo granni che ha contraffatto la sò scrittura».

«Pirchì dici un omo, papà?» spiò Michilino. «Può essiri stata macari una fìmmina».

«Tutto può essiri» fece 'u papà più confuso che pirsuaso.

La matina appresso non venne arrisbigliato da Marietta che cantava, c'era anzi un silenziu di tomba. Forsi Marietta era nisciuta ad accattari pisci frisco 'nzemmula a 'u papà che di pisci se ne intendeva. Chi maraviglia di silenziu! Si voltò su un scianco e chiuì l'occhi, appisulannusi squasi subito. Po' ci fu come un botto, un trono longo di timpurali tirribili, i vitra delle finestre trimarono. Che stava succedendo? Prima ancora di capirlo con la testa, l'accapì 'u sò aciddruzzo che addivintò di subito duro, tiso. Era un discorso di Mussolini tinuto alla massima altizza. Si susì, la testa dell'aciddruzzo mantiniva sullivata la cammisa di notti, s'apprecipitò in càmmara di mangiari per astutare il grammofono. Ma davanti all'apparecchio ci stava Marietta, l'occhi spirdati, la vucca storciuta in una specie di smorfia, una scupa in mano che ammostrò a Michilino.

«Si t'avvicini, ti la spaccu 'n testa!».

Po' si mise a ridiri, una risata che pariva la rumorata d'un trapanu. Stinnì un dito verso la parti isata della cammisa di notti:

«E ora che ci fai allo stigliolo, strunziceddru? Hai bisognu di l'aiutu mè?».

Michilino si tappò le grecchie, currì a inserrarsi a chiave nel bagno. Raprì l'armadietto, c'era ancora il cotone che 'a mamà adoperava quanno si struccava, se ne infilò dù palline nelle grecchie. Istintivamenti la mano dritta agguantò l'aciddruzzo, forsi arriniscìva a darsi abento da sulo. Ma era piccato mortalissimo! Che stava facenno? Non potìva darla vinta al diavolo! Cadì agginucchiuna.

«O Gesuzzo santu, levami tu da chisto malo passo! Accorri, Gesuzzo misericordioso, salva chisto sordato tò che si trova in piricolo gravi!».

Prima fu come una macchia grigia d'umidità sulla pareti, po' accomenzarono a cumpariri colori confusi, a picca a picca, a lentu a lentu, si formò la figura di Gesuzzo in cruci.

«Taliami, Gesuzzo, dimmi che devo fari!».

Gesuzzo finalimenti s'arrisolse a taliarlo, aviva l'occhi come annigliati.

«Duluri» disse.

E scomparse di colpo. Ma era abbastato pirchì Michilino capisse. La finestrella del bagno era aperta. Michilino appuiò le dita della mano mancina sul tilaro di ligno, ci chiuì contro la finestrella con un ammuttuni violento. La botta fu tirribili, il duluri lancinante che provò gli caminò per tutto il corpo. Tirò narrè nuovamenti la finestrella e la risbatté. Stavolta non resse, gridò, cadì 'n terra turciuniannusi. Ma sentì che aviva vinto. La mano gli stava gonfianno a vista d'occhio, pariva un muffoletto di pani sfurnatu allura allura. Aviva vinto! La cammisa di notti ora pinniva normali. Mise le dita sutta all'acqua fridda.

Una notti s'arrisbigliò tutto sudato pirchì aviva fatto un sogno laidu. S'assognò che durmiva e s'arrisbigliava senza trovari a Marietta corcata allato a lui. Allura si susiva, mentri il ralogio battiva le tri e mezza, e, senza mettersi le pantofule e senza manco sapiri pirchì, principiava a caminari casa casa indovi tutte le luci erano astutate. Ma, arrivato nel corridoio, vidiva che la porta del salotto non era chiusa bona pirchì un filo di luci passava attraverso lo spiraglio. S'accostò quatelosamente, voliva assolutamenti scoprire che faciva Marietta a quell'ura in salotto. Appuiò la faccia e taliò. C'era 'u papà assittato supra una putruna che dava le spalli alla porta e pirciò non si potiva vidiri di davanti. Di Marietta si vidiva invece la mità vascia del corpo, la te-

263

sta no. Stava agginucchiata tra le gambe di 'u papà. Il quali, a un certu momentu, pigliava la testa di Marietta tra le sò mano e la sullivava per taliarla.

Accussì Michilino potiva vidirla. Spittinata, aviva l'occhi di pazza maligna come quella volta che l'aviva arrisbigliato col discorso di Mussolini.

«Semu sicuri ca Michilino dormi?» spiava 'u papà.

«Ci desi trenta gucci di midicinali invece di deci».

«Non ci porterà danno?».

«Ma quanno mai! Il farmacista mi spiegò che trenta gucci fanno dormiri bono, ma che non si devi superari chista dosi, masannò fa mali».

Senza diri altro 'u papà lassava che la testa di Marietta scumparisse tra le sò gambe. Michilino atterriva, paralizzato. Marietta l'alloppiava! Marietta gli dava più gucci per farlo dormiri e per poter fari i comodazzi sò cu 'u papà! Po' finalmenti arrinisciva a cataminarsi, a curriri verso il cammarino. Sulla porta, la manica della cammisa di notti s'impigliava nella maniglia, lui dava una tirata e la manica si strazzava. Si corcava, si mittiva la testa sutta il cuscino e s'addrummisciva di colpo.

Chisto il sogno che aviva fatto. Si susì, andò in cucina, Marietta non c'era, era nisciuta presto però gli aviva priparato il latte e il cafè che erano ancora tepiti. S'assittò al tavolino della càmmara di mangiari.

Stava per portarsi alla vucca il cicarone quanno s'addunò che aviva la manica della cammisa di notti strazzata.

Aggilò. Non aviva sognato! Era stato tutto veru! Forsi che aviva avuto una botta di sunnambolico. E se Marietta l'alloppiava, capaci che macari il latticafè che gli aviva priparato era abbilinato. Tornò in cucina, svacantò il cicarone nel lavandino, addubbò con tanticchia di pani schitto.

Si misero a tavola loro dù, pirchì 'u papà aviva ditto che non sarebbe tornato a mangiari. Michilino stava mittennosi nella vucca la prima furchittata di pasta che si bloccò, la mano restata a mezzaria. E se quella gli abbilinava jorno appresso jorno il mangiari, la pasta, la carni, 'u pisci? Marietta invece si stava mangianno la pasta di cori. Ma questo non significava nenti, la cuscina, in quanto diavolazzo, potiva aviri, dintra il sò sangue, una composta naturali per cui qualisisiasi tipo di vileno per lei addivintava acqua frisca. No, la meglio era quartiarsi, guardarsi le spalli. Posò la furchetta, allontanò il piatto, si tagliò una fetta di pani dalla scanata. Marietta, senza diri ai né bai, finito che ebbe la sò porzioni, agguantò dicisa il piatto di Michilino e se lo scrofanò con quattru furchettati. Mangiava comu un maiali. Ed era logicu pirchì spissu i diavuli facivano cose d'armàli. Non toccò manco il secunno, se lo sbafò la diavulazza.

Siccome aviva un pititto che non ci vidiva dall'occhi, prima di andari dalla maestra Pancucci passò dal napolitano, s'accattò un panino, lo fece tagliari, ci fece infilare in mezzu dù fette di mortatella e se lo mangiò strata facenno.

Alla finuta della lezioni gli venne a menti che aviva bisogno di un'arma datosi che il timpirino l'aveva gettato, il diavulazzu che aviva in casa era capace della qualunque, potiva venirsi a trovari nella nicissità d'addifendersi. Raprì lo sportello, pigliò il moschetto fora ordinanza, quello con la baionetta limata, e tornò a la casa.

A forza di mangiari sulamenti un panino al jorno, in capo a una decina di jorni s'arridducì più sicco di una sarda salata. Quanno 'u papà la sira s'arricampava, era troppo pigliato da Marietta per addunarisi che sò figlio non toccava piatto e Marietta, da parti sò, faciva in modo che 'u papà non se ne addunasse.

Accomenzò ad aviri giramenti di testa, a vidiri cose stramme. Un jorno, mentri stava andando a lezioni, vitti passari davanti a lui a Mussolini supra un cavaddro bianco. Un'altra volta venne firmato da Balduzzo vistuto da camicia nera, ma era uno scheletro parlanti.

«Tu ti sei fottuto la mia zita Marietta!».

E gli dette un pugno che lo fece cadiri sbinuto 'n terra. Quanno raprì l'occhi, c'erano pirsone torno torno a lui, un omo stava agginocchiato e gli reggeva la testa.

«Piccilì, sei sbinuto!».

«Non è nenti, grazii, qualichi volta mi capita».

Gesuzzo gli compariva a ogni ora del jorno, gli dava consigli sulla qualunque. A lezioni era addivintato disattento e svogliato, non arrinisciva a fari i compiti, le littre e i nummari gli abballavano davanti all'occhi. La maestra Pancucci gli disse che voliva parlare con sò patre, ma lui non arriferì nenti a 'u papà, non diri non era piccato. Scarpin all'adunata del sabato lo impalò sull'attenti e gli fece un liscebusso davanti a tutti pirchì non era arrinisciuto a fari il salto in lungo e nella cursa era caduto cinco volte. Un doppopranzo, che era appena tornato dalla lezioni, in casa trovò a nonno Filippo che, appena lo vitti, aggiarniò.

«Che hai, nipotuzzo mè?».

«Nenti».

«Comu nenti? Mariè, ma tu non te ne adduni a com'è arridotto sicco Michilino? Che è, malatu?».

«Nonsi, non è malatu» fece quella che aviva una faccia stagnata. «A mia non mi pari sicco».

«Io» disse il nonno «aspetto a Giugiù e gli parlo».

Quanno 'u papà arrivò, s'abbrazzò con nonno Filippo e gli spiò:

«C'è cosa?».

«Avivo spinno di vidiri a Michilino. Tu indovi ce l'hai l'occhi?».

«Pirchì?».

«Ma non lo vedi quant'è sicco?».

'U papà considerò a longo a Michilino, pariva che lo vedeva per la prima volta.

«Fettivamenti, tanticchia sicco è».

«Tanticchia?» fece 'u nonnu arraggiato. «Andiamo nello studio tò che ti devo parlari».

«Che c'è?».

«C'è che il paìsi sparla».

'U papà taliò a Marietta e a Michilino.

«Andiamo di là».

Marietta s'inserrò in cucina, Michilino restò nella càmmara di mangiari.

Ogni tanto arrivava la voci do papà.

«Cazzi mè!».

«Minni futtu di quello che dici la genti!».

«Iu pozzu fari e sfari e cuntu nun haiu a dari, minchia!».

Michilino abbrividiva e si faciva la cruci. Gesuzzo in quel momentu comparse davanti a lui e s'assittò supra una seggia. Era vistuto col càmmisi, ma supra il pettu aviva una gran firuta aperta dintra alla quali si vidiva il cori che batteva.

«Ci resta picca tempu prima che tò patre s'addanni pi sempre l'arma» disse Gesuzzo. «Dobbiamo provvidiri d'urgenza».

«Che devo fari?».

«Lo saprai a tempu debitu».

Scomparse di colpo. Il trimulizzo di Michilino inveci aumentò. Mentri continuava la discussioni tra 'u papà e 'u nonno, andò in càmmara di letto, raprì il cascione del comodino indovi 'a mamà ci tiniva il termometro, si misurò la frevi. Trentotto e mezzo. Quella frevi non lo lassò più.

Tri jorni appresso Marietta fece l'anni e a mezzojorno mangiò a la sò casa, Michilino inveci andò al ristoranti col papà e si scrofanò primo, secunno, frutta e dolci, datosi che lì si sentiva al sicuro, nisciuno gli alloppiava le pitanze.

«E po' mi vengono a contari che non mangi!» disse 'u papà compiaciutu.

Doppo, al momentu di pagari il conto, 'u papà ordinò la cena che un cammareri gli doviva portari a la casa per le novi.

«Accussì facemu festa a Marietta».

Michilino non replicò. Quanno tornò dalla lezioni, Marietta ancora non era arrivata, ma aviva ammucciato la chiavi, come spisso faciva, in un pirtuso allato alla porta. Raprì, trasì e andò subito in bagno, la gran mangiata al ristoranti gli aviva fatto viniri malo di panza. Po' Marietta arrivò e manco lo salutò, né scu né passiddrà. Conzò la tavola, ma non si mise a cucinare, di certu si era appattata col papà e sapiva che portavano le cose dal ristorante. 'U papà s'arricampò alle novi con dù buttiglie:

«Sciampagna francisi!».

E andò a metterle nella ghiazzara. Mangiarono pasta 'nfurnata, pisci spata, cannoli e cassata. Michilino si sbafò tutto, l'unico piricolo era un mali di panza ancora più granni di quello che aviva. Alla finuta, Marietta e 'u papà si erano sculato un litro di vino. Marietta andò a pigliari una buttiglia di sciampagna. 'U papà fece fari il botto al tappo, inchì i bicchieri, compreso quello di Michilino, e tutti e tri si susirono addritta per brindari alla saluti.

Ma 'u papà disse:

«Un momentu!».

E cavò dalla sacchetta una scatola che pruì a Marietta.

«Con tanti agurii».

Dintra c'era un braccialettu d'oru massicciu. Michilino s'aspittava le solite scene di vasate di ringrazio, invece Marietta ristò ferma al posto sò, taliò a 'u papà nell'occhi.

«Sì» disse.

'U papà addivintò di colpo più allegro di prima.

«Alla saluti della nostra amata Marietta!».

Michilino non raprì vucca, si vippi il bicchieri di sciampagna e di subito gli venne una gran botta di sonno.

«Vado a dormiri. Bonanotti».

«Aspetta che ti priparo il midicinali» fece Marietta pricipitusa.

Si susì di cursa, pigliò un bicchieri, ci mise tanticchia d'acqua e andò nel cammarino. Michilino stava per currirle appresso, ma 'u papà lo fermò.

«Dammi una vasata».

Di certu l'aviva fatto apposta, per dari tempu a Marietta d'alloppiarlo. Davanti alla cuscina che lo taliava, fece finta di vivirisi il medicinali, ma non l'agliuttì, spiranno che Marietta non si addunasse dello 'nganno. Marietta non disse nenti. Allora andò in cucina e stava per liberarsi la vucca sputando nel lavapiatti quanno un colpo di tosse gliene fece agliuttiri la mità.

Il diavolazzo ce l'aviva fatta! Era cunnannato a dormiri! Sconsolato, si spogliò, si lavò, si mise la cammisa di notti, si corcò.

«Gesuzzo, aiutami!» fu l'ultimo pinsero prima di cadiri come furminatu.

«Soldato Sterlini Michelino!» lo chiamò la voci 'mpiriosa che lui accanosceva beni. «È arrivata l'ora! Susiti e fai il doviri tò!».

Raprì l'occhi, il lato di Marietta era vacanti. Capì di

essiri cotto dalla frevi, doviva essiri arrivata a quaranta. Si susì, mise i pedi 'n terra ma s'addunò, senza farsene maraviglia, che restava sospiso nell'aria a una decina di centimetri dal pavimentu. Era Gesuzzo che lo stava aiutanno per fargli fari meno faticata. Pigliò il moschetto che teneva allato alla porta, alzò la baionetta, la fissò. Caminava senza bisogno di fari passi, era l'istisso 'ntifico di una statua portata in processioni. La luci nella càmmara di letto era addrumata. Taliò. Da quanto tempu s'aspittava di vidiri quello che vitti? Da quanto lo sapiva che prima o po' li avrebbe attrovati accussì?

Marietta, stinnicchiata supra 'u lettu nuda e a panza all'aria, durmiva allato a 'u papà. Il quali, nudu macari lui, era corcato supra un scianu e runfuliava.

Avivano fatto le cose vastase, avivano futtutu, avivano ficcatu alla tinchitè, come porci, come armàli che non erano altro e ora, stanchi e 'mbriachi, erano sprufunnati in un sonno piombigno. La càmmara fitiva di fìmmina.

«Accomenzamo» si disse Michilino.

S'avvicinò a Marietta e le infilò la baionetta nella gola. La forza del colpo fu tali che il collo del diavolazzo venne inchiovato al matarazzo. E Michilino accapì che quella forza non gli apparteneva, gli era stata 'mpristata per fari il doviri sò. L'unico signo che Marietta detti fu quello d'arritirare di scatto le gambe che le ginocchia squasi le toccarono le minne, po' le stinnì nuovamenti e non si cataminò più. Michilino ritirò la baionetta doppo una decina di minuti, il sangue arrussicò il cuscino, la coperta.

«Continuamo».

Si spostò dal lato del papà, sempri a mezzaria, portato, spingiuto avanti. Si calò a dargli una vasata sulla fronti.

«Ti voglio beni, papà, a malgrado che facisti piccato mortali».

'U papà fici un gestu come per cacciari una mosca e si misi macari lui a panza all'aria. Megliu accussì, chista posizioni era più sicura. Michilino isò la baionetta e gliela calò sul cori. Trasì come se fosse stata oliata. 'U papà raprì l'occhi, vitti a Michilino, tentò di susirisi. Ma Michilino oramà era il più forti. Tirò fora la baionetta dal pettu e gliela chiantò nella gola. Aspittò tanticchia, non successi nenti, 'u papà non si caminò cchiù. Non fece faticata a sfilargli la baionetta. La richiuse allordandosi di sangu le mano, ma non ci fece 'mprissione. Si tirò narrè, azionò l'otturatore, imbracciò il moschetto, pigliò la mira.

«Pum!» fece con tutta la voci possibile.

'U papà il colpo di grazia che sparagnava suffirenzia se lo miritava, il diavolazzo no, cchiù pativa prima di moriri e meglio era.

Gettò il moschetto 'n terra e andò nella prima entrata. Il jorno avanti avivano purtato deci lanni di deci litra l'una di quella benzina spiciali che voliva nonno Aitano. Ce l'avrebbe fatta a sullivarne una? Non sulo ce la fece, ma gli parse leggia leggia. La sbacantò sul lettu, assammarando i dù morti. Po' andò a pigliarne un'altra e sbacantò macari a issa assuppando i matarazzi. Per bon piso, ne raprì una terza. E si addunò di una cosa stramma: inveci di sintirisi cchiù stancu e con le vrazza slogate per il piso che dovivano reggiri, a ogni viaggio si sintiva cchiù forti e ripusatu. Allura addecise d'usari tutte le lanni che c'erano. Ammiscata col sangue, la benzina addivintava rosa. Dalla cucina tornò coi surfanelli di ligno. Ne addrumò uno, lo ittò verso il lettu. Ci fu un botto viulentu e il foco svampò immediatu. Tornò nel sò cammarino, s'agginocchiò, si fece la cruci, prigò. Doppo si susì. Dal corridoio vitti che la càmmara di letto era addivintata una fornaci. Avanzò fino a taliari dintra. 'U papà era una cosa nìvura che stava assittato in mezzo al lettu e pariva che voliva tirari di scherma. Di Marietta arriniscì a vidiri dù pezzi di ligno abbrusciati che dovivano essiri le gambe. Non sintiva càvudo, anzi provava una specie di frischizza come una sira di stati quanno arriva il vento di mari. Avanzò ancora di dù passi e lo vitti. Come nel sogno che aviva fattu, Gesuzzo volava supra le fiamme e gli stava surridenno.

«Tu sei mio» fece e gli stinnì le vrazza.

Michilino isò le sue.

«Io sono tuo» disse.

E trasì nel foco vivo.

La storia che avete appena finito di leggere è del tutto inventata: i personaggi, i loro nomi e cognomi, i fatti dei quali sono protagonisti, le situazioni nelle quali si vengono a trovare non hanno riscontro nella realtà. Può capitare qualche omonimia, ma il lettore sappia che è del tutto casuale. A verità risponde solo il contesto «storico», vale a dire la guerra di Etiopia.

a. c.

Indice

La presa di Macallè

Questo volume è stato stampato
su carta Palatina
delle Cartiere Miliani di Fabriano
nel mese di settembre 2003
presso la Leva Arti Grafiche s.p.a. - Sesto S. Giovanni (MI)
e confezionato
presso I.G.F. s.r.l. - Aldeno (TN)

La memoria